Narratori Feltrinelli

Claudio Bisio

Il talento degli scomparsi

Prima edizione ne "I Narratori" ottobre 2024

Stampa Grafica Veneta S.p.A. di Trebaseleghe - PD

ISBN 978-88-07-03622-4

FSC
www.fsc.org
MISTO
Carta | A sostegno della gestione forestale responsabile
FSC® C021883

GRAFICA VENETA
GV CARBON NEUTRAL

Questo libro è stampato da Grafica Veneta S.p.A.
con un processo di stampa e rilegatura certificato 100% carbon neutral
in accordo con PAS 2060 BSI

Per le citazioni:

p. 18: *Dove non so (Tema di Lara)*, testo originale di Paul Francis Webster; musica di Maurice Jarre; traduzione del testo di Giorgio Calabrese, (P) 1965 BMG Rights Management Italy srl;

p. 29: *Lucciole vagabonde*, di Bixio Cherubini e Cesare Andrea Bixio, 1927;

p. 168: *Born to Die*, di Lana Del Rey, Interscope, Stranger, 2011;

p. 250: Hermann Hesse, *Demian* (trad. di Bruna Maria Dal Lago Veneri, Newton Compton, Roma 1988, citata da Giulia Lombi Meniero in *Marietta Moschini. Una donna controcorrente a Giannutri*, Ronca Editore, Cremona 2022).

a Sandra,
Alice,
Federico

Noi stiamo distruggendo a picconate la più aristocratica e odiosa delle discriminazioni, l'unica forma di disuguaglianza che è sopravvissuta alla Rivoluzione industriale, a quella francese e anche a quella di Ottobre.
Il talento.
Il reddito lo puoi redistribuire, l'istruzione anche, il talento no.

GIAMPAOLO SIMI

1.

Come in un film.

I parenti piangono. La bara è ancora aperta. Tutto intorno un fiorire di corone. Grossi ceri ai quattro lati. E gente. Tanta gente. Abbastanza gente. Facce in qualche modo già viste. Si guardano in giro. Contrite, spaesate. Più spaesate che contrite. Lungo la navata centrale è stato srotolato un tappeto rosso. Se fossimo a Cannes o a Venezia potremmo parlare di red carpet. Invece siamo a Roma. La chiesa barocca è situata su un colle. Forse nemmeno uno dei sette. L'odore di incenso è misto agli afrori della gente. Profumi ordinari, dopobarba dozzinali, ma anche qualche Chanel, un raro Vétiver. E sudore, tanto sudore. Perché fa caldo, molto caldo.

Il prete parla di Lazzaro, dal Vangelo secondo Giovanni, e di come Gesù abbia voluto dimostrare con la sua resurrezione la bontà di Dio che è misericordioso e quando vuole può davvero fare miracoli. E qualcuno pensa: Ma perché lo vieni a raccontare qua a noi, con il nostro morto lì in bella vista che non resuscita... forse che lui non è abbastanza degno? ...Ma non lo dice. Primo perché non saprebbe a chi dirlo, poi perché nel frattempo il prete ha già intimato: "Scambiatevi un segno di pace".

Ed ecco un tramestio di braccia, pacche sulle spalle, alcune troppo forti, data la circostanza. Baci sulle guance, che sembrano veri. C'è chi se ne approfitta. Uno si piglia pure uno schiaffo, forse perché aveva provato a metterci la lingua.

Poi, una donna comincia a sussurrare qualcosa nell'orecchio del vicino, che scuote la testa sconsolato. E anche altri parlottano tra loro. Prima sommesso, poi sempre più incalzante, si alza un brusio generale, come in una classe prima che entri il professore.

All'improvviso, dal fondo della sala, un grido sgraziato squarcia quel vociare: "Nooo! Nooo!".

Tutti si girano verso la fonte dell'urlo, che peraltro continua a urlare: "Vi ho detto che dovete *fare finta* di parlare, muovere la bocca senza fare rumore! I bisbigli li aggiungiamo al mix! Dovete starvi zitti, porca zozza. Zitti! Dai, giriamone un'altra".

Il ragazzo addetto alla steadycam appoggia la macchina al cavalletto e si asciuga il sudore, la segretaria di edizione sul suo bollettino tira una riga e scrive "interrotta", quindi chiede sottovoce al direttore della fotografia l'esatto numero degli *asa*.

L'omino con il megafono, cioè l'aiuto regista, tozzo, dai capelli arruffati e vagamente unti, si dirige lesto verso il fondo della navata, si gira a guardare l'altare, si fa rapidamente il segno della croce ed esce.

Una signora in gramaglie (la vedova?) lancia un cenno a una truccatrice che, come comparsa dal nulla, le tampona il sudore.

"Vuoi dell'altro mentolo?"

"No, no. Ho visto che funziona. Fino a che non giriamo non mettermene più. Quella roba lì mi sa che rovina gli occhi."

"Ma va', è un prodotto naturale."

"Che c'entra? Pure il peperoncino è naturale, ma sparatelo sulle pupille, per non dire altrove visto che siamo in chiesa, e poi mi dici se fa bene o se fa male..."

Dal feretro si solleva la salma il cui viso, fasciato da un fazzoletto annodato in cima alla testa, sembra un uovo di Pasqua: "Sì, però sbrighiamoci con 'sta prova. Qua dentro fa un caldo boia. Io soffro anche di claustrofobia!".

"Non era una prova. Stavamo girando!" gli urla sottovoce uno dei suoi parenti più stretti.

“Cacchio, sono sempre l’ultimo a sapere le cose. Ma tutti quegli assistenti dove sono finiti? Neanche un po’ d’acqua mi hanno dato!”

Il prete solleva la casula per tirare fuori una bottiglietta mezza vuota e per niente fresca da offrire al “morto”, che rifiuta con un gesto di stizza: “Ma no, voglio la mia. Anzi, non voglio nemmeno bere, altrimenti sudo di più. Voglio qualcuno che mi caghi, porca paletta!”.

Nessuno della produzione si accorge del suo sfogo. Sono tutti intenti a fare qualcosa di molto più importante.

Infine una voce, dall’alto, amplificata e resa solenne dall’eco che rimbalza tra le ampie navate, sentenzia: “Pausa! Pausa per tutti!

Tranne gli attrezzisti.

E gli elettricisti.

...E i macchinisti!”.

“Ha detto ‘pausa per tutti’, ho sentito bene?”

“Sì, tranne attrezzisti, elettricisti e macchinisti.”

“Quindi va in pausa solo lui?”

“Lui e l’anima de li mortacci sua!”

A queste parole una vecchina seduta un po’ in disparte, l’unica vera devota in mezzo a tante comparse, abbassa lo sguardo quasi a non voler vedere chi ha pronunciato ciò che purtroppo le sue orecchie hanno sentito e muove la mano a disegnare una bella croce nell’etere mentre sussurra un costernatissimo “amen”.

La chiesa si svuota e cala il silenzio.

Finché uno scricchiolio rompe la quiete, due mani fanno forza sui bordi della cassa e il volto che sembra un uovo si affaccia di nuovo dal lugubre legno. Adesso anche le gambe sono fuori, prima una e poi l’altra. La vecchina di poco prima, che si era alzata per andare a confessarsi, sviene. Marco si toglie il fazzoletto, che coprendo i padiglioni auricolari gli impediva di sentire bene, e in preda allo sconforto si avvia verso il sagrato, dove sono già tutti in fila per il cestino.

Una ragazza con il piglio da segretaria di produzione, che guarda caso fa proprio la segretaria di produzione, gli si avvicina e con tono consueto, quasi da cassiera del supermarket che vuol sapere se paghi in contanti o col bancomat, gli chiede: "Bianco, rosso o vegetariano?".

"No, grazie, non ho fame," risponde mestamente Marco.

Marco, se non lo si fosse ancora capito, fa l'attore. È lui il famoso Marco Moschini. Una carriera sfavillante: cinema, teatro, televisione. A vederlo ora, così conciato, non si direbbe. Eppure è tutto vero. Ha anche ricevuto molti premi, comprese le cosiddette "Chiavi d'oro del successo" che vengono conferite alle proiezioni con i maggiori incassi della stagione. E poi una pellicola in cui aveva recitato, per una serie di condizioni favorevoli (o fortuite), aveva addirittura ricevuto l'Oscar come "miglior film straniero". Da allora la sua carriera aveva avuto una svolta importante. In peggio. I critici lo avevano aspettato al varco, pronti a uno scivolone, che puntualmente era arrivato. Aveva quindi cambiato una decina di agenti nella paranoica convinzione che nessuno lo apprezzasse per quello che era, ma per quel che era stato. Maledetto Oscar!, pensava, e si era convinto che tutti lo volessero fregare.

Da quel momento aveva inanellato una serie di scelte sbagliate che lo avevano in poco tempo portato a essere un ex.

Prima ancora di esprimere ciò che davvero era, o avrebbe potuto essere, si sentiva uno che "era stato", "aveva avuto"... I verbi che si usavano parlando di lui erano ormai tutti coniugati al trapassato prossimo. E non aveva neppure sessant'anni.

Si era strapentito di avere accettato quel ruolo di morto in un film dal titolo *La vedova consolabile*, liberamente tratto dal best seller *Cento sfumature di crepuscolo*, genere romantic soft core, come gli aveva suggerito Nando, il suo amico agente, che per convincerlo aveva sudato le classiche sette camicie scomodando persino Kevin Costner con il suo ruolo di morto nel *Grande freddo*, peraltro tagliato in fase di montaggio, ma che aveva determinato il balzo decisivo nella carriera del celebre attore americano.

"No, grazie, non ho fame," aveva detto Marco con gentilezza alla segretaria di produzione con fare da cassiera del super. Era salito sul camper, si era rivestito e, senza salutare, se n'era andato.

Roma, che non era la sua città e che a seconda dell'umore trovava affascinante o sciatta, quel giorno, a causa del sole scintillante senza una nuvola, era particolarmente opprimente.

Voleva smaltire la rabbia, starsene solo, camminare.

Avrebbe voluto dover fare tantissima strada per tornarsene a casa.

E invece no. Il set, la chiesa dei Santi Domenico e Sisto, era proprio davanti a casa sua. Doveva soltanto attraversare la piazza, all'altezza dei Mercati Traianei, ed era arrivato.

Quando stava a Roma era solito alloggiare all'Hotel Traiano, che ha l'entrata di un hotel, la reception di un hotel, tre piani di stanze di un hotel, ma il quarto e il quinto piano sono appartamenti privati. E lui stava al quinto piano, una sistemazione che aveva tutti i vantaggi di un albergo: si poteva scendere a fare colazione "a sbafo"; leggere "gratis" i quotidiani infilati in un'elegante asta di legno e usare la portineria per farsi recapitare la posta. Ma aveva anche i vantaggi di un'abitazione: si poteva ricevere chi si voleva; prepararsi da mangiare a qualsiasi ora e dormire fino a tardi senza dover appendere fastidiosi cartellini alla maniglia della porta per pregare di non essere disturbati.

Inoltre, dal quinto piano Marco aveva la sensazione di dominare la città. Da un terrazzino si vedevano, con un solo colpo d'occhio: il cupolone di San Pietro, il Quirinale con le sue bandiere perennemente sventolanti, il Campidoglio e, poco più a sinistra, la cosiddetta "macchina da scrivere" dell'Altare della Patria. Infine, i doppi vetri azzeravano o quasi i rumori della città, cosa che si era rivelata parecchio utile anni prima, il giorno dell'elezione del sindaco (ormai decaduto e, come spesso accade agli amministratori pubblici di questo Paese, pure indagato), quando decine di tassisti avevano scorrazzato per tutta la notte strombazzando clacson in segno di virile felicità mista a cori da nostalgia del Ventennio.

Marco si infila nell'ascensore insieme a due russi che si fermano al terzo piano... Turisti, pensa con un filo di disprezzo, e si avvia a fare frettolosamente le valigie, anche se nel suo caso si tratta di un singolo borsone.

Come nella più classica legge di Murphy, appena si infila nella doccia e si insapona suona il citofono. Con insistenza. Perché insistono così tanto? Be', certo, il portiere lo ha visto salire... Ecco gli svantaggi non ancora elencati di quella sistemazione.

"Sono Lara, perché cazzo te ne sei andato?!" urla la segretaria di produzione, che ora non ha più il tono da cassiera del super ma quello del caporale di *Full Metal Jacket*. "La pausa è finita da un pezzo e il regista rivuole il suo morto!"

Il portiere, che stava distrattamente spolverando il bancone accanto al telefono, indugia su una macchia inesistente per ascoltare meglio.

"Insomma, dice che ti vuole vedere nella bara entro cinque minuti, altrimenti ti fa a pezzi!"

Il portiere si allontana atterrito.

"Di' a quello stronzo che non ci rientro in quel forno. Spiegagli che esistono le controfigure! Altrimenti, digli che sto andando da mia madre che non sta bene. Che tra l'altro è vero, ho il treno fra un'ora."

"Come 'il treno'?" Adesso il tono di Lara è quello di Meryl Streep in *Kramer contro Kramer*. "Ma questa sera non dovevamo vederci io e te?"

E Marco, ancora inumidito e mezzo insaponato: "Ti chiamo da Milano, via Skype".

"Stronzo!" replica lei, e intanto, all'improvviso, si sente irrompere la voce di Rita Pavone che canta: "*Dove non sooo... ma un giorno ti vedròòò...*".

Lara tira fuori dalla tasca dei jeans un cellulare che le scivola per terra mentre continua a riprodurre la voce di Pel di Carota: "*Ma un posto ci saràààà... da dove noooi non torneeeremo maiii...*".

La giovane segretaria di produzione, che ormai ha assunto le movenze e l'aplomb di Bridget Jones prima della trasformazione, raccoglie il telefono, guarda il display per capire chi la sta cercando e lo silenzia indispettita.

Il portiere le si avvicina e con fare saputello sussurra: "Lara".

"Sì?"

"No, dico: 'Lara'. *Tema di Lara*, *Dottor Živago*, David Lean, 1965, cinque Oscar compreso quello alla colonna sonora ma non quello alla regia, che Lean aveva già vinto per *Il ponte sul fiume Kwai* e *Lawrence d'Arabia*, e che a mio modesto parere avrebbe meritato anche quella volta..."

"Ma vaffanculo!"

E Lara, con la faccia tra l'incazzato e l'imbronciato della sua omonima Lara Antipova interpretata da Julie Christie nel film di cui sopra, se ne va. Finalmente a tono.

Chi trova un amico trova un tesoro.
Chi trova un tesoro trova tanti amici.

PAPERINO

MirkoMax

Uno

Mirko. Ti chiami Mirko, con la *k*. Mirko Mazzotta. Sei convinto che quel nome lievemente esotico derivi dalla passione di tuo padre per la cultura slava. Oppure da quel Mirko Ellis, attore misconosciuto e ingiustamente dimenticato, come ti ha sempre fatto credere tuo padre mentre da bambino ti faceva rivedere per l'ennesima volta *La vendetta dei gladiatori* o, quando eri un po' più grande, *Le calde notti di Lady Hamilton*. Nessuno ha mai avuto il coraggio di dirti la verità: quel nome nasce dalla smodata passione di tua madre per *Kiss me Licia*, cartone animato giapponese che andava in onda in Italia negli anni ottanta, proprio quando nascevi tu. Mirko era il cantante dei Bee Hive, aveva lunghi capelli biondi e un improbabile ciuffo rosso sulla fronte. E nonostante avesse fama di essere un playboy, da quando si fidanza con Licia le sarà totalmente fedele. Un cretino, insomma.

Ma tu non lo sai. L'unica cosa che sai è che Mirko è un nome adespota, cioè privo di santo patrono. Sei quindi costretto a festeggiare l'onomastico il primo di novembre, festa di Ognissanti. Che è come morire in guerra da anonimo e vedersi commemorare come Milite Ignoto.

Questa cosa non l'hai mai sopportata.

Perché tu non tolleri l'idea di essere anonimo. Tu vuoi essere *qualcuno*, a prescindere. Vuoi diventare famoso. A prescindere. A prescindere da capacità, talento, vuoi solo che il tuo nome, Mirko Mazzotta, risuoni nel cervello della gente e faccia dire:

"Ma tu, tu sei... sei Mirko Mazzotta?!". E vuoi poter rispondere solo con un cenno del capo per sentirti ripetere: "*Quel* Mirko Mazzotta?". A quel punto un tuo gran sorriso farà capire che sì, sei tu, *quel* Mirko Mazzotta.

Ma come arrivare a un simile risultato?

Che fare?, come diceva quel filosofo, no, quel condottiero, quel pelato con il pizzetto... Chi cazzo era quello che diceva *Che fare?*

Ma sì, lo dicevano un po' tutti, ti rispondi tu. Tu che a scuola durante le ore di storia hai imparato solo a giocare a boccette e non hai nessuna voglia di cercare su Wikipedia. Troppa fatica, troppo "studio".

Non per essere volgari, giusto per definire la tua personalità senza giri di parole: un deficiente.

Però simpatico. Empatico. Non bello-bellissimo, ma affascinante. E questo ti basta. Ti è sempre bastato per cavartela.

Lo sa bene Jessica, che con te ha un rapporto privilegiato, avvolgente, totalizzante. Tu non sai stare senza Jessica e Jessica non sa stare senza te. Appena ti vede ti salta addosso, ti si strofina contro, ti lecca dappertutto. Il fatto che Jessica sia un Labrador color miele, e per giunta maschio, non vuol dire nulla. Vi amate, di un amore fisico fatto di odori, sentori, sapori, e quindi di annusate, strusciamenti, leccate, almeno da parte di Jessica. Quel nome declinato al femminile nasce un po' dalla tua naturale cretineria (ti piace sentirti chiedere il perché di quel nome. E ti piace ancora di più rispondere: "Perché no?"), ma anche dal fatto che in effetti Jessica ha atteggiamenti poco "maschi". Scappa a nascondersi se vede un gatto, e se incrocia qualsiasi altro tipo di cane si corica supino, pronto a sottomettersi, passivo e affettuoso. Anche se a dire il vero, da qualche tempo, da quando cioè ha superato la pubertà, tenta di ingropparsi qualsiasi cosa: cani femmine, cani maschi, senza disdegnare polpacci umani, gambe di tavoli, pali della luce; per non parlare di quella grande scultura in pietra leccese che ti ha regalato il nonno e che sarebbe una figura molto astratta, ma chissà in lei cosa ci vede Jessica.

Nonostante questi recenti spasmi pelvici tipici di un maschio quale in teoria dovrebbe essere, Jessica sculetta, ha lunghe ciglia, occhi a mandorla (che sia un incrocio con un pechinese?), e il suo abbaio produce degli armonici acuti. Quindi, non è così peregrina l'idea di dare al tuo cane un nome femminile e di rivolgerti a lui come se fosse davvero una cagnetta.

Tu invece nasci a Nardò, nel Salento occidentale. Tuo padre è di lì, e così i tuoi nonni paterni, mentre tua madre è piemontese. Catapultata laggiù negli anni settanta dalla Fiat, in quanto ingegnere, per la costruzione della pista di Nardò: un anello di dodici chilometri che si sviluppa su una superficie di sette milioni di metri quadrati. Tuo padre aveva qualche ettaro di terra. Ulivi. Espropriati per lasciare spazio al circuito più grande del mondo. E la sua capatosta lo spinse a fare causa alla Fiat. È lì che si sono conosciuti i tuoi, in tribunale, su fronti opposti. Anche se non hanno mai amato parlarne. Forse non ti hanno neppure raccontato di quando tuo padre si incatenò a un ulivo ed ebbe il suo momento di gloria (tuo padre, non l'ulivo). Telegiornali lo immortalarono e associazioni ambientaliste lo elessero paladino delle loro battaglie. E tua madre fu attratta proprio da quella sua ingenua schiettezza, e dal suo fascino meridionale. Lui invece fu colpito dalla scelta di tua madre di appoggiare la sua lotta rischiando il licenziamento. Cosa che puntualmente avvenne.

Ma torniamo al tuo *Che fare?* per diventare famoso.

Ti ricordi quando da ragazzino passavi le ore a giocare con la Nintendo? Prima Pokémon, poi Resident Evil, Silent Hill... Bene, da grande hai voluto provare con un paio di amici – non alla tua altezza, va detto – a postare dei video su YouTube in cui dimostravate sapienza nel passare da un livello all'altro, freddezza nell'ammazzare i nemici, sagacia nel nascondervi e velocità nello sfuggire a zombie affamati. Speravi che questo ti regalasse molte visualizzazioni, numerosi fan, schiere di seguaci. Sì, qualcuno se n'è accorto. Qualcuno ti ha seguito, ma non abbastanza. La tua fame di fama non si è saziata.

Allora hai cominciato a scoreggiare. Per finta. Colpa di tuo nonno. Il tuo amato nonno paterno che quando eri bambino ti portava in bicicletta sulla canna, dove aveva costruito un sellino a tua misura (che in realtà tanto a tua misura non era, ti faceva un male boia al fondoschiena, ma non gliel'hai mai detto perché quel nonno lì ti era troppo simpatico). Fu lui a fabbricarti una superfionda che tutti ti invidiarono per anni, il cui corpo era un pezzo unico: manico e forche, piegate con la fiamma ossidrica, in acciaio; come elastico una camera d'aria vulcanizzata e come toppa un brandello di cuoio abbastanza largo da accogliere sassi di medie dimensioni (la nonna, buonanima, ha cercato invano per tutta la vita di scoprire chi le avesse rubato quei mocassini *maròn*, come diceva lei). Un'arma micidiale che faceva danni sproporzionati alle manine che la manovravano, cioè le tue.

Bene, quel nonno un giorno ti fece il regalo più bello del mondo: il petofono. Un cuscino di plastica rossa con una piccola apertura che consente all'aria di entrare e uscire e che, se premuto, produce un suono simile a quello di una pernacchia. È stato grazie a quel petofono che ti sei guadagnato il sette in condotta per tutti i quadrimestri delle elementari. Appena la maestra si sedeva alla cattedra, tu schiacciavi il petofono, con sincronia perfetta. E tutta la classe rideva. Tranne la maestra. Tua madre non ha parlato a suo suocero per anni, e a niente è valso al "povero nonnino" raccontarle che persino il giovane imperatore romano Eliogabalo lo usava, né tantomeno citarle, per allentare la tensione, il famoso detto: "Tromba di culo, sanità di corpo!".

Quando, più grande, hai scoperto che esisteva un'app chiamata Fart Cushion, l'hai subito scaricata. L'icona ricorda proprio quel vecchio cuscino di plastica. Basta sfiorarla con un dito ed ecco che partono rumori intestinali: random, come è ricordato nella legenda, cioè a casaccio. Il petofono è diventato il tuo scacciapensieri, il tuo Prozac. Se sei giù di morale, depresso o semplicemente un po' triste, apri quell'app, tocchi più volte con l'indice il cuscinetto rosso che ti appare sullo schermo e cominci a ridere. Perché la durata, l'intensità, persino la tonalità delle scoregge varia in modo davvero casuale. La sorpresa del suono che arriverà è una delle cose più esilaranti che ti possano capitare.

Chissà perché le pernacchie ti hanno fatto sempre molto ridere. Perché, come direbbe Freud, non hai mai superato la fase anale? O per esorcizzare il trauma che avesti da ragazzino, quando i tuoi ti iscrissero a tua insaputa alla Treputium Rugby, località Trepuzzi, a quarantacinque minuti di autobus da casa tua?

Lo fecero per il tuo bene, perché ti vedevano così fragilino, agile ma in balìa di quelli della tua età, tutti più alti, muscolosi, tosti. Furono settimane di allenamenti intensi: corse sfiancanti, ripetute infinite, placcaggi nel fango. Finché arrivò il momento della prima trasferta e della tua iniziazione.

Sul pullman che vi portava a Galatina ti presero, ti tirarono giù i pantaloni, ti misero un foglio di giornale nel sedere, gli diedero fuoco e ti fecero correre su e giù per il corridoio cantando: "*Sììì, noi siam come le luuuccioleee, briiilliamo nelle teeenebre!*". Ma tu riuscisti a ribaltare la situazione trasformandoti da vittima di quell'assurdo gioco in protagonista quando, nel momento in cui il fuoco del giornale stava per lambirti le chiappe, ti inventasti una poderosa scoreggia che spettinò l'intera squadra, compresi allenatori, raccattapalle e massaggiatori. Silenzio. L'avevi fatta grossa, in tutti i sensi.

Avrebbero potuto saltarti addosso, corcarti di botte, espellerti per sempre da tutte le squadre del regno. Invece partì una risata liberatoria che non dimenticherai mai. È stata, forse, la tua migliore performance. A rugby non hai più giocato, ma il ricordo di quel silenzio e della fragorosa risata che ne era seguita ti ha accompagnato per tutta la vita.

E ricordando pure quanto rideva la tua vecchia classe delle elementari quando sembrava che avesse "mollato" la maestra, decidesti di provare a replicare quel successo attraverso decine di video postati sul tuo canale YouTube "dedicato". Ti appostavi fuori da negozi, supermercati o cinema, facevi finte interviste in cui chiedevi qualcosa di pretestuoso legato al carovita, al cambiamento climatico, o un commento sul film appena visto, e una tua piccola smorfia di sofferenza, un lieve spostamento del baricentro del tuo corpo, accompagnato da un sonoro peto, facevano reagire l'intervistato in modo comunque esilarante. Hai provato a farla diventare la tua attività. Ti svegliavi la mattina, allegro, controllavi che il tuo cellulare avesse piena carica, che la tua piccola videocamera avesse abbastanza giga, e partivi per le tue "interviste".

Hai scoperto poi che c'era gente che si adoperava così da anni, con maggiori mezzi tecnologici, e soprattutto che riusciva a "intervistare" non gente comune, ma politici, stilisti, cantanti, e questo faceva molto, molto più ridere. E ciò ti rendeva molto, molto più triste.

Chiuso con le pernacchie, hai provato con i balletti su TikTok. Non sei molto aggraziato nei movimenti, direi quasi scoordinato. Questo sarebbe un valore aggiunto, su una piattaforma in cui il ridicolo e il paradossale *sono* un valore aggiunto, ma non lo è stato. Hai totalizzato poche visualizzazioni, e soprattutto hai scoperto che pure lì c'era gente che faceva cose migliori delle tue, sia in termini di vera performance tersicorea che in termini di cazzeggio freak.

Persino con Onlyfans ti è andata male. Mostrarti nudo non ti sembrava il caso, però ti hanno detto che quel sito attira molti feticisti. Allora hai cominciato a postare un'enorme quantità di foto dei tuoi piedi. Dall'alto, dal basso, di traverso: malleolo, tallone, caviglia. Ma anche singole dita. Hai pubblicato persino la radiografia di quando ti eri rotto l'astragalo cadendo dal motorino. Poca roba. La foto che ha avuto più successo, benché relativo, è stata quella della verruca sull'alluce.

Quindi niente, anonimo tra gli anonimi, continui a festeggiare il tuo onomastico il primo di novembre, mese particolarmente anonimo, insieme a tutti quelli che hanno nomi appartenuti a persone che non hanno fatto niente di favoloso e non sono neppure morte in maniera tanto clamorosa (bruciate vive, trafitte da frecce, lapidate) da meritarsi un giorno di commemorazione solo per loro.

E ora ti trovi lì, disteso sul letto con Jessica. Stai provando a scrivere. Qualcosa. Un film, una canzone, un romanzo. Qualcosa che ti renda famoso. Provi a leggerlo ad alta voce.

Jessica ulula. Appallottoli il foglio e lo getti nel cestino stracolmo di fogli appallottolati. Squilla il telefono. Strano, non squilla quasi mai.

È Nando, il tuo agente. Sì, perché hai anche la presunzione di cimentarti come attore, pur senza aver mai studiato. Tanto si impara facendo, è il tuo mantra. Comunque Nando è il tuo agente, *in teoria*. Perché in pratica non ti ha mai trovato uno straccio di lavoro. Ma lui non ha mai rinunciato a nessuno; spera sempre di trovare una perla nel mucchio, una gallina dalle uova d'oro da spremere: "Mirko, è la tua occasione!" dice Nando. "C'è un ruolo interessante. Un attore è saltato. Ha avuto un problema. Però ti devi sbrigare. Devi essere a Roma domattina. Ti mando i dettagli via whatsapp." E mette giù.

Guardi Jessica, che ha capito tutto e ricomincia a ululare. Riprendi il telefono e chiami Angela.

Angela potrebbe essere la tua ragazza, se solo tu fossi meno stupido. Ti vuole bene, non le importa che la gente non ti riconosca per strada, anzi. Ha un lavoro decente, anche se sottostimato (e sottopagato), considerando la sua laurea in Legge: insegna italiano agli stranieri in una specie di onlus. Ha un unico difetto, secondo te. Non ama i cani.

"Angela, senti..."

"..."

"Sì, lo so che ti dovevo chiamare ieri... cioè l'altroieri..."

"..."

"Ok, la settimana scorsa. È che ero molto preso dalla scrittura..."

"..."

"...Sai, non sto più scrivendo un romanzo, la storia è simile, ma la vedo meglio come un film. Insomma, sto scrivendo una sceneggiatura. È un'idea bomba."

E Angela, che avrebbe voluto (e dovuto) tenerti il broncio, o quantomeno perseverare nel suo mutismo, ci casca ancora una volta: "Che storia è?".

"Ma niente, sono ancora all'inizio..."

"E dai, racconta!"

Allora riprendi dal cestino il foglio appallottolato e, mentre lo stiri con le mani, provi a raccontare, con incerta convinzione: "Si tratta di una commedia brillante. Però è anche una specie di thriller".

"Bello..."

"C'è un uomo che sogna di diventare un comico famoso, ok? A un certo punto conosce un presentatore famosissimo e gli chiede di invitarlo in televisione. Quello dice sì, ma poi non lo chiama mai."

"Come *Re per una notte*?"

"Non l'ho visto. Di cosa parla?"

"Be', c'è un uomo che vuole diventare famoso e conosce un presentatore famosissimo. Gli chiede di invitarlo in televisione, quello dice sì, ma poi non lo chiama mai."

"Sì, ma nel mio film a un certo punto c'è una svolta. È questa l'idea geniale. Scopriamo che il protagonista è pazzo, disposto a tutto per il successo, e infatti rapisce il presentatore."

"Sì, è proprio così che succede. Il protagonista è pazzo e rapisce il presentatore. *Re per una notte*. Con Jerry Lewis e Robert De Niro."

Mentre Angela ti racconta quello che ricorda della trama, tu sfogli *Il Nuovissimo Dizionario del Cinema*: *Re per una notte*. Leggi.

Cazzo, Angela ha ragione, è proprio la tua trama.

Però, tre stelle e mezzo, sapevo che era una buona idea!, pensi ributtando il foglio nel cestino, mentre Angela continua: "...alla fine, per salvare Jerry Lewis i produttori dello show sono costretti a mandarlo in onda. Poi ovviamente De Niro viene arrestato, si fa un po' di carcere, ma quando esce tutti lo cercano. Mi sembra che gli pubblichino pure la sua biografia, e insomma, trova la gloria, che era quello che voleva...".

A queste parole ti si illuminano gli occhi: "Mi tieni Jessica per qualche giorno?".

"No. Te l'ho detto mille volte, ho paura dei cani!"

"Di' la verità, sei gelosa."

"Macché gelosa, ho paura."

"È gelosia."

"È paura."

"Gelosia..."
"PAURA!"
"Va bene, *paura*, ma Jessica è cambiata, vedrai."
"Mmm..."
"Solo per un paio di giorni."
"Dove devi andare?"
"A Roma. Tornerò famoso, te lo giuro. E se quando lo sarò diventato mi vedrai fare lo spocchioso e rifiutare anche solo un selfie a uno dei miei milioni di fan, ti autorizzo a sputarmi in faccia."
Angela annuisce.
Jessica guaisce.
O viceversa.

2.

Sei per otto quarantotto, sette per nove sessantatré, centouno per due duecentodue.

Occhei, ci sono ancora.

I taxi alla stazione Centrale, invece, non ci sono mai quando piove.

Questi sono, in ordine sparso, i pensieri di Marco. E allora prende la metropolitana, e mentre scende le scale della verde sogghigna. Come in un flash, rivede Roma e la sua scarsa mètro. Sembra solo una questione di accenti, ma non è così. "'A mètro," dicono laggiù. "Il metró," dicono quassù.

È anche un fatto di genere: maschi contro femmine. E, fiero sia delle sue riflessioni che della sua città, si infila in una carrozza pulita e semivuota che con un potente sferragliare aveva annunciato il suo repentino arrivo.

Guarda come va veloce, pensa Marco... Caiazzo-Loreto-Piola-Lambrate-Udine-Cimiano... Cazzo, la direzione sbagliata.

Ci riflette un po', poi non fa un plissé. Prosegue. Si lascia trasportare chissà dove.

"Non esistono destinazioni sbagliate, solo percorsi tortuosi. Non è importante la meta, ma il viaggio," si ripete tra sé. Fatalista lo è sempre stato, cocciuto lo è diventato, pirla è un'acquisizione recente.

E si ritrova al capolinea: Gessate.

All'uscita gli chiedono il supplemento perché ha varcato il limite della tariffa urbana, e gli fanno pure la multa. Paga, perché quando c'è da pagare, lui... paga. Ma non è contento. Quasi quasi rimpiange 'a-mètro-de-Roma, che anche quando arrivi al capolinea non paghi extra, tantomeno multe.

Ormai è buio e lui si trova a Gessate con un borsone pieno di roba sporca che nessuno gli laverà, perché non ha una famiglia che lo aspetta per cena, non ha bambini garruli che lo chiamano papà, non ha una madre in grado di fare lavatrici. Si incammina lungo il naviglio della Martesana, che si ricorda di aver percorso una domenica mattina soleggiata, in senso contrario. E ora, per autopunizione, si avvia verso la città, a piedi, costeggiando un canale scuro con acqua torbida da cui, come fossero in rilievo, spiccano piccole luci gialle intermittenti. Sembrano lucciole. Sono occhi. Di topi, o meglio di pantegane, forse di nutrie. E una lacrima gli irrora lo zigomo.

All'altezza di Cascina Burrona (dopo una lunga e insalubre camminata) decide che basta. Riprende la mitica verde, finalmente nella direzione giusta, paga un ulteriore biglietto extraurbano, e scende a Porta Genova, appena prima della fermata Romolo, che gli fa ricordare la città da cui è fuggito (ma chi era poi quello buono, Romolo o Remo?).

Casa sua è al di là della ferrovia. Un ponte di ferro gli evita il lungo giro che avrebbe dovuto fare in auto. È in casi come questo che non si pente di non guidare da più di dieci anni.

Da adesso in poi sono solo gesti consueti: portone, chiave grossa, tre scalini, porta, antifurto, chiave piccola, maniglia, spallata, piede che richiude, borsone per terra, culo sul divano, stop.

Occhi chiusi, anzi socchiusi, tanto da intravedere, nel buio della stanza, un bagliore, un lampeggiare rosso. La segreteria telefonica.

In quanti hanno ancora la segreteria telefonica?, pensa Marco. Non si risponde. Era una domanda retorica, anzi un pensiero retorico.

Schiaccia play: "Sono Luciana, sono passata a bagnare le piante. Se vai in camera, c'è una sorpresa. Baci".

Marco non ha voglia di sorprese. Si avvia stanco verso la camera da letto, l'unica camera a parte il soggiorno-cucina, uno studiolo e il bagno.

La porta è aperta e dal piccolo corridoio illuminato, che l'agente immobiliare aveva definito *désengagement*, si intravede qualcosa sul letto. È una massa, un volume sotto le lenzuola. A Marco viene subito in mente la testa di cavallo del *Padrino*... Poi lo sguardo gli cade sulla sedia: una gonna, calze di seta, una camicetta. E ai piedi del letto, delle scarpe col tacco.

Luciana. Marco non sa se essere eccitato o infastidito. Forse entrambe le cose. Luciana è la sua vicina di casa, abita al piano di sotto. E la prima volta hanno fatto l'amore sul pianerottolo, tra il primo e il secondo piano. Era stata lei a suonare chiedendogli se per caso aveva della senape. Quella piccante, in grani. Meglio se di Digione. Domanda insolita, avrebbe dovuto subito sospettare qualcosa, eppure, preso in contropiede, aveva risposto soltanto che no, non ce l'aveva. Ma quando pochi giorni dopo si era ritrovato ad aggirarsi tra gli scaffali della Lidl, era stato più forte di lui. Aveva comprato la senape, quella piccante. Di Digione. Che con sua grande sorpresa aveva scoperto chiamarsi *Moutarde de Dijon*. Lui di mostarda conosceva solo quella di Cremona, che sua madre gli metteva in tavola una volta all'anno, durante le feste natalizie, insieme al tacchino... quando ancora cucinava.

Aveva sceso le scale a piedi, anche perché non avrebbe potuto fare altrimenti. Quell'affascinante casa di ringhiera non aveva l'ascensore, nonostante la sua installazione fosse da anni all'ordine del giorno di tutte le riunioni condominiali. E con il vasetto di senape in mano quasi si era scontrato con Luciana che invece stava salendo per... chiedergli del tè. Verde. Meglio se in bustine. Che lui, ovviamente, non aveva. Allora aveva mostrato la Moutarde (che per lui continuava a essere una moto, come disse con piglio polemico). Avevano riso entrambi. "Ora però la mangi," aveva detto lui aprendo a fatica il vasetto. Al primo mezzo giro si era sentito un *plop* che li aveva fatti sorridere un'altra volta.

Marco aveva infilato un dito nel vasetto, aveva chiesto alla quasi sconosciuta abitante dello stesso palazzo di chiudere gli occhi e aveva adagiato quella polpa granulosa sulle sue labbra. Lei le aveva aperte leggermente, lasciando penetrare il dito e con la lingua lo aveva pulito tutto, con dolcezza e sensualità. Poi una smorfia di disgusto le aveva attraversato il viso (Marco aveva scelto la più piccante). Luciana quasi d'istinto gli aveva morso l'indice e aveva inspirato profondo come a rinfrescarsi la bocca. A quel punto Marco, con un misto di sadismo e masochismo, prima aveva infilato la sua lingua nel vasetto suggendo una buona quantità di senape e poi l'aveva insinuata nella bocca di lei... L'eccitazione aveva presto lasciato il posto alla repulsione e al dolore. Entrambi si erano contorti, intrecciando le lingue. Avevano iniziato una battaglia per spingere la Moutarde de Dijon nel palato dell'altro. Le papille gustative quasi abrase, gli occhi che lacrimavano, le teste ritratte nel tentativo di sottrarsi alla tortura, ma le mani di entrambi tenevano ben salde le rispettive nuche, e impedivano alle labbra di allontanarsi, tanto da costringerli a respirare attraverso il naso, irritando così anche le froge.

Poi la mano di lui era scivolata sulla schiena di lei per premerle la zona lombare contro la sua fino a farle sentire il membro eccitato. E la mano di lei allora si era mossa, agile ed esperta, a insinuarsi tra le gambe di lui, per trovare la cerniera dei pantaloni e aprirla fulminea con il concreto rischio di zippare cose preziose. Quindi era toccato a lui liberare lo strumento dall'elastico (per fortuna moscio, l'elastico) e avventurarsi come il periscopio di un sottomarino tra i vestiti di lei, che per buona sorte erano soltanto una corta gonnellina plissettata e delle mutandine "in seta di gelso", come aveva specificato Luciana quando, nella foga, Marco aveva rischiato di strappargliele. Lei aveva quindi sollevato una gamba appoggiandola alla ringhiera nella tipica posizione di *attitude effacée en avant*, dimostrando così notevoli doti da ballerina quale con ogni probabilità era o era stata, e si era lasciata penetrare muovendo il bacino dall'alto verso il basso grazie alla forza del polpaccio e al movimento della caviglia, che con leggiadria sollevava l'intero corpo passando da un *relevé* quasi al rallentatore a un *demi-plié* potente e profondo.

A Marco non era mai successo. Ma in quel frangente non aveva avuto tempo di pensare, il respiro si era fatto quasi un rantolo; lei a ogni colpo aveva emesso un piccolo "ah" sempre più sonoro.

In quella condizione non avevano certo potuto accorgersi dell'arrivo dello Scaccabarozzi, il tassista in pensione del quinto piano che nell'ordine del giorno della successiva assemblea condominiale era riuscito a far inserire al secondo punto: "Comportamenti dei condòmini sui pianerottoli e sulle scale", e che avrebbe previsto una sua relazione infuocata in cui si preannunciavano "importanti e scandalose rivelazioni". Relazione e discussione che non erano mai avvenute perché – caso strano – la votazione del punto precedente ("Installazione dell'ascensore") aveva avuto per la prima volta esito favorevole grazie al decisivo e inaspettato voto dell'attore del secondo piano e dell'infermiera del primo.

Comunque, tra Marco e Luciana, da quella prima volta ce n'erano state altre. Non innumerevoli, ma tutte memorabili. E quasi tutte all'insegna del sadomasochismo gastronomico.

La seconda volta lei aveva suonato il suo campanello con la bocca piena, masticava, rideva e copiose lacrime sgorgavano dai suoi grandi occhi verdi. Appena richiusa la porta (questa volta non si sarebbero fatti sorprendere dallo Scaccabarozzi), Luciana si era inginocchiata, gli aveva slacciato i pantaloni e glielo aveva preso in bocca. Ma quello che stava masticando poco prima era un peperoncino rosso di Soverato, "che non è neanche tra i più piccanti al mondo," aveva sottolineato. "E ti va di lusso che non ho trovato il Trinidad Moruga Scorpion, il più potente in assoluto," aveva insistito mentre Marco, urlando dal dolore, aveva acceso il computer, aveva cliccato nervoso qualcosa, e dopo una rapida scorsa alle istruzioni aveva immerso il suo povero membro già mezzo spelacchiato in un bicchiere di latte freddo emettendo un lieve sospiro di sollievo. "Una proteina presente nei latticini, la caseina, neutralizza la capsaicina, presente nel peperoncino e causa di irritazioni e bruciori," gli aveva suggerito Wikipedia.

Poi era stata la volta di lui, che l'aveva invitata a cena promettendole degli astici "da paura". E forse si riferiva al fatto che li aveva presi vivi e, dopo averla bendata e legata alla testiera del letto, glieli aveva liberati sulla pancia lasciando che le loro chele giocassero crudelmente con i suoi capezzoli.

Era stata quindi lei a invitarlo a cena, bendarlo, spogliarlo, mettergli i piedi in una bacinella e a mo' di pediluvio scolargli sopra la pasta provocandogli ustioni di secondo grado. Insomma, un rapporto caloroso...

Con il tempo erano riusciti anche a parlare di cose normali, talvolta ad andare al cinema, e Luciana si era fatta dare le sue chiavi di casa per bagnargli le piante (un Ficus benjamin e un paio di begonie che gli aveva regalato e che necessitano di annaffiature frequenti, guarda caso).

Ora Luciana è lì, nel suo letto, con ogni probabilità nuda, che dorme... O forse sta solo facendo finta. Cosa gli riserverà questa volta la sua sfrenata fantasia sessual-culinaria? Marco però non è in vena. Adesso proprio no. Forse non fa finta, forse dorme davvero. E allora proviamoci, pensa. In punta di piedi si avvicina al letto, mette le mani nella borsetta che ben conosce (l'ultima volta ne aveva tirato fuori una boccettina senza scritte e lei, ammiccando, gli aveva chiesto se la voleva provare. Lui ne aveva trangugiata più di metà, pensando fosse un Cialis liquido, invece era un potente lassativo... Meglio non ricordare) e dopo aver rovistato per un po' trova le chiavi di casa di lei.

Sempre in punta di piedi torna sui suoi passi, scende al piano di sotto ed entra in una casa ormai familiare. Con gesti sicuri si prepara un caffè, poi cerca in frigo del latte che non trova. Pazienza. Uno, due... tre cucchiaini di zucchero, ché la vita ha da essere dolce con lui in questo periodo. Basta un sorso: "Puah!", uno spruzzo, "Che schifo!". È sale. Eppure sul vasetto c'è proprio scritto ZUCCHERO. Gli agguati di Luciana continuano, anche in contumacia.

Sei per otto quarantotto, sette per nove sessantatré, centouno per due duecentodue.

Sembra un mantra. E forse lo è. Ma non basta questa volta a rassicurarlo. Vuole altre conferme dalla sua memoria.

Come si chiamava quella posizione di Luciana sul pianerottolo? *Arabesque*? No. *Attitude*! Ecco come si chiamava. *Attitude effacée en avant.* Occhei, ci sono. E una volta ricordo anche che si mise in una *écarté derrière*, quando volle essere presa da dietro.

Che donna, Luciana. Be', lasciamola dormire, pensa saggiamente Marco.

Due

Non ti è stato facile distaccarti da Jessica. Lei ha capito subito che te ne stavi andando, e che probabilmente non saresti tornato nel giro di pochi giorni, come Angela aveva creduto. Il fatto è che Angela è alquanto ingenua. Qualche anno fa, quando la stavi corteggiando sei riuscito persino a farle credere di avere composto una canzone con il suo nome, che poi, tramite amici comuni, avevi fatto sentire a Checco Zalone, e lui te l'aveva rubata. Lo crede tuttora. Angela fa parte dei pochi pugliesi che odiano Checco Zalone, quel ladro di canzoni.

Ma ora sei a Roma, dentro una bara.

Hai provato a chiedere a chiunque dettagli sul tuo personaggio, la sua backstory. I motivi della morte: se si è suicidato, se l'hanno ammazzato, se è morto dopo una lunga malattia. Niente. Nessuno risponde, tutti indaffarati altrove. E allora ci dai dentro. A ogni ciak fai un'espressione diversa, per mostrare la tua poliedricità, poi sceglierà il regista al montaggio. Non ti viene neppure il sospetto che, essendo l'inquadratura un campo lungo e tu dentro la bara, difficilmente qualcuno potrà notare le tue espressioni. E forse è meglio così. Soprattutto perché, essendo tu un morto, non dovresti fare tutte quelle smorfie. Poi intravedi sul ciak la scritta LA VEDOVA CONSOLABILE, così approfitti di un momento in cui nessuno ti guarda per sgusciare fuori da quella scatola di legno e avvicinarti alla prima fila di panche, dove c'è una signora vestita di nero, con un velo a coprirle il viso, convinto sia lei la famosa vedova, cioè tua moglie, cioè la protagonista. Le tiri su il velo sperando di trovarti di fronte una Buy, una Cortellesi, una Ferilli...

"Aaahhh!" urli quando vedi una vecchia senza denti con un neo sul naso.

"Aaahhh!" urla lei quando vede te, bianco come un cadavere e con un foulard stretto intorno al viso.

La strega di Biancaneve che urla a un uovo di Pasqua andato a male, che urla a sua volta. Le altre comparse intorno alla strega ti saltano addosso per difenderla. Tu cerchi invano di proteggerti. Arriva l'aiuto regista con i suoi assistenti, che da giorni non sopportano quella massa di comparse maleodoranti e maleducate. Con la scusa di sedare la rivolta mollano quindi cazzotti e sberle a destra e a manca. Il regista, entusiasta, intima all'operatore di girare, girare. Lo hanno sentito gridare: "Meglio di un film di Bud Spencer!".

Infine arriva Lara, una giovane, ma non più giovanissima, segretaria di produzione che ti porta via ridendo.

La giornata, dopo un'ora di straordinario con le conseguenti lamentele di attrezzisti, elettricisti e macchinisti, finalmente termina.

Vai a fare la fila per struccarti. Ci vuole un po', con tutto quel cerone sul viso e sulle mani.

Ti si avvicina Lara, e solo ora la noti meglio: piccola di statura, ma tutta muscoli. Te n'eri accorto anche quando ti ha protetto dalle sberle della vedova consolabile e dei suoi amici. Ti sorride. Ricambi.

"Non sei di Roma e neanche ci vivi, vero?"

"No, in effetti. Da cosa l'hai capito?"

"Dal borsone bello pesante con cui sei arrivato stamattina e che mi è toccato scarrozzare per tutto il set. Ma perché non ti hanno dato un camerino?"

"Non saprei, forse perché mi hanno chiamato ieri, all'improvviso," dici tu pensando che, se mai la tua performance sarà apprezzata (e di questo sei convinto), un discorsetto al tuo agente lo dovrai fare.

"Ero in vacanza in Puglia," menti, "ho fatto la borsa in fretta e devo ancora andare nel B&B che la produzione mi ha prenotato."

"Lo conosco quel B&B. Fossi in te lo eviterei, se non ami le zecche."

"..."

"Ti va di andare a vedere un bel film? Ho due biglietti per una rassegna al Quattro Fontane e un'amica mi ha dato buca," mente lei. "Se vuoi, puoi passare da me a farti una doccia."

Cos'è, un'avance?, pensi tu lusingato, ricordando quanto è difficile rimorchiare a Nardò. Ma anche a Copertino, a Cutrofiano, a Sannicola. Ti senti subito un provinciale. Del Sud, per giunta. "Certo, una sciacquata e... via! Si vola al cinema!" dici con voce lievemente alterata. Tu, che dopo un viaggio di nove ore tra corriera, treno e FlixBus, vorresti solo mangiare un boccone di qualsiasi cosa (in realtà sogneresti un club sandwich, di cui ti ha tessuto le lodi Nicola, un tuo amico che è stato una volta a Roma e da allora parla solo di quegli strati di tacchino, pancetta, uova sode, maionese), bere un bicchiere, due, va' là, di Negramaro e stenderti su qualsiasi superficie orizzontale... Invece ripeti garrulo: "Si vola al cinema!" agitando le braccia a mo' di ali, facendo il verso del gabbiano. Che io non saprei fare, ma tu purtroppo sì.

Guardando però gli orari del Quattro Fontane intuisci che non c'è neppure tempo per la "sciacquata" tanto anelata. E questa volta ti tocca pure trascinarti da solo il pesante borsone.

"Il Quattro Fontane è qui a due passi," dice Lara incamminandosi allegra. "Tra l'altro, sai perché il cinema si chiama Quattro Fontane?"

"No, come mai si chiama così?" rispondi tu, simulando parecchia curiosità.

"Perché è in via delle Quattro Fontane."

"Ah."

"E sai perché quella si chiama via delle Quattro Fontane?"

"No."

"Perché all'incrocio con via del Quirinale ci sono quattro fontane. E sai chi le ha progettate?"

"Chi?"
"Domenico Fontana. Buffo, no?"
"Pensa se si chiamava Domenico Orinatoio!"
È più forte di te. Quando intuisci che c'è la possibilità di dire qualcosa di spiritoso, non ci pensi due volte: lo fai. In questo caso si tratterebbe della "famosa" schiacciata. Come a pallavolo. Se qualcuno alza la palla (in questo caso una frase lasciata lì, in sospeso...) tu non puoi che schiacciare, cioè dire una cagata, una lepidezza, una roba divertente, insomma. Anche se fa ridere solo te. Come in questo caso. Lara ti guarda, è perplessa. Pensa di aver commesso un grave errore quando ti ha proposto di andare insieme al cinema.
Tu le sorridi, rendendoti conto che forse l'idea di stravaccarti nel B&B che ti aveva assegnato la produzione non era poi così male.
Idea che si fa ancora più vivida quando scopri che in quei giorni al cinema Quattro Fontane c'è una retrospettiva di George Cukor dal provocatorio titolo: CUKOR: UN OMOSESSUALE CHE AMAVA LE DONNE. Ecco il programma:

Pranzo alle otto con Jean Harlow
Margherita Gauthier con Greta Garbo
Scandalo a Filadelfia con Katharine Hepburn
Angoscia con Ingrid Bergman
La ragazza del secolo con Judy Holliday
È nata una stella con Judy Garland
Facciamo l'amore con Marilyn Monroe
My Fair Lady con Audrey Hepburn

Caspita, 'sto Cukor, sarà stato anche omosessuale, ma in quanto a figa non si è fatto mancare niente!, pensi tu, senza dirlo, questa volta. Poi guardi le date dei film e intuisci che più della metà sono in bianco e nero. Che tu hai sempre considerato una categoria: i filminbiancoenero. Che non sopporti. Hai sempre pensato che sanno di vecchio. E lo pensi ancora. Mentre Lara va alla cassa a far timbrare il tesserino della rassegna, sbirci il programma di oggi, quello che ti "tocca" vedere.

La ragazza del secolo. Mah. Perplesso entri in sala, non prima di aver lasciato il tuo borsone alla maschera che ti guarda sospettosa.

Nessuno ti aveva detto che sul collo e sulle orecchie erano rimasti brandelli di cerone, che ti danno un'aria da zombie truccato male.

La sala è quasi piena. Curioso, rifletti, per essere un filminbiancoenero. Sperando di non addormentarti (ti succede spesso con i filminbiancoenero), ti accomodi sulla poltrona mentre Lara saluta chiunque. Ma poi tutto cambia. Il tuo umore, la stanchezza che non senti più, forse persino la tua vita.

A causa di quel filminbiancoenero.

È la storia di Gladys Glover, una modella disoccupata che approda a New York dal New Jersey in cerca di gloria. Passando da Columbus Circle vede un cartellone, un enorme spazio pubblicitario vuoto dove campeggia la scritta: "This space for rent", e se lo immagina riempito dal suo nome a caratteri cubitali: GLADYS GLOVER. Legge inoltre l'indirizzo dell'agenzia pubblicitaria: 383, Madison Avenue. Raccoglie allora tutti i suoi risparmi e salta su un taxi.

"Che ditta rappresenta?" le chiedono.

"Nessuna ditta, è un fatto personale. Voglio solo prendere in affitto lo spazio, se non costa tanto."

"Duecentodieci dollari al mese, minimo tre mesi," le rispondono, lievemente infastiditi. Lei ci pensa un po', poi tira fuori dalla borsa una busta con una mazzetta di dollari e urla entusiasta: "Lo prendo!". Dopo questo "semplice" gesto la sua vita cambia.

La curiosità che suscita quel nome sconosciuto, esposto senza altre spiegazioni in una piazza centrale di New York, la farà diventare famosissima.

Poi, dal tuo punto di vista, il film prende una piega inutilmente sdolcinata. Lei si innamora di un giovane film-maker (un Jack Lemmon al suo debutto cinematografico) e per lui rinuncia a tutto: fama, soldi, carriera. Un finale che non ti piace. Troppo inverosimile, pensi.

Eppure ti rimane quel sapore lì, di una che ce l'avrebbe fatta. Con una semplice idea. Il suo nome sparato a tutto schermo. Senza una motivazione, senza un aggettivo.

Lara ti vede agitarti nella poltroncina, emozionarti, scorge anche i tuoi occhi inumiditi. Però, sembra pensare, un ragazzotto che viene da un paesino del Sud in pullman, una comparsa alle prime armi, che si commuove per una storia d'amore. Chi l'avrebbe immaginato.

Le viene subito da fare un inconscio paragone con il "suo" Marco, decisamente più maturo, intelligente, colto, ma non così sensibile. E comincia a guardare Mirko con occhi diversi.

Tu ti accorgi di essere osservato da Lara. Ti ricomponi (avevi letteralmente appoggiato il mento alle mani che stringevano lo schienale della poltrona davanti, per fortuna vuota) con un gesto brusco, quasi a scacciare una mosca, peraltro inesistente, ti togli quella lacrima che stava per scivolare sulla tua guancia arrossata dall'eccitazione e dici: "Bello 'sto film. Peccato sia in bianco e nero!".

Uscendo dalla sala, prendi il volantino con il programma della rassegna e ti accalori quando leggi che la protagonista viene definita dal noto critico, redattore del programma di sala: "Una figura di dolce demenza mitomane".

"Ma cosa ne sanno 'sti imbecilli!" commenti tu.

Lara sorride pensando: Un attore alle prime armi che già se la prende con i critici. Poi, con uno sguardo non troppo innocente, ti chiede: "È il momento della doccia?".

Tu, non capendo l'allusione, ci rimani un po' male. Poi ti annusi le ascelle e annuisci. E lei: "Facciamo due passi? Sto a Trastevere, non è lontano".

Non è vero! È lontanissimo, soprattutto dovendo trascinare il tuo borsone. Ma tant'è.

Casa sua non è proprio a Trastevere, non nella Trastevere che tutti conoscono. È in via dei Riari, un vicolo cieco che partendo da via della Lungara arriva fino al muro dell'orto botanico. E lì finisce.

La casa è un ampio monolocale con grandi finestroni, un soppalco che ospita un letto a una piazza e mezzo e poco più. Si soffre abbastanza caldo già ora (chissà ad agosto).

Tu fai una doccia veloce. Fredda, perché con quel maledetto manubrio di design non riesci a capire come attivare il boiler... boiler? Ce l'avranno il boiler?, pensi aggirandoti in quella casa che è una bella commistione tra domotica e antichi mattoni a vista. Anzi: Ce l'avranno l'acqua calda?

Con questi pensieri e battendo i denti dal gelo esci dal bagno, mentre Lara entra dicendo: "Vedo che ti piace fare la doccia fredda!".

"..."

"Ah, volevo avvisarti che ho le mie cose... Tanto a noi la fantasia non manca, vero?" E corre dentro sfilandosi la camicetta.

Tu resti lì, con la tua mente che cerca di immaginare cosa intendesse con quella frase, e sono tutte possibilità e varianti curiose, ma soprattutto sconce. Un improvviso calore ti fa scordare il freddo dell'acqua gelata e tu pensi: Ah, le opportunità della grande città!

Sono un signore, quindi non scenderò nei dettagli di quella notte. Come in certe commedie romantiche americane (che a me neanche piacciono) passerei direttamente al risveglio, causato da una fortissima luce del sole (la notte precedente non ti eri accorto che in quella casa tutta finestroni non esistono tende né persiane, tapparelle manco a nominarle) e da un profumato vapore acqueo. Ti tiri su sui gomiti e vedi una nuvola densa salire dal bagno. Ah, l'acqua calda c'è!, osservi sollevato. E una stridula voce femminile, di almeno dieci decibel sopra la norma, grida: "Ti ho preparato una spremuta e c'è del caffè nella brocca. Io devo scappare. Oggi giriamo di notte, ma devo fare dei sopralluoghi fuori Roma, nel parcheggio di un centro commerciale. Una menata. È appena entrato un nuovo sponsor e dobbiamo cambiare location. Vabbè, io scappo. Ci vediamo più tardi. Se devi uscire, ti lascio un mazzo di chiavi sul tavolo. Puoi metterle sotto lo zerbino!".

Poi un boato. Tremendo. Sembra una bomba, uno sparo,

anzi un colpo di cannone. E una risata femminile. È sempre Lara, che risale la stretta scaletta in legno che porta al soppalco con i capelli ancora umidi ma già pronta per uscire: "Ti sei spaventato? Mi dimentico sempre di dirlo a tutti quelli che dormono qui. È il cannone del Gianicolo. Ogni giorno, a mezzogiorno, spara".

Tu, più che spaventato, sei stordito. Come sarebbe "tutti quelli che dormono qui"? Quanti sono? Quanti sono stati? Tu da domani sarai semplicemente "uno di quelli che hanno dormito qui"?

Ti si avvicina, ti dà un bacio sul naso e sussurra: "Oh, ieri notte abbiamo davvero sfoderato tutto il repertorio!". Strizza l'occhio e se ne va.

Tu resti lì, in mutande, a pensare al "repertorio"... Ma se ha fatto tutto lei, pensi. E torni in bagno deciso a fare una doccia calda, o perlomeno tiepida. Di certo non fredda. E provi. Riprovi. Dunque, c'è una manopola, anzi no, è una leva che si può girare di almeno novanta gradi, oppure alzare. E poi un pulsante, un bottone, come chiamarlo, un *pirulino*, che se schiacciato dovrebbe far partire il braccio doccia anziché il grande soffione a pioggia che sta sopra di te, ma che continua a sgocciolare acqua fredda, e se aumenti la pressione non fa altro che schizzare da tutte le parti perché i fori sono intasati... Il calcare colpisce anche la Capitale, pensi quasi soddisfatto.

Così esci dal box e decidi di lavarti a pezzi, nel lavandino, mentre il tuo pensiero ora va soltanto a Gladys Glover e alla sua brillante idea. E visto che finora le tue non hanno avuto successo, ecco il lampo di genio: fare come lei!

Primo problema: i soldi. Ce ne vorrebbero parecchi per affittare un cartellone al centro della città per qualche settimana. Ci vorrebbe un'eredità. Già, un'eredità. Ma non è facile avere un'eredità. Dovrebbero morire i genitori. E i tuoi ti sembrano in ottima salute.

Potresti ucciderli e far credere che è stato un incidente, oppure una rapina andata male. Giusto! Ma poi, pensandoci bene, i tuoi non hanno una lira. Dopo che tua madre ha perso il lavoro per difendere tuo padre e il suo uliveto, si sono messi entrambi a fare i contadini. Hanno aggiunto ulivi a ulivi. Ma la Xylella si è portata via tutto. Niente eredità. No! A te non serve un'eredità, ma: *L'Eredità*!

E i tuoi occhi si illuminano di una luce sinistra, quasi diabolica.

3.

“Ma come cazzo ti permetti!”

“...”

“Fuggire così dal set... Un vero professionista certe cose non le fa!”

“Probabilmente non sono un vero professionista...”

“No, non è così, e tu lo sai. Però io con te non so davvero più cosa fare! Ti lamenti di questo ruolo – perché è piccolo, immagino – e poi rifiuti quel gran film da protagonista assoluto...”

“Ancora con quella storia? Te l’ho già detto: Lucky Luke anziano non lo faccio!”

“Ma non è proprio anziano. Certo, non è un ragazzo. Del resto, neppure tu sei un ragazzo. E poi è un fumetto, i personaggi dei cartoon non hanno età. E a te, scusa, non piacciono tanto i fumetti? Eh? Non sei tu ad avere la collezione completa di ‘Topolino’?”

“Cosa c’entra ‘Topolino’?”

“Dai, non litighiamo ancora su questo. Parliamo invece del casino che hai fatto sparendo dal set della *Vedova consolabile.*”

“Parliamone.”

“Senti, mi ha chiamato la produzione. Pensa come sono assurdi: invece di farti il culo, ci chiedono scusa. Per la scena della bara abbiamo... cioè hanno, trovato una controfigura, un coglione qualsiasi. Restelli poi dice che hanno capito che uno con il tuo curriculum non può non avere neanche una battuta, e allora hanno convinto il regista ad aggiungere un flashback."

"..."

"Hai capito? Un flashback!"

"..."

"In cui sei vivo... e parli. Uuuh, quanto parli... In pratica è un monologo. Restelli ha parlato di 'monologo interiore'. Quando scopri che tua moglie ti ha tradito perché ti ha visto indossare i suoi abiti e fare delle avances al magazziniere di quel centro commerciale... Tra l'altro, notiziona! È entrato un altro product placement: Esselunga, e così il magazziniere non è più di Auchan, quella grande catena d'Oltralpe, ma dell'Esselunga. Pare per ripicca nei confronti del governo francese, su esplicita richiesta del ministro della Sovranità Alimentare.

Insomma, tu, sempre vestito da donna, vedi tua moglie nel parcheggio dell'Esselunga che si bacia con il magazziniere che l'ha aiutata a portare il carrello della spesa pieno di confezioni famiglia di qualsiasi cosa... pensa a quante altre sponsorizzazioni possono venir fuori... poi, io dico baciarsi, ma tu conosci il regista, quello altro che bacio, tira fuori sicuramente qualcosa di bollente, prova a immaginarti: station-wagon con il portellone aperto, carrello di quelli enormi, magari pure con il seggiolino per i bambini, già mi vedo la scena, giovane magazziniere palestrato... Ah, tra l'altro, dimenticavo la cosa più importante: lo stesso magazziniere a cui tu avevi fatto le avances... capisci come tutto torna? E tu li vedi, ti rode... e non si capisce se sei più geloso della moglie o del magazziniere, qui devi sfoderare quelle espressioni ambigue che sai fare solo tu... ma come riesci a tirare fuori quelle facce?!... E ora, stammi a sentire, mentre tua moglie fa la porca nel parcheggio... 'porca nel parcheggio', senti come suona bene... anzi, meglio, 'la porca nel parco'... figata, questa me la segno, può sempre venir buona per una serie web...

Dicevo: tu, sempre vestito da donna... ti ci vedo, sai? Parti con questo monologo... Io ho letto solo le prime righe, che sono da brivido: *Essere donna o non essere uomo, questo è il problema*... Capisci? Il riferimento a coso è esplicito, no? Come si chiama coso? Dai, quello un po' calvo, con quella specie di collare di pizzo...

Marco... Marco... pronto? Cazzo, è caduta la linea."

"Pronto?! Era caduta la linea, sono in treno. È pazzesco, non ci sono più gallerie e ancora c'è il campo ballerino," ridacchia. "Ti è piaciuta? Campo-ballerino. Oh, mi è venuta fuori così. Non è repertorio, giuro. Oggi è la mia giornata, mi segno pure questa: *Campo-ballerino* potrebbe essere il titolo di un musical. O di una striscia quotidiana, o di un film drammatico ambientato in un lager che ospita solo danzatori. Gay, ovviamente. Scusa un attimo che la scrivo, sennò me la dimentico. Cam-po-bal-le-ri-no. Ecco fatto. Se poi ci aggiungi una *s* all'inizio diventa *Scampo-ballerino*, la storia di un crostaceo che sogna di diventare un'étoile... e alla fine ci riesce! Io, lo sai, sono sempre per l'happy ending. Anzi... *il pubblico* è per l'happy ending. E chi siamo noi per scontentare il pubblico?

È un gioco che facevo quando lavoravo con Marcella. Ti ho mai detto che ho iniziato questo mestiere come driver di Marcella Bella? Be', durante quei lunghi viaggi... oh, lei negli anni d'oro girava tutta l'Italia... anche adesso, mi sa... Insomma, per stare svegli facevamo questo gioco, tipo... Qual è quel film che racconta la storia del rapporto tra Beethoven e il suo agente, in particolare dopo la stesura della *Quinta sinfonia*?"

"..."

"No, davvero, prova a pensarci... ci puoi arrivare pure tu. Devi prendere un film famoso e cambiare al massimo una lettera..."

"..."

"*Giù la sesta*!"

Grasse risate.

"..."

"Eh?... Ti è piaciuta? Dimmi di sì. E quel film che racconta la storia di un gruppo di ragazzi che sono invitati a un party, ma sbagliano piano?"

"..."

"*Giù la festa*!"

Ancora risate, sempre e solo dalla bocca di chi parla senza interruzione, quasi in apnea.

"E qual è quel film, questo è un film d'epoca, ambientato nel Medioevo, che racconta la storia di quel vecchio, accusato ingiustamente di pedofilia, che viene condannato agli arresti domiciliari? Nessuno può andare a trovarlo, quindi è destinato a morire di fame, ma lui fa amicizia con un pizzicagnolo che ha la bottega proprio sotto casa sua e che ogni giorno gli procura del cibo mettendolo in un cavagno legato a una fune che il vecchio butta giù con una moneta d'oro zecchino e tira su pieno di cibo..."

"..."

"*Giù la cesta*!"

Risate convulsive. Seguite da colpi di tosse. E una scatarrata.

"Mi scusi signora, sa, le sigarette. Lei fuma? No? Fa bene. Il fumo uccide!"

"..."

"No, non dicevo a te, parlavo a questa simpatica signora..." continua portandosi una mano sulla bocca e parlando sottovoce, "alla quale ho sputato sul golfino, ma secondo me non se n'è accorta..."

Risate ormai afone.

"..."

"Poi, se vuoi, puoi esercitarti da solo a trovare trame con *Giù la mesta*, o *Giù la pesta*... Pensa che tutto era partito da *Ventimila seghe sotto i mari*... Pronto? Marco? Eppure ho tre tacchette... Però mi si sta scaricando la batt..."

Marco non stava ascoltando da un pezzo. Era stato svegliato dalla tipica telefonata di Nando cercando di capire dove si trovasse. Poi, l'odore lo aveva orientato. Ogni casa ha un odore particolare. In quel momento sentiva un misto di profumo d'incenso e puzza di fritto. Casa di Luciana, ecco dov'era. Solo lei riusciva a sintetizzare una figlia dei figli dei fiori e una self-made woman. Solo lei riusciva ad avere un bastoncino di sandalo costantemente acceso ed essere la miglior cliente di Picard, il più grande dispensatore di surgelati in Europa. E nella top ten dei suoi cibi c'erano le patatine fritte. Prima surgelate, poi fritte. Da spiluccare con la mostarda di Digione. E con un bicchiere di bollicine. Questo Marco lo sapeva bene. Lo aveva imparato. E così, se chiudeva gli occhi, il suo appartamento poteva sembrargli, a seconda degli effluvi: accanto alla stazione di Amsterdam in inverno, oppure nel Rajasthan in primavera. Ma erano semplicemente a Porta Genova, in un inizio estate che prometteva di essere "la più calda estate dal dopoguerra", come avevano titolato i tg qualche sera prima. O "la più fresca estate dei prossimi decenni", come pensava Marco visto il progressivo e inesorabile riscaldamento globale. Tra una telefonata e l'altra del suo logorroico agente, aveva sbirciato il display del telefonino e aveva trovato alcuni messaggi di Lara:

Topone, scusa per prima. Ero stanca, come sai ero in piedi dalle cinque per preparare tutte quelle comparse per la scena del funerale... e se non lo sai, sappilo. Ero in piedi dalle cinque per preparare tutte quelle comparse per la scena del funerale! Quindi vedi di trattarmi un po' meglio, cazzo! Io in piedi dalle cinque e tu sdraiato da poche ore in quella morbida bara di velluto, cioè di legno, ma foderata di velluto... Vabbè, baci. Fatti sentire!

Marco, sono Lara. Hai detto che chiamavi via Skype, ma non sei connesso. Non ti chiamo perché è molto tardi, magari sei da tua madre... Chiamami tu!

Stronzo! Lo so che sei tornato a Milano perché hai sottomano qualcuna delle tue baldracche! Ma tu non mi conosci abbastanza. Se voglio mi faccio il primo cretino che incontro. E con te facciamo i conti appena ci vediamo. Tanto, prima o poi sul set ci devi tornare. Altrimenti vengo a prenderti io... con un paio di miei fratelli.

Lara era la quinta di cinque fratelli, l'unica femmina, la più piccola. Farle del male era ingiusto. E pericoloso.

Ma adesso Marco è a casa di Luciana, per altri motivi non meno pericolosa. Fa una frettolosa doccia e si rimette mutande e camicia sporche (che schifo!). D'altronde, se fosse salito in casa sua avrebbe rischiato di svegliare la sadomasomasterchef, con conseguenze imprevedibili. Lascia quindi le chiavi di Luciana sotto lo zerbino e finalmente si decide ad andare a trovare la madre, Silvana, un tempo professoressa di matematica, ora in pensione, e malata di Alzheimer.

Sei per otto quarantotto, sette per nove sessantatré, centouno per due duecentodue.

Ogni volta che pensava a lei, doveva quasi per riflesso condizionato ripetersi quelle tre moltiplicazioni. Per essere sicuro di non soffrire del suo stesso male. A lei era iniziato così, dimenticando il risultato di semplici moltiplicazioni.

E per una che aveva amato la matematica, che da sempre credeva che ogni manifestazione della natura potesse essere spiegata e sintetizzata da un numero, da un'espressione, da una funzione, non riuscire a ricordare quanto faceva sette per dodici era stato davvero l'inizio di un dramma.

In cortile, infilata nella rastrelliera, c'è ancora la sua bici. Una vecchia bicicletta senza cambio e con i freni rotti, oggi direbbero una "vintage a scatto fisso", che lui ha voluto dipingere di rosso, per farla davvero sembrare una di quelle biciclette che vanno tanto di moda a San Francisco, con quei pazzi che si buttano giù dalla Coit Tower, e si fanno tutta Filbert Street senza freni. Ma quello smalto rosso dato senza troppa perizia (Marco e il fai-da-te non vanno d'accordo) con il tempo si è prima accartocciato e poi è venuto via, a strisce, e il nero opaco sottostante è tornato alla luce. Morale, ora è una splendida dueruote rossonera che neanche Galliani dei tempi d'oro ne avrebbe potuto concepire una simile. Di quel rossonero decisamente fuori moda, Marco un po' si vergogna. Non che non sia stato milanista, ma di un Milan d'antan. Ha smesso di tifare davvero quando le maglie hanno abbandonato le loro strette strisce verticali, che tra l'altro smagrivano pure, per adottare delle larghe bande con un rosso meno rosso e tanto bianco intorno.

Ha sopportato i presidenti Riva, Buticchi, Farina, vissuto in apnea il trentennio berlusconiano, preso in giro i cugini interisti per l'arrivo dell'indonesiano Thohir, e ora, dopo essere passato per il thailandese Mister Bee e il cinese Yonghong Li, si trova in casa gli odiati americani. Prima il fondo Elliott, poi Gerry Cardinale con il suo uccello rosso: RedBird, che suona meglio.

E gli hanno pure cacciato in malo modo il suo amato Paolino (nel senso di Maldini). Potesse con la bacchetta magica cambiare il colore a quella bicicletta, lo farebbe di corsa. Ma la bacchetta magica non ce l'ha, e allora pedala, neanche tanto di corsa, immotivatamente fiero, nella sua bella Milano.

E Milano è davvero bella, da qualche anno. Attraversa viale Gorizia e riappare la darsena, splendente, piena d'acqua.

Almeno per ora, perché tutte le previsioni meteorologiche parlano di siccità e di un'estate senza pioggia.

Prima o poi voglio prendere il bâteau-mouche e andare a Gaggiano a mangiare il pollo schiacciato alla Trattoria del Gallo, pensa, anche se non sono sicuro che il naviglio sia navigabile fin laggiù...

E così, pedalando tra pensieri e promesse che non manterrà mai, si ritrova in via De Amicis. Ogni volta che ci passa non può non ricordare quel 14 maggio 1977. Anche lui era lì, lì vicino, quando il vicebrigadiere Antonio Custra cadde colpito da un proiettile esploso da un suo coetaneo. Ci sono luoghi che anche dopo tanti anni ricordano una cosa sola. Via De Amicis è uno di quelli.

Colpire al cuore lo Stato, dicevano. Al *cuore*, proprio in via De Amicis. E lo hanno fatto davvero, a quel povero vicebrigadiere napoletano. Ma ora tira dritto verso via Molino delle Armi, dove, ne è sicuro, c'era un garage sovrastato da un'insegna in rilievo, praticamente una scultura, che rappresentava un'auto, azzurra gli pare di ricordare, dalla carrozzeria aerodinamica anni cinquanta...

Eccola, c'è ancora. Solo che non è azzurra, è gialla, con una forma vagamente futurista a indicare un senso di movimento... e non siamo al Museo di Arte Contemporanea, ma all'entrata di un concessionario della Bmw! E ora che guarda bene, quella non è neanche via Molino delle Armi, ma ancora via De Amicis. Vedi la memoria. Che brutti scherzi. E questi qua? Grom, Rossopomodoro, la Dogana del Buongusto? Ma da quanto tempo non faccio questa strada?..., si domanda. O l'ho percorsa di recente e già non ricordo più nulla? *Sei per otto quarantotto, sette per nove sessantatré, centouno per due duecentodue.*

E pedalando, mentre si ripete ostinatamente quella giaculatoria, si ritrova in piazzale Loreto. Attraversarlo in bicicletta, dopo che qualche tempo fa un camion ha steso una povera ciclista, non è rilassante. Marco scende dalla bici e lo attraversa a piedi.

Anche questa piazza è cambiata. E dicono cambierà ancora. Adesso nemmeno l'Upim c'è più, lì all'angolo con viale Brianza, sostituita da Aumai. Aumai, cos'è? Un acronimo? Un nome proprio? Una dinastia? Una tribù? I famosi e terribili Aumai.

E provando a immaginare orde di Aumai in arrivo, eccolo accelerare il passo, anzi la pedalata, verso il tunnel sotto la ferrovia che attraversava per andare a scuola e dove il gioco più divertente tra i teenager di allora (che si chiamavano semplicemente ragazzini) era far cadere con un calcetto secco ma deciso la cartella dalle mani di chi camminava davanti, distratto dagli agguati alle spalle perché concentrato come tutti nel tentativo di percorrere il lungo sottopasso in apnea, causa gas di scarico delle auto incolonnate.

Già, la cartella. Mica gli zainetti. Cartella: da portare alle elementari sulle spalle con le apposite cinghie, ma alle medie (ormai grandi) rigorosamente a mano, come tanti ometti, che alla fine dell'anno alla base delle dita si trovavano un bianco ispessimento della pelle, ruvido al tatto, ma tanto, tanto maschio. E quando padre Gianfranco a catechismo recitava: "Il Signore disse che nessuno entrerà in paradiso se non avrà i calli alle mani!", Marco si guardava le sue con soddisfazione.

E poi via Melchiorre Gioia e... siamo arrivati.

Marco suona al citofono:

"Chi è?".

"Sono io."

E quella apre...

Ora le faccio il culo, pensa.

"Quante volte le ho detto di non aprire a chiunque?"

"Ma ha detto 'Sono io'!"

"Sì, ma *io* chi?"

"Lei!"

"Ma se fossi stato un *io* non-io?"

E si potrebbe andare avanti ore, che neanche Totò nei suoi migliori calembour.

La bicicletta la lascio in cortile senza legarla, tanto lì non rubano. Anzi no, meglio incatenarla, ché ho visto come la guardava il portinaio, la mia bella bicicletta rossonera... o è un ladro o è un interista. O tutt'e due, pensa il milanista che c'è in me.

"Buongiorno, signora Beltrami," saluto la condomina del terzo piano che sta per uscire. Tre scalini, porta a vetri e... chiusa. Cacchio, tutte le volte!, ma perché non cambiano sistema? Ti aprono il cancello, attraversi il cortile e basta che un'altra persona (tipo la signora Beltrami del terzo piano) sia uscita in quel momento e ti ritrovi la porta della scala B chiusa. (Ma forse sarà così anche per la scala A, almeno lo spero. Già si sentono di serie A solo perché abitano nella scala A. E perché danno sul giardino anziché sull'incrocio. E perché hanno l'ascensore più recente, con portata maggiore e che, ovviamente, si rompe meno spesso... Li odio, quelli della scala A.)

E ora mi ritrovo in un limbo.

Ecco cos'è, il limbo. Padre Gianfranco lo diceva minacciandoci: "Chi muore senza battesimo va nel limbooo!". E da come lo pronunciava (con l'effetto eco) sembrava un pozzo senza fine. Noi ci spaventavamo a morte pensando di precipitare in quel pozzo senza mai arrivare da nessuna parte. Invece no. È tutto molto più semplice. Bastava che ci dicesse: "Il limbo è un cortile". Un cortile come questo, magari messo giù meglio di questo, dove sono entrato varcando un cancello, e adesso mi ritrovo tutte le altre porte chiuse. E sto lì. Ad aspettare che se ne apra almeno una. Come sto facendo ora io. Rompendomi il cazzo. Cavolo, cos'ho detto. Ho bestemmiato? No, direi di no. Ho solo pensato una parolaccia che serviva a esprimere uno stato d'animo, in questo caso sinonimo di annoiarsi. Mi sto rompendo il cazz... vuol dire "mi sto annoiando". Be', non solo. E non sempre. Se tu dici in faccia a uno, con un volume bello alto: "Mi hai rotto il cazzo!", non ti viene da tradurlo: "Mi hai annoiato!". Quindi, dipende sempre dal tono... Questa devo segnarmela, se mai mi capiterà di insegnare recitazione, e mi capiterà di certo, questo è quello che fanno gli attori a fine carriera, come me.

Ma a proposito di segnarsi cose... Avete notato che dalla terza persona sono passato alla prima? Un bravo editor se ne sarebbe accorto per tempo, ma così non è stato. La Ioppolo, la mia prof del liceo, me lo avrebbe già segnato con la matita blu. E mi avrebbe dato un bel due. Anche perché, secondo lei, sarei andato fuori tema. E pure sulla punteggiatura avrebbe avuto il suo bel dire. E anche "bel dire" me lo avrebbe segnato, magari non con il blu, con il rosso, però con quelle righe ondulate sotto la frase che danno tanto fastidio. E che, tra l'altro, pure Bill Gates con il suo Word di Office ha copiato.

Una volta ho scritto un'intera sceneggiatura – perché la terza persona di prima non ve l'ha detto, ma io l'attore ormai lo faccio per inerzia.

In realtà amo scrivere. Sceneggiature, perlopiù. Che per ora nessuno ha mai letto, ma un giorno, chissà... Be', dicevo che una volta ho scritto una sceneggiatura di un'ottantina di pagine con un computer non mio (il mio era andato in bomba) e, senza che lo sapessi, quel programma aveva il correttore automatico impostato sull'inglese. Tutto il testo si era automaticamente sottolineato con quelle orrende ondine rosse.

"Signora Beltrami, (ri)buongiorno!"

Caspita, è già tornata? Ma quanto tempo è passato? Insomma, almeno aprirà la porta e potrò entrare. Ma come, tira dritto?

"Non sale, signora Beltrami?"

"No, devo andare in cantina a prendere il vino per mio marito. Sa, lui alla sera se non si beve il suo bel bicchiere di Bonarda non è felice. E lo vuole bello fresco. Non di frigo, però, dalla cantina. E ogni sera vuole che stappi una bottiglia nuova. Gli piace proprio il rumore del tappo, ha presente quando fa *plop*?" Fa proprio *plop*, infilandosi un dito in bocca per far schioccare le labbra. "È che a lui basta un bicchiere. E a me spiace buttar via la roba."

Ora capisco tante cose.

"E lei cosa fa qui, perché non sale a trovare la sua mamma?"

"Perché lei, cara signora Beltrami, uscendo mi ha chiuso la porta della nostra amata scala B. E io non ho le chiavi."

"Ma me lo poteva dire subito, cià che la apro!"

Cià che la apro... Vedo già la bavetta verde uscire dalla bocca della Ioppolo.

Finalmente.

Tre scalini, porta, ascensore con le porte a soffietto. Altro che siluro della scala A, questa è pura archeologia industriale, penso salendo lentamente e reggendo gli enormi sacchetti della spesa della signora Beltrami che mi sorride sollevando con due mani la sua boccia di Bonarda, manco fosse il Sacro Graal, perché "Cià che la apro, cià che la apro", ma ho dovuto prima aspettare che scendesse in cantina.

Per fortuna lei sta al secondo piano, perché in quel breve tragitto (breve si fa per dire, vista la velocità del nostro montacarichi) è riuscita a dirmi di guardarmi bene dal Sagone, quello del settimo piano... "che tra l'altro non è neanche proprietario ma si fa dare la delega, e sono almeno due assemblee di condominio che propone di installare un fonometro... sa cos'è un fonometro? Non fa mica brutta figura a dire che non sa cos'è, neanch'io lo sapevo. È un coso che misura il rumore. Se supera i tre decibel scatta la multa. Il Sagone lo vuole mettere davanti alla porta di sua madre, perché dice che fa un gran baccano con le pentole. Io ce l'ho detto, sa? Che è impossibile che una signora così anziana e insci cunsciada faccia tutto quel rumore...".

Congedata la Beltrami, schiaccio il tasto che mi porterà all'ottavo piano.

Dicono che gli atleti che corrono i cento metri, in quei dieci secondi rivedano tutta la loro vita scorrergli davanti. Ma allora io, prima che questo ascensore arrivi all'ottavo, posso rivedere tutta la storia dell'umanità.

Chiudo gli occhi e faccio un respirone.

Mano a mano che mi avvicino riconosco l'odore della casa di mia madre. Odore di cavoli, odore di chiuso, odore di tappezzeria, ma anche odore di bucato, odore di divani ricoperti con trapunte fatte a mano, di lana... Il tutto mescolato con un forte odore di calce, di colla, di ferro, di intonaco... Stanno rifacendo la facciata del palazzo e da mesi ci sono i ponteggi di tubi innocenti.

La porta di casa è aperta.

"Buonasera Urszula, quante volte le ho detto di non aprire a chiunque?"

"Ma io ho sentito 'Sono io!', e allora ho pensato che lei era lei."

Sì, vabbè, lascio perdere, tanto so già come può proseguire il dialogo.

Per la cronaca e per tutti gli editor – e per la Ioppolo, se ci sta leggendo –, Urszula non è un errore di battitura, è inutile che me lo sottolineiate con l'ondina rossa. Si chiama proprio così la nostra badante polacca: Urszula, con la *esse* e la *zeta*, un donnone biondo che si aggira sempre scalzo (chissà perché) e che parla come il conte Dracula doppiato male.

"Signor Marco, posso fare lamentela ora? Piccola lamentela, no grande."
"Va bene, Urszula, faccia piccola lamentela."
"Ecco, io dorme qui in sala, sul divano, che diventa divano letto. Io non lamenta, anche se fatica un po' perché molla dura."
Molla dura? Ora la badante polacca mi parla per ossimori?
"Sì, molla di materasso, dura dura. Ma ripeto: io non lamenta di questo, perché tutto sommato divano comodo è."
Adesso è diventata sarda...
"Quindi?"
"È che lei sa, io pomeriggio lavoro da Beltrami e devo essere riposata."
"Certo, Urszula, certo."
"E io con luce nei occhi non dorme bene."
"Quale luce?"
"Quella, vede?" E indica le finestre. "Manca stecche di tapparella, entra luce forte e io non dorme."
"E io che ci posso fare?"
"Aggiusta tapparelle."
"E dove sono finite le stecche mancanti?"
"Io non dice niente, ma signora sa. Non dice, non parla. Però sa. Sa chi rubato stecche."
"E chi sarebbe?"
"Lei. Signora preso stecche."
"Ma cosa dice? Mia madre avrebbe rubato le stecche della sua tapparella?"
"No, forse no rubate. Solo prese."
"Va bene, grazie Urszula, ci penserò io. Intanto, metta uno straccio per coprire quella fessura."
"Grazie, signore, bella idea. Sapevo che aveva soluzione pronta. Bravo."
"Grazie."
"Prego."
"Ma mia mamma... è di là?" chiedo, anche per interrompere questo assurdo dialogo.
"Sì, signor Marco."

E di là, che poi sarebbe in cucina, mi appare una scena da film. Non per modo di dire, proprio una scena da un film, da un film in particolare. Avete presente *Youth* di Paolo Sorrentino? Quando Michael Caine va a trovare la moglie e la trova seduta su una sedia, di profilo, che guarda fuori dalla finestra, con lo sguardo perso?

Ecco, uguale.

Tre

Gianni e Giancarlo non si conoscevano da troppo tempo. Avevano entrambi risposto a un annuncio su "Secondamano" che recitava:

VENDESI AMPIO TRILOCALE ZONA NAVIGLI.
MA ANCHE AFFITTASI

L'agenzia aveva dato appuntamento a tutti e due la stessa mattina, a distanza di mezz'ora l'uno dall'altro. Il primo a visitarlo era stato Gianni, che aveva trovato il prezzo interessante e, con un guizzo di decisionismo che non gli apparteneva, aveva lasciato subito la caparra per un affitto di anni quattro più quattro, che "praticamente sono otto anni," aveva precisato Gianni senza ironia. "Certo," aveva risposto l'agente immobiliare con ancor meno ironia.

All'arrivo di Giancarlo, mezz'ora dopo, l'agente aveva detto "mi dispiace", come non si deve mai dire tra persone che si amano. Ma non era questo il caso. Giancarlo, lo conoscerete a poco a poco, si presentava malissimo. Barba ispida e non curata, capelli arruffati e visibilmente da lavare; anche quando li lavava, una volta asciugati sembravano sempre da lavare, forse a causa di una forte produzione sebacea; diciamo che era pieno di forfora che gli si sfarinava sul colletto della camicia, che così risultava sporco. Dita della mano destra ingiallite da un pluridecennale rapporto con la nicotina contenuta in sigarette rigorosamente senza filtro che nel corso degli anni erano state Lucky Strike, Camel, Gitanes e ora Drum e Rizla. L'odore dei vestiti e dell'alito (nonostante un costante uso di mentine) era conseguente. Tuttavia aveva un non so che di altero, forse la erre *arrotata alla francese, forse la cravatta che (pur se imbiancata dalla forfora) portava sempre. Scura, nodo stretto, un pochino démodé se vogliamo, ma di sicuro effetto. Poteva essere un artista, un pittore. Ah, e gli occhi! La sua caratteristica più appariscente: azzurri, di un azzurro quasi grigio, con sfumature gialle all'interno dell'iride, che uniti alle folte sopracciglia gli davano un tono vagamente mefistofelico e conturbante. Diciamo che non passava inosservato. E l'età? Be', quella era davvero indefinibile. Poteva avere dai trentacinque anni portati male ai cinquantacinque portati molto bene. Ne aveva quarantotto. Portati giusti. Alle parole "Mi dispiace, è arrivato tardi. Proprio poco fa ci siamo impegnati con un altro cliente..." Giancarlo aveva stretto gli occhi, si era profuso in una smorfia che voleva essere un sorriso, gli aveva allungato quattro biglietti da cinquecento euro e aveva sussurrato: "Questo per il disturbo".*

"Quale disturbo?" aveva sinceramente chiesto con un filo di voce l'agente immobiliare, che al suo confronto sembrava un Clark Kent senza la chance di trasformarsi mai in Superman.

"Il disturbo di dover chiamare l'altro signore scusandosi per l'errore commesso, in quanto a sua insaputa un suo collega aveva già stipulato un accordo con un altro... Cazzo, per duemila euro almeno fai la fatica di inventarti tu una scusa!"

Gli occhi erano rimasti piccoli, ma si erano illuminati di luce propria.

Clark Kent si era limitato a dire: "Certo".

Quando, il giorno dopo, Gianni aveva ricevuto la telefonata da parte dell'agenzia in cui gli si comunicava che avrebbe avuto indietro i soldi della caparra causa forza maggiore, e blablabla e blablabla, non disse una parola, perlomeno non una parola definita; mentre l'agente continuava nel suo blablablare, gli uscì un suono sommesso, pronunciato a bocca chiusa, una specie di "mh mh" bitonale che comunemente viene interpretato da tutti come un cenno di assenso. Ma non da Gianni.

Dopo aver pronunciato le suddette consonanti, si alzò, si mise il giaccone che usava per tutte le stagioni (e questa, guarda caso, era proprio quella giusta) e uscì da una porta che presumibilmente chiudeva un appartamento che o non gli apparteneva o non gli bastava più, visto che aveva appena firmato un contratto d'affitto di quattro più quattro (cioè otto) anni.

"Ti piace?" chiede Lara.

Tu non rispondi. Mentre lei leggeva quei due foglietti scritti a mano, tirati fuori da un cassetto, tu stipavi nel frigorifero ciò che avevi appena comprato: cibi precotti, "di gastronomia," avevi detto, acquistati in un negozietto gestito da cinesi che solo tu potevi avere il coraggio di sperimentare. Era un bazar di non più di dieci metri quadrati che vendeva qualsiasi cosa: dalle sigarette ai surgelati, dalle Duracell al latte fresco. Ciò che ti aveva attirato (che era ciò che teneva lontana da quel negozietto tanta gente, Lara compresa) era l'insegna: NON SOLO PILE. Ti si erano scaricate le batterie del rasoio elettrico e, avendo pure promesso a Lara che avresti fatto un po' di spesa, ecco il tuo negozio! Difatti, nonostante la scarsa metratura, c'eri stato dentro più di mezz'ora, comprando di tutto.

Eri uscito con una cesta di acqua "lievemente effervescente", come ti aveva chiesto lei, e un'altra decisamente gassata, come piace a te. E poi sofficini, cornetti, patatine alla paprica, una bottiglia di Aperol e una di Schweppes per cimentarti nella preparazione di un paio di spritz che avevi millantato di saper fare con maestria. "Il re dello spritz" ti eri definito. E lo avresti preparato con tale improvvisazione e maldestrezza che in confronto il famoso Negroni sbagliato sarebbe risultato il più giusto dei giusti.

"Be', se ti fa schifo quello che ho scritto puoi dirmelo, non mi offendo!" dice Lara con un tono già offeso, a prescindere dalla risposta.

"Le melanzane alla parmigiana le metto in frigo o le surgelo?" urli tu. "Tieni presente che abbiamo anche le lasagne al pesto e i saltimbocca alla romana."

"Tutto cucinato da quel cinese con la faccia da cinese di Taiwan?"

"La faccia da cinese di Taiwan..." ripeti. "E come sarebbe?"

"Imbronciata."

Questa Lara comincia a piacermi, pensi, ha anche un buon senso dell'umorismo. E allora le dici: "Senti, non è male. Non capisco però cosa ne vuoi fare".

"Del cinese di Taiwan?"

"Cretina, del tuo scritto. È solo un inizio, immagino. Che succede poi?"

"Certo che è solo l'inizio. Vedo che te ne intendi... Cos'hai fatto, la Scuola Holden?"

"..."

"Pensavo a una sceneggiatura, sarebbe l'inizio di un trattamento, poi cominciando a scriverlo mi sembrava più un romanzo, ma ci vuol niente a ritrasformarlo in un film. Anche perché hai capito come può andare avanti la storia, no?"

"No."

"Be', i due, Gianni e Giancarlo, sono costretti a convivere in quella casa finché non si risolve l'inghippo, cioè fino a che l'agenzia non dà ragione a uno dei due. Loro si odiano, ma a forza di convivere faranno amicizia. Un buddy movie, insomma. Poi mi piacerebbe un finale a sorpresa, tipo che uno dei due muore e l'altro prende il suo posto: la moglie, il lavoro, gli amici... Oppure muoiono tutti e due, ma questo mi sembra un po' triste, che dici? Oppure uno dei due si dichiara, fa coming out dicendo all'altro che lo ama, che non è mai stato con un uomo ma con lui si sente di fare il grande salto... Però mi sa di già visto, no?"

"No, sinceramente non mi sembra già visto, ma continuerei a lasciarlo nel mondo del non-visto."

"E sai chi ci vedrei bene a interpretare quei due?"

"Chi?"

"Marco Moschini. E te."

"Marco Moschini chi? *Quel* Marco Moschini?"

"Sì."

"Ma è impossibile. Quello ha fatto cento film, non ti ascolta neanche. Dicono pure che sia un po' stronzo."

"Non dire fesserie, non è per niente stronzo, sono gli altri che a volte lo dipingono così. Per invidia. E poi a me darebbe sicuramente retta. Me lo deve!"

"Perché, lo conosci?"

Lara arrossisce.

"Mi deve tante cose," dice. E i suoi occhi si inumidiscono.

Tu sembri capire, ma in realtà non capisci. Non capisci niente, come al solito.

"E allora scusa, se davvero lo conosci, e ti deve qualcosa, ce l'ho io l'idea giusta per un film con Marco Moschini. E magari con me. Ascolta: c'è un uomo che sogna di diventare un comico famoso, ok? Che potrei essere io. A un certo punto conosce un presentatore famosissimo, tipo Marco Moschini, e gli chiede di invitarlo in televisione, quello dice sì, ma poi non lo chiama mai."

"Ah, come *Re per una notte*!"

"Cazzo, ma l'avete visto tutti quel film lì! Solo io non l'ho visto?"

"Cosa?! Non hai mai visto *Re per una notte*? Che poi il titolo originale è molto più bello: *The King of Comedy*. Come fai a non averlo mai visto, c'è anche Sandra Bernhard, hai presente?"

La tua faccia, normalmente inespressiva, questa volta, a sorpresa, esprime un chiaro: *Chi?*

"Dai, quella un po' bruttina ma bravissima... Ha anche girato *A letto con Madonna* e pare che l'abbia fatto davvero."

"Cosa?"

"Andare a letto con Madonna."

"?"

"È bisessuale."

"Aaah, Sandra Bernhard. Certo. Avevo capito Barnard, come quello che ha fatto il primo trapianto di cuore. Ho appena visto su YouTube un video che parlava di lui e allora mi sono un po' confuso. Certo, la Bernhard bisessuale che ha avuto una storia con Madonna, come no. Ma senti, delle nostre sceneggiature parliamo magari in un altro momento. Ora mi è venuta una gran fame. Tra l'altro, ho preso delle zucchine ripiene che il cinese mi ha consigliato di mangiare subito."

"Le aveva appena fatte?"

"No, ce le aveva lì da due settimane... Però mi ha fatto un prezzo eccezionale!"

"..."

"E poi volevo chiederti un consiglio. Hai presente quella trasmissione dove vinci un sacco di soldi..."

Ma non riesci a finire la frase che la porta di casa viene giù, abbattuta dalla spallata di un energumeno che fa irruzione urlando: "Dov'è? Dov'è quello stronzo! Se è qui, lo ammazzo".

Come un fulmine, ti nascondi dietro una tenda in quello che potrebbe essere uno sgabuzzino, se avesse una porta, una luce, delle scaffalature... Invece è solo una piccola appendice dell'open space, chiusa da una tenda colorata, dentro cui ci sono: scope, lavatrice, detersivi, una serie di cordini stendibiancheria e tu, schiacciato contro la parete, sei convinto che se qualcuno entrasse di corsa e desse un rapido sguardo a trecentosessanta gradi non si accorgerebbe di te, visto che la tua maglietta ha lo stesso colore dei mattoni e la tua faccia si confonde benissimo con quella felpa appesa che ha stampato il muso di un orsacchiotto che tutto sommato ti somiglia.

Non ti stai ispirando a Liu Bolin, l'artista cinese noto per le sue performance in cui con un accurato body painting si mimetizza assumendo tratti e cromatismi dello spazio circostante. Tu Liu Bolin nemmeno lo conosci. Al massimo, avrai visto su qualche canale televisivo, tipo il 34, una replica della scena di *Profondo rosso* di Dario Argento in cui una superba Clara Calamai, l'assassina (scusate lo spoiler), si mimetizza in un corridoio tra quadri con facce spaventose come la sua.

Bene, ora tu sei lì, con il tuo viso schiacciato tra l'orsacchiotto di Lara e una confezione gigante di Coccolino, sperando di essere introvabile.

Per fortuna, l'energumeno non apre quella tenda. E quindi ascolti il dialogo che ti terrorizza ancor più del ricordo della faccia di Clara Calamai.

"Calmati Juri, non è qui! È tornato a Milano, ha la mamma che sta male."

"Ti deve sposare! E tu lo sai!"

"Ma lascialo stare. Tornerà, vedrai. Il regista gli ha anche aggiunto delle scene. Deve tornare per forza. Gli parlerò. Glielo dirò."

"Ti conosco, tu non glielo dici, lo perdoni, lo giustifichi. Solo perché è il *famoso* Marco Moschini. Ma chi mette incinta una povera ragazza, mi dispiace, poi la deve sposare! Se non torna entro quarantott'ore lo andiamo a cercare noi! E ti garantisco che Viktor, Sascia e Pascia sono più incazzati di me!"

Juri vede la tenda colorata, dietro la quale ci sei tu, muoversi appena.

"E cambiala 'sta tenda! Non vedi che non c'entra niente con il resto dell'arredamento? Un po' di gusto, Lara!" Le molla un pugno (alla tenda) e se ne va con la stessa energia con cui era entrato.

Appena senti sbattere la porta, sbuchi fuori dal tuo nascondiglio massaggiandoti il naso sanguinante e chiedi a Lara: "Ma chi è questo Juri? E chi diavolo sono Viktor, Sascia e Pascia?".

"I miei fratelli."

"Dell'Est?"

"No, italianissimi purtroppo. I miei amavano Pasternak. Sono tutti personaggi del *Dottor Živago*. E per fortuna si sono fermati a cinque figli. I prossimi nomi disponibili sarebbero stati 'Il bolscevico' e 'Donna che sale sul treno in corsa'!"

Tu sorridi, un po' per farla contenta, un po' per stemperare la paura che l'irruzione di Juri ti aveva procurato.

"E quindi... aspetti un figlio da Moschini?"

"No. È una bugia. L'ho detta un giorno a Sascia perché ero molto arrabbiata con Marco. Ora non so come tornare indietro. Noi siamo nati alla Magliana. Non so se mi spiego..."

"Ti spieghi, ti spieghi..."

"Ma scusa, prima che entrasse Juri mi stavi chiedendo un consiglio?"

"Io? No!"

"Come 'no', avevi detto: 'Hai presente quella trasmissione dove vinci un sacco di soldi'..."

Caspita, pensi, non si perde niente questa ragazza.

"Ah, sì, volevo partecipare all'*Eredità*."

"Di chi?"

"Come 'di chi'?"

"L'eredità di chi? Di qualcuno che è morto, immagino..."

"No," sorridi tu, un po' teso, "alla trasmissione *L'Eredità*. Sai quella dove si vincono un sacco di soldi..."

"Mi spiace, non saprei davvero come aiutarti."

I piccoli occhi scuri di Lara sembrano roteare in cerca di una soluzione, poi il suo viso si illumina.

"Aspetta... Ci sono! Viktor è stato con una che ci lavorava, nella redazione. Ora lo chiamo e gli chiedo se hanno ancora dei casting da fare."

"No, lascia perdere, non scomodare Viktor. Lascialo lì, tranquillo. Chissà quante cose avrà da fare alla Magliana..."

"Ma figurati, ora lo chiamo."

E prima che tu possa replicare: "Viktor! Sono qui con Mirko... No, non Marco, Mirko".

"Ma lascialo stare, non serve fare il mio nome..."

"Mirko, sì, con la *k*, penso." Ti chiede conferma con gli occhi, e tu sconsolato annuisci. "Mirko Mazzotta, un attore... Sì, proprio come Marco..."

E tu, senza motivo apparente, svieni.

4.

"In che senso 'segreto'?"

"Segreto, segreto. Ha presente James Bond? Ecco. Quella roba lì. Agente dell'MI6. Io lo sospettavo da tempo. Tutti quegli spostamenti. Mia madre mi ha raccontato che io sono nato casualmente a Milano perché in quegli anni cambiavano città ogni sei mesi. Abbiamo vissuto a Londra, Parigi, Praga, Budapest. E poi vicino a Como, dove c'è la frontiera. Non le sembra sospetto? Lui diceva che faceva l'antiquario, e infatti in ogni città in cui i miei hanno vissuto c'era un laboratorio, con dei collaboratori. Arrivavano dei mobili che lui restaurava e rivendeva. Anche auto d'epoca, motociclette militari e strani oggetti. Ma era palesemente un'attività di copertura. Poi, quando è morto, poco tempo fa, ne ho avuto la certezza.

Una domenica sera ero andato a trovare mia madre, che come lei sa soffre di Alzheimer. Tra l'altro l'ho vista proprio stamattina. È peggiorata. Neanche mi riconosce più. Sta lì seduta sulla sua sedia a dondolo a guardare fuori dalla finestra. Chissà cosa vede. Stamattina, quando l'ho osservata in quella posizione, mi è venuto in mente un film di Sorrentino. Ma pensandoci bene... la sua postura, con la testa un po' reclinata, i capelli ingrigiti raccolti in uno chignon, lo scialle sulle spalle... ricordano più *Psycho*, ha presente? La mamma di Norman Bates sulla sedia a dondolo... Che paura! Comunque, dicevo che quella domenica sera, mentre ero da mia madre, ricevo una telefonata misteriosa. Una voce femminile, con accento dell'Est; sembrava una delle tante centraliniste dei call center e stavo per mettere giù. Mi dice che un uragano si è abbattuto sul Lago Maggiore, che un'imbarcazione si è rovesciata, vicino a Sesto Calende, che a bordo c'erano agenti segreti italiani e del Mossad, che alcuni sono morti, che mio padre era uno di loro, che però era registrato sotto falso nome, che aveva un passaporto israeliano, che avevano provveduto a recuperare la sua salma, che avrebbero evitato l'autopsia, che probabilmente ora era già a Tel Aviv, di non provare a cercarlo, che mi avrebbero fatto sapere loro... Ma 'loro' chi?, pensavo io... E di non fare troppe domande (come se mi avesse letto nel pensiero). Ho cominciato a sentire un ronzio nella testa, quasi un mancamento, intanto la voce dell'Est continuava e io registravo solo frammenti di frasi: spionaggio industriale, mercenari della Wagner, ebrei ortodossi, badante russa che aveva tante doti ma purtroppo non sapeva nuotare..."

"Quando le ho chiesto di parlarmi di suo padre pensavo a qualcosa di più intimo, al vostro rapporto..."

"Ah, certo. Tra l'altro, sa come si chiamava quell'imbarcazione? *Good...uria.*"

"..."

"Di più intimo, giusto... Ma con mio padre non c'è mai stato niente di intimo. Sa cosa significa un uomo d'altri tempi? Ecco. Simpatico, per carità, affabile, ma assolutamente poco intimo. Almeno con me. Ma forse anche con mia madre. Me li immagino scopare al buio, senza dirsi una parola, ansimare con la sordina. E poi mi va a morire sulla *Good... uria*, capisce che qualcosa non mi torna? Ma io ho preso da lui. Una certa riservatezza, un pudore dei sentimenti. Non penso di avergli mai detto 'ti voglio bene'. Non che non gliene volessi. Diciamo che lo davo per scontato. E anche lui. Chi cercava di spingerci a una certa intimità è sempre stata mia madre. Pensi che quando avrò avuto nemmeno dieci anni decise che era il momento che io ricevessi la mia bella dose di educazione sessuale, e che in quanto maschietto il compito spettava a mio padre. 'Prima che certe cose le sappia dai suoi compagni in modo distorto!' le avevo sentito dire una sera dalla mia cameretta. Non ho udito la risposta di mio padre, ma la immagino. Avrà alzato e abbassato il mento, e di conseguenza tutta la testa, come a dire di sì. Era uno di poche parole, mio padre. Per questo mi piaceva. Poi successe quello che successe. Si ricorda, dottore, il caso Lavorini? Quel ragazzino ammazzato dalle parti di Viareggio per il quale si parlò di delitto maturato nel mondo degli omosessuali e di pedofilia?"

Il professore alza e abbassa il mento come a dire di sì... Avesse conosciuto mio padre?

"Tra l'altro, dopo parecchi anni e tre sentenze fu stabilito, se ricordo bene, che il delitto era maturato negli ambienti neofascisti, e in pratica era un sequestro di persona a scopo estorsivo per finanziare la loro organizzazione politica... Vabbè, non divaghiamo. Io sono sempre nella mia cameretta e il telegiornale trasmette la notizia del ritrovamento del cadavere di Ermanno Lavorini, quando sento mia madre che stuzzica mio padre: 'Ora! Glielo devi dire ora! Io vado di là in cucina e tu lo chiami!'. Come risposta, il solito silenzio con, presumo, movimento del mento che valeva un sì. E mia madre, che andando dalla sala alla cucina passa dalla mia cameretta (in realtà non ci si passava, bisognava venirci apposta) e mi dice: 'Hai sentito? Tuo padre ti ha chiamato. Vai a vedere cosa vuole!'. No, non avevo sentito, ma non fa niente.

Vado in sala e vedo mio padre stravaccato sul divano che legge il giornale ascoltando la tele con la pipa accesa (a pensarci oggi non ci si crede, ma una volta si fumava ovunque, di tutto). Comunque: guarda la tv che trasmette il telegiornale e, senza abbassare il volume, anche perché non esistendo ancora alcun tipo di telecomando non sarebbe stato né facile né comodo, mi dice: 'Ué, Dadone,' sì, mi chiamava Dadone!, 'hai sentito la televisione?'. Io annuisco cercando nel mio DNA quel suo modo così sintetico per farlo... mento su, mento giù... aspettando con un po' di imbarazzo misto a curiosità cosa mi avrebbe detto a proposito della sessualità, della sua meraviglia ma anche dei relativi pericoli, forse partendo proprio dagli orchi appena visti in tv... E lui, dopo una breve e calcolata pausa, che a me sembrò lunghissima, dice: 'Occhio, eh?'. E riprende a leggere il giornale cercando di riaccendere la pipa che, come spesso accadeva, gli si era spenta.

Questa è stata la mia educazione sessuale. Questo era mio padre. Ma non le interessa sapere di più della sua attività di agente segreto? Dev'essere iniziato tutto durante la Seconda guerra mondiale. Lui prese parte alla Resistenza, prima presso il Monte Penice con la brigata Capettini, vicina ai comunisti, poi in Val Pellice (forse gli piaceva l'assonanza, anche se distano più di duecento chilometri una dall'altra), nelle brigate di Giustizia e Libertà. Infine, entrò nell'Organizzazione Franchi, dove conobbe Edgardo Sogno che era a stretto contatto con gli alleati inglesi, e proprio da Sogno, dopo il 25 Aprile, fu mandato a Roma insieme alle altre delegazioni partigiane a trattare con gli angloamericani. E lì fu reclutato. Pare per la sua caratteristica di non parlare troppo. Nel primo dopoguerra si trasferì a Londra. Viveva dalle parti di Camden Town e condivideva un bilocale con Ophrah, un giovane sionista studioso del Talmud. Mi ha raccontato che una volta il suo capo..."

"Il tempo è finito. Mi dispiace."

"..."

"Anzi, lei sa che la prima regola tra noi è la sincerità..."

"Sì, certo. E allora?"

"Non è vero che mi dispiace. Non mi dispiace affatto."

"Cosa?"

"Che il tempo sia finito."

E Marco va. Senza una meta precisa. Anche il suo analista l'ha liquidato in fretta. Be', in fretta, saranno stati i soliti cinquanta minuti, questa volta però sono sembrati meno. Gli aveva anche raccontato qualcosa di intimo legato a suo padre che mai aveva avuto il coraggio di confessare, neppure a sé stesso. A questo servono gli psicoanalisti. A farti parlare di cose nascoste, che hai rimosso... Ma se appena inizi a vuotare il sacco questi ti interrompono, a cosa serve tutta quella fatica? Però una cosa l'ha capita, Marco. Deve ripartire da zero. Tirare una riga e ricominciare. Sempre più spesso gli viene in mente quello spettacolo che mise in scena da giovane, ancora allievo di accademia, tratto da *Il fu Mattia Pascal* di Pirandello. All'epoca non lo aveva amato. Né il testo né il personaggio. Non capiva quella voglia di nascondersi, di negarsi. Ma ora è diverso. Se non fosse per la mamma malata, forse sarebbe già fuggito. Ecco, il verbo sbagliato che gli veniva in mente... fuggire. Da cosa, poi? Sì, da un lavoro che non lo soddisfaceva più. Da legami sentimentali che non erano veri. O forse lo erano ma non gli bastavano. Forse era il figlio che non aveva mai voluto e adesso, che sarebbe un po' tardi, gli manca. Forse aveva semplicemente bisogno di qualcuno con cui parlare.

Parlare con qualcuno, questo doveva fare. Non uno qualsiasi, ovvio. Non un analista "prezzolato" che ti ascolta malvolentieri e non vede l'ora che tu te ne vada. No: un amico. Ci vorrebbe un amico, si dice sorridendo e pensando a Venditti. Già, ma Marco ce li ha degli amici? Come no! C'è Nico, ad esempio. È un po' che non lo sente, ma è sicuro che lui lo ascolterà volentieri. E poi si faranno due risate come ai vecchi tempi per cacciare via le paturnie.

"Nico!"

"Ssshhh, scusa, sto per atterrare a Schiphol, ti richiamo più tardi." E mette giù.

Schiphol, Amsterdam... quanti ricordi. Ma perché Nico sta andando in Olanda? E poi, da quando si può rispondere impunemente al telefono in aereo? In fase di atterraggio, per di più. Perplesso, Marco rimette mano alla rubrica per cercare un altro nome.

"Enzo, come va?"

"Eh, come vuoi che vada? Un disastro."

"In che senso 'un disastro'? Cos'è successo?"

"Cosa *non è* successo, vorrai dire."

"..."

"Ti sembra cambiato qualcosa? Qualcuno sta cercando di

fare qualcosa per il clima? Non senti l'aria com'è irrespirabile? Tra l'altro, da dove chiami?"

"Sono qui a Milano. Ero andato dal mio strizzacervelli e ora sto tornando a casa."

"A piedi?"

"Sì."

"Ma se ricordo bene lui sta all'Isola e tu sui Navigli, dall'altra parte della città."

"Be', più o meno. Ma alla nostra età, caro mio, se non facciamo almeno diecimila passi al giorno siamo fottuti. Io ho pure un orologio che me li conta. Se non li faccio, i diecimila passi, mi suona, vibra, mi dà anche delle piccole scosse al polso. Spero innocue. Nel dubbio, comunque, io cammino."

"Tu sei pazzo. Oggi il PM10 era a sessantacinque! E sai qual è la soglia massima consentita? Quaranta! Quaranta microgrammi per metro cubo. Che dovrebbero essere superati non più di trentacinque volte l'anno. E oggi qui a Milano era la settantatreesima volta che lo superavamo. Per non dire del PM2,5 che è il più pericoloso, perché queste polveri sono così sottili che ti penetrano negli alveoli polmonari. E non parliamo solo di idrocarburi, ma anche di solfati, nitrati, persino il nichel ti entra nelle cellule!"

"Quindi?"

"Stare all'aperto fa male!"

"Scusami tanto, Enzo, ma non potremmo iniziare una conversazione *normale*?"

"Tipo?"

"Be', tipo: 'Ciao, mi fa piacere sentirti, è un sacco di tempo che non ci vediamo, perché una di queste sere non andiamo al cinema? O a mangiare una pizza?'. Cose così, insomma."

"La pizza? Il cinema? Tu sei davvero fuori di testa. Magari puoi venire qui da me, se proprio vuoi. Sai, è da un po' che non esco più di casa."

"Appunto, può essere la volta buona!... Ma scusa, da un po', quanto?"

"Tre anni e mezzo."

"..."

"Circa."

"Enzo, cazzo!, tu sei sempre stato uno attivo, partecipe, ti è sempre piaciuto viaggiare... Ricordi quando con la mia 126 siamo andati in Portogallo per la Rivoluzione dei garofani?, che poi tra l'altro non siamo neanche riusciti a entrare a causa di quel cretino di Terenzio che non aveva il passaporto perché era in attesa di chiamata per il militare. E abbiamo dormito per terra alla frontiera di Badajoz, e all'alba siamo stati svegliati da quelli della Guardia Civil che ci hanno portato in gattabuia? Quante risate ci siamo fatti!"

"Dopo."

"Sì, certo, *dopo*. Al momento ce la siamo vista brutta. Ma poi ci abbiamo riso tanto. E ci siamo presi una ciucca di sangria, la peggiore della mia vita, con quelle ragazze di Madrid che ci hanno anche dato il due di picche..."

"Non ti sembrano motivi sufficienti per starmene chiuso in casa?"

"Mannò! Forse ho citato l'esempio sbagliato, ma tu sei uno che ha sempre viaggiato..."

"Appunto."

"Appunto, cosa?"

"Abbiamo viaggiato, abbiamo fatto casino, abbiamo anche fatto cazzate a dire il vero. Ti ricordi quando ci siamo messi in testa di andare in moto a Capo Nord? E io che lascio i miei guanti imbottiti in un bar di Trondheim? E voi che mi convincete a proseguire lo stesso? Ho rischiato il congelamento di tutte le falangi. Ancora oggi, quando cambia il tempo mi fanno male le nocche.

Ma sai cos'ho pensato? Ho appena compiuto sessant'anni. Un po' di cose le ho fatte. Ora basta. Mi fermo. Mi riposo. Qualche tempo fa, per il mio compleanno, mia madre mi ha regalato una scatola che pensavo di aver perso nei vari traslochi, con dentro un po' di cianfrusaglie: macchinine, portachiavi, piccoli peluche (sai che non butto via niente)... e i miei diari. Mi sono messo a rileggerli e ho trovato i miei propositi. Da adolescente. Era tutto segnato: avrei voluto imparare a suonare la batteria, fare la maratona di New York, e poi viaggiare. Ci sono segnati tutti i posti in cui avrei voluto *tassativamente* andare, in rigoroso ordine alfabetico: Australia, Buenos Aires, Cile, Cuba, Giappone, Marocco, Sud Africa, Vietnam e tutte le capitali europee...

Cominciamo con la batteria: dieci anni fa (per il mio cinquantesimo) mi sono finalmente regalato una Yamaha elettronica, perché in un condominio come fai a pestare su una acustica... Lezioni per un anno, poi qualche tutorial, e ora è lì a prendere polvere.

Maratona: cosa vuoi che faccia con la mia stenosi lombare, niente di drammatico per carità, parliamo di un lieve restringimento del canale vertebrale tra L4 e L5, che però mi provoca, a camminare troppo, una parestesia, un'ipostenia e una claudicatio motoria. Scusa i termini troppo tecnici, ma sono vent'anni che li ascolto, quindi vorrei fare partecipe chiunque del mio formicolio al gluteo, della mia perdita di forza degli arti inferiori e dell'aumento del dolore durante la deambulazione. Come mi vedi a fare la maratona di New York?

Parliamo poi dei posti in cui avrei voluto *tassativamente* andare. A parte le capitali europee, visitate neanche proprio tutte, il Marocco (con te e Terenzio, tra l'altro) e Cuba con la mia ex... niente. No Australia, no Giappone, no Sud Africa... Ti ricordo che io non ho mai amato le vie di mezzo, i diminutivi, i compromessi. *Io* sono uno da 'o tutto o niente' (sono Vergine ascendente Vergine, non te lo dimenticare). Quindi, non potendo ormai mettere il baffo del 'visto' a tutti quei Paesi, meglio starsene a casa. E dato che fuori c'è tanto inquinamento, pure con le finestre chiuse, ho messo i doppi vetri, sai? Così non sento nemmeno i rumori. E anche un depuratore dell'aria che, viceversa, fa un gran rumore, ma mi rasserena e mi fa respirare senza angoscia. Ora scusa, devo andare a mettere su l'acqua per la pasta. Tra un po' rientra Marina e ha sempre una fame tremenda. Ho imparato a cucinare! Questa è la vera novità che non ti avevo ancora detto.

Dici se mi piace? No, non troppo. Ma come potrei tirarmi indietro? Marina lavora, non ha tempo di mettersi ai fornelli, e io senza i suoi soldi come farei a sopravvivere? Secondo te, con il mio lavoro saltuario da freelance avrò mai uno straccio di pensione? Non rispondere, è una domanda retorica. Quindi, viva Marina e il suo lavoro nella moda. Ogni tanto deve andare a Parigi, sta via anche una settimana. Sono i giorni più belli per me. Cosa faccio? Niente. All'inizio leggevo, ti ricordi? Mi piaceva leggere. Poi però, pensandoci bene e guardando la libreria che abbiamo qui, io e Marina, mi sono chiesto: riuscirò mai a leggere tutti quei libri? Altra domanda retorica. E allora perché limitarsi a leggere un milionesimo di quello che è stato scritto e anche di quello che di nuovo si pubblica ogni settimana? Sai quando ho capito che nella mia vita c'era qualcosa di storto? Quando ho esultato alla morte di Philip Roth!"

"Ma non era uno dei tuoi autori preferiti?"

"Appunto."

"..."

"E proprio per questo avevo deciso di leggere tutto di lui. Romanzi, saggi, racconti. Ma cazzo, scriveva troppo! Non riuscivo a stargli dietro. Quando finalmente è mancato ho recuperato i miei arretrati. Ora posso davvero dire di aver letto l'opera omnia di Philip Roth. Sai qual è l'ultimo libro che ho comprato?"

"Ovviamente no."

"*Lezioni*, di Ian McEwan."

"Altro autore che, se ricordo bene, hai sempre amato."

"Certo. Chiedimi se l'ho letto."

"L'hai letto?"

"Indovina? Domanda retorica. Ho tolto il cellophane che avvolgeva il libro, l'ho annusato, ho letto la quarta di copertina, sono convinto sia un ottimo libro. L'ho preso e l'ho riposto nella libreria."

"E non lo leggi?"

"No, perché temo che McEwan ne stia scrivendo già un altro."

"Quindi?"

"Aspetto che muoia."

"Scusa se sono indiscreto, ma: non esci più, non viaggi più, non leggi più... Cosa fai tutto il giorno?"

"Vedo qualche telegiornale, sempre meno. La politica è fatta per i giovani, per il loro futuro. Quelli come noi, Marco, hanno dato. Abbiamo dato. Volevamo fare la rivoluzione, ricordi? Cambiare tutto, subito. Ho ancora la maglietta che ho fatto stampare per il mio diciottesimo compleanno e che ho regalato pure a te. Ricordi cosa c'era scritto? *Meglio bruciare in fretta che spegnersi lentamente, perché la ruggine non dorme mai*; firmato: *Neil Young*. Frase che poi quel cretino di Cobain ha citato prima di spararsi in bocca e che forse lo stesso Young aveva rubato a Joyce. Questo eravamo noi. E cosa siamo diventati? Eh? Lo sai chi è stato l'ultimo a darmi una qualche emozione?"

"Chi?"

"Mi vergogno persino a dirlo: Matteo Renzi."

"..."

"Ti rendi conto? Quanto mi sono rincoglionito? Quanto non ci capisco più un cazzo di politica? Pensavo che dopo il trentaquattro per cento ottenuto da Berlinguer nel 1976, quel quaranta per cento ottenuto da Renzi potesse essere l'inizio di una vera 'rivoluzione democratica'. Ora quel bischero si trova a litigare con quell'altro grullo di Calenda su chi è più 'centrato' e su chi raggiunge per primo il quattro per cento. Dovrebbero togliermi il diritto di votare. E pure a te, a tutti quelli come noi. Penso sul serio che il voto dovrebbe essere vietato ai maggiori di sessant'anni. Che diritto abbiamo noi di prendere decisioni per i nostri figli? Tu sai che ho iniziato a smettere di lavorare in Inghilterra causa Brexit. Bene. Ho letto che Sadiq Khan, il sindaco di Londra, ha dichiarato con un po' di ottimismo che secondo lui entro il 2050 l'Inghilterra tornerà nell'Unione Europea. Nel 2050! Hai capito? Ma io e te ci saremo ancora nel 2050?! Ennesima e sfiancante domanda retorica. No, non ci saremo nel 2050! E allora perché sbattersi, perché preoccuparsi? Perché decidere? Perché scegliere?... A proposito, dammi un consiglio serio. Ieri ho fatto un sugo rosso, un po' piccante, con i calamari. Oggi, ripassato in padella, sarà ancora più buono. Ma secondo te, con quel sugo lì, meglio usare pasta lunga o pasta corta?"

Per fortuna gli occhi umidi di Marco via telefono non si vedono, però si sente la voce lievemente strozzata da un groppo in gola che dice: "Lunga, io ho sempre preferito la pasta lunga. Magari bavette. Anche se tutti ti diranno che farfalle, conchiglie e paccheri assorbono meglio il sugo. Tu però tieni duro, Enzo. Lunga, pasta lunga. Ti voglio bene".

E questa telefonata avrebbe dovuto tirarmi su di morale?, pensa Marco mentre percorre a piedi la sua Milano ancora ricca di cantieri, strettoie, cose belle tipo la Biblioteca degli alberi, cose dubbiose tipo il glicine di via Montello che dovrebbe fare posto al Museo della Resistenza. Si ricorda che ha lasciato in sospeso la sua adesione alla petizione per non ucciderlo, il glicine. Dove ha archiviato quelle mail? Saranno insieme alla richiesta di non abbattere San Siro, di avere più Zone 30, di installare più telecamere nei parchi comunali, di abolire lo SPID. Ma quanti appelli ha firmato nella sua vita? E a cosa sono serviti? Mah. Intanto, sente un lieve massaggio all'inguine. Quasi piacevole. Una vibrazione. È il cellulare.

"Pronto, Nico! Atterrato? Che tempo fa lì ad Amsterdam?"

"E che ne so?"

"Nico, stai bene?"

"Benissimo! Ho appena portato a terra questo bestione, un Boeing 737, senza uno scossone. Mi faccio i complimenti da solo."

"..."

"Non te l'avevo detto del nuovo simulatore di volo che ho comprato?"

"No, non me l'avevi detto. È un po' che non ci sentiamo. Ma perché simulare un volo con un Boeing 737?"

"Be', perché farlo con un banale 707? Potendo scegliere... All'inizio era solo un gioco. Tu sai che sono sempre stato appassionato di videogiochi: Nintendo, Xbox, PlayStation. Poi, degli sparatutto mi sono stancato. Ti ricordi che con Call of Duty ho fatto il record di 162 uccisioni?"

"No, scusa, non ricordavo..."

"E, come immagino saprai, una Battle Royale non prevede più di cento giocatori. Quindi?"

"Quindi?"

"Questo vuol dire..."

"Vuol dire?"

"Vuol dire che qualcuno l'ho ucciso più di una volta!"

"Giusto..."

"Dopodiché, sono passato ai giochi di guerra aerei. È stata dura la fase di addestramento, ma poi sai che adrenalina! Evitare gli aerei nemici! Quante imbardate, quante picchiate, quante cabrate... quanti tonneau! Ma poi, mi sono detto, ormai ho una certa età, i cinquanta sono dietro l'angolo. Ora che so pilotare, non è meglio un bel volo di linea? Faccio anche lunghe tratte! Tra poco, ad esempio... Fammi controllare sul mio piano di volo... Ah, ecco, vedi? Ridecollo da Schiphol per Brisbane."

"Australia?"

"Sì, una figata. Sono venticinque ore di volo. Ma a un certo punto metto il pilota automatico, anche se non riesco mai a dormire del tutto. Sai, bisogna prevedere pure gli imprevisti. E poi facciamo scalo a Dubai per il carburante... Scusami, hanno suonato al citofono."

"..."

"Secondo piano! Ti apro, comunque sulla porta c'è sempre scritto Pokéman!"

"..."

"Ti devo lasciare, è arrivato il cibo. Ma come facevamo quando non c'era il delivery? È un periodo che vado avanti a poké. È stato un rider nigeriano a darmi quel soprannome: Pokéman. Mi sembra pure azzeccato! Comunque, è stato bello fare questa chiacchierata, anche se non ti ho chiesto come ti butta. Ti chiamo da Brisbane. Oppure da Kyoto! ...Arrivooo! Pronto con la solita mancia!" E butta giù.

Nico era il più brillante di tutti noi. In realtà forse lo è ancora. Ci dev'essere sicuramente del sarcasmo, qualche messaggio subliminale, in quel suo viaggiare da fermo, pensa Marco che ha ancora in mano il cellulare. Sta per scrollare cercando un altro amico a cui aggrapparsi. Poi rinfila in tasca il telefono e cambia direzione al suo cammino. Non più verso casa sua, ma verso casa di Davide, zona Città Studi.

Davide è un autore televisivo, si sono incontrati in quel di Segrate, per lavoro. Conosce il suo mondo, quindi capirà la sua crisi, i suoi motivi di sconforto. Come non averci pensato prima. Davide è la persona giusta a cui rivolgersi, non importa se non si sentono da parecchio tempo. Ma è lui, Marco, il colpevole. È lui che non si fa mai vivo, sempre in giro per lavoro, e come pretende che gli altri lo cerchino? Forse ci hanno anche provato, all'inizio, ma poi, dopo un paio di "Scusa, sono a Roma, ti richiamo io... Che bello sentirti, io sono a Trieste a girare la serie, torno il mese prossimo, così ci vediamo...", avranno lasciato perdere, e come biasimarli.

Eccolo in via Pacini, mentre pensa: Forse dovevo mandargli un messaggio. Ci si presenta così, suonando al citofono senza avvisare? Sì, con gli amici si fa così. Magari chiedendo: "Disturbo?" senza troppa convinzione, per poi buttarsi a capofitto in ricordi, pettegolezzi, cazzate varie, forse qualche perla di saggezza (Davide è sempre stato il saggio del gruppo).

L'indice schiaccia con discrezione il rettangolino di plastica accanto al cognome, che è anche il nome di una città... Che sia ebreo?, pensa Marco, anche se non ricorda chi gli ha raccontato quella storia che in Italia i cognomi con rimandi geografici di solito sono...

"Chi è?" domanda la voce uscita dal citofono.

"Sono Marco. Marco Moschini. *Quel* Marco Moschini? Sì, proprio lui!"

"Sei sempre il solito spiritosone. Ti apro. Quinto piano, ti ricordi? Ah, non funziona l'ascensore, ma tanto tu sei sempre stato uno sportivone!"

Questa non è la voce di Davide. È Claudia. Ma io volevo parlare con lui, non con sua moglie, si ripete Marco mentre ansimando sale verso il quinto piano.

"Ciao Marco, che bello che per una volta vieni a trovare me e non quel noioso del tuo amico!"

"Veramente, io cercavo Davide..."

"Davide? E lo cerchi qui?"

"Be', non è casa sua? Cioè, vostra?"

"Sì, ma lui non sta più qui da mesi. Si è trasferito a Camogli."

"Scusa, non sapevo. E... quando vi siete separati?"

Claudia ride: "Ma non ci siamo mica separati! Cioè, di fatto sì, ma non nel senso tradizionale di separati. Lui... sai che ha lasciato il gruppo, no?".

"Sì, questo lo sapevo. Ma, non lavora più in televisione?"

Claudia sorride.

"No. Non lavora più. In assoluto."

"In pensione?"

"A cinquantacinque anni? Rassegnati Marco, la pensione non la vedrete mai. E questo, Davide l'ha capito da tempo. Solo che a lui non interessa. Lui dice che vuole solo stare bene. Ora."

"E cosa fa da solo a Camogli?"

"Medita."

"Medita?"

"Medita."

"Tutto il giorno?"

"No, tre volte al giorno, e una di queste alle tre di notte. O di mattina, come ama dire lui. E lo faceva anche quand'era qui. Quindi, capirai, anche se cercava di non fare troppo rumore, ogni notte mi svegliava. Così ha cominciato a dormire nello studio, sul divano. Poi, piano piano, ha aggiunto una lampada, un comodino, una bacinella per sciacquarsi la faccia. Insomma, è diventata la sua camera da letto. Così ha potuto tenere disteso il suo tappetino senza farmi inciampare, diffondere quei suoi oli indiani senza farmi starnutire, lasciare aperto il suo altarino privato senza farmi bestemmiare.

Ma la vera svolta è avvenuta quasi per caso. Ti ricordi che da mio padre avevo ereditato quel fondo a Camogli? Una specie di garage, interrato, senza finestre... Pare che un tempo lo usassero come rimessaggio per le barche. Tu ci sei stato, vero?

Ci hai anche dormito, se ricordo bene, quando sei stato invitato al Festival della Comunicazione."

"*Dormito...* Ho aspettato l'alba battendo i denti dal freddo, vestito e avvolto nel mio sacco a pelo, rimpiangendo la camera vista mare che il Festival mi aveva riservato presso il Cenobio dei Dogi."

"Be', ora non sottilizziamo. Insomma, un paio di anni fa riceviamo una telefonata della vicina che dice di aver visto del fumo uscire da una grata del locale. Era convinta che qualcuno ci fosse andato a vivere di nascosto. Sicuramente degli occupanti abusivi, aveva detto, attaccando un pippone su una sua amica che aveva una bella casa a Londra che, causa la sua assenza prolungata, era stata occupata da degli squatter che poi non era più riuscita a cacciar via. Li aveva anche denunciati, ma aveva perso la causa. Insomma, Davide corre a controllare; pronto a litigare, querelare, cambiare serrature. Non ce n'è stato bisogno. Nessuno squatter. Si trattava della condensa causata dalla differenza di temperatura tra esterno e interno e dalla grande umidità del locale. Ma Davide non ha minimizzato, anzi. Ha detto che doveva rimanere per sistemare alcuni tubi corrosi dalla ruggine e mangiucchiati dai topi. Una settimana, due. Poi si è messo a sistemare quello che lui chiama giardino. Giardino... ricordi? Quattro metri per tre, che sarebbero dodici metri quadrati (ho fatto il classico, ma fino a lì ci arrivo anch'io). E sono passati i mesi. Ora in quel 'giardino' coltiva broccoli, verza e bietole in inverno e zucchine, melanzane e fagiolini d'estate. Non si è più mosso da quel bunker."

"E tu? Voglio dire, voi? Anche voi non vi vedete da due anni?"

"No, ogni tanto vado a trovarlo, ma preferisco andare a dormire al Cenobio dei Dogi, e so che mi capisci. Facciamo anche l'amore, se è questo che volevi sapere, ma dopo quarant'anni che stiamo insieme (ci siamo fidanzati al liceo, non dimenticartelo) quello è l'ultimo dei problemi. Almeno per me. Un giorno, mentre lo facevamo, e devo dire lui si stava impegnando moltissimo, mi sono permessa di dire che mi stavo stufando. L'ha presa malissimo. Da allora, tanto affetto e poco altro. Ma stiamo molto meglio ora. Io esco a cena con le mie amiche, vado a vedere mostre... Ho ripreso a disegnare, sai? Vado al cinema, a teatro. Mi godo tutto quello che una città come Milano offre, e non è poco, e che negli ultimi anni un po' mi ero persa."

"E lui? Davide? Come sta?"

"Te l'ho detto, benone. Ha arredato quel tugurio con il suo tappetino per lo yoga, il suo altarino buddhista, il suo germogliatore di soia in terracotta, la sua teiera. E non ti credere che sia isolatissimo. Ha una connessione internet ultraveloce, che usa però soltanto dalle tre alle cinque di mattina, quando si collega per meditare con il suo guru, che lo fa dalle sette e trenta alle nove e trenta di mattina. Da Nuova Delhi, però. Per il resto del giorno Davide è scollegato. È impossibile parlargli. Fino a un annetto fa c'era ancora una cabina telefonica e lui si faceva trovare lì tutti i giorni per mezz'ora, dalle cinque alle cinque e mezzo. Adesso in quella cabina ci fanno il bookcrossing, e lui ne ha approfittato per uscire ancora meno. Sta lì, nella sua stanza, spesso con la luce spenta... A forza di vivere in Liguria mi è diventato pure taccagno, scusa il luogo comune."

"Ma cosa fa tutto il giorno?"

"Lo sai, tu? Pare stia scrivendo un libro per confutare il mito della caverna di Platone."

"..."

"In poche parole, secondo Davide non è necessario essere abbagliati dal sole per conoscere la verità, anzi: 'Meglio stare chiuso nella caverna, al buio, per arrivare alla vera conoscenza e non essere distratti dalle ombre che qualsiasi tipo di luce, pur flebile, produrrebbe'. Parole sue."

Marco annuisce, fingendo di aver capito.

E un pochino si pente di quando lui e i suoi compagni di classe di allora avevano imposto alla professoressa di non studiare la filosofia in modo tradizionale, cioè partendo dai presocratici per poi proseguire cronologicamente lungo i secoli, ma di collegare i loro studi di scienze (era pur sempre un liceo scientifico, che diamine!) con tutte le altre materie, in modo interdisciplinare. Morale, ora sa tutto (o quasi) su Cartesio, Newton, Leibniz, ma poco o niente su Talete, Eraclito, Socrate e pure di 'sto mito della caverna di Platone, ne ha solo sentito parlare. Quindi, per non sbagliare e prendere tempo, non dice una parola e d'istinto gli viene quell'enigmatico gesto mutuato dal padre: alzare e abbassare il mento.

Claudia gli si avvicina, gli prende il viso tra le mani quasi a fermare quel movimento del collo che le ricorda tanto quel pupazzetto in resina con le fattezze di un cane che muoveva la testa. Suo padre lo teneva in auto, sul cruscotto; e lei, da bambina, non poteva guardarlo senza farsi venire conati di vomito.

Marco apprezza il gesto amorevole che gli attenua un incipiente dolore cervicale. Ma una volta fermato il movimento, le mani di Claudia non si sciolgono, anzi. Si stringono ancora di più intorno al collo. Gli occhi le si illuminano e mentre i due pollici accarezzano i lobi delle orecchie, gli stampa un bacio sulle labbra che sembra non finire mai.

"A te non potrei certo dire che mi sto stufando," sono le sole parole che Marco sente sussurrare.

Così comincia ad annuire, cioè ricomincia ad alzare e abbassare il mento, accarezza Claudia e fa un gesto per lui inusuale: con l'indice della mano destra le accarezza il naso. Poi, camminando all'indietro ritrova la porta, con la mano sinistra dietro la schiena gira la maniglia e continuando ad annuire se ne va senza dire una parola.

È convinto di aver fatto la cosa giusta, andandosene in silenzio, per non imbarazzare lei, ma al tempo stesso per non avere sensi di colpa nei confronti di Davide. Anche se nel cervello gli risuonano le parole di suo nonno, che con saggezza popolare gli diceva: "Ricorda! Ogni lasciata è persa".

E accelerando il passo per allontanarsi da quella casa, il pensiero torna a Davide e alla sua vita chiusa in un monolocale interrato su tre lati. Ma anche a Nico-Pokéman e ai suoi voli intercontinentali da fermo. E a Enzo, che non esce più di casa, terrorizzato dall'inquinamento...

"Ma gli hikikomori non erano adolescenti?" si chiede Marco frugandosi nelle tasche. Ormai parla da solo ad alta voce, mentre legge sullo smartphone: "*Hikikomori* significa letteralmente 'stare in disparte' e viene utilizzato per riferirsi a chi decide di ritirarsi dalla vita sociale rinchiudendosi nella propria abitazione. È un fenomeno che riguarda soprattutto i giovani dai quattordici ai trent'anni, principalmente maschi".

Appunto.

Un'altra vibrazione, questa volta più lieve, fugace, sul palmo della mano che ancora regge il cellulare. Un messaggio. Da Nando.

Qui Nando. Occorre tornare al più presto a Roma. Stop. Produzione ti volere. Stop. Regista disposto girare tua scena madre parcheggio al più presto. Passo e chiudo.

Teme che questa volta non volesse fare lo spiritoso. Forse davvero il suo agente pensa che su whatsapp, come per i telegrammi, si paghi un tot a parola. È veramente scemo.

Quattro

Incipit. Si chiama così. È l'inizio di un libro. Quello che molti leggono. E basta. Quello che spesso è riportato nella quarta di copertina. Quello che a volte viene usato nei quiz per risalire all'autore.
Pare che nelle prime righe di un libro, soprattutto se è un romanzo, si giochino le sue sorti.
Bello, brutto, difficile, intrigante, inutile, noioso, entusiasmante, presuntuoso, pretestuoso, affascinante, prolisso.
Grande responsabilità ha l'incipit.
Se poi quel romanzo è un giallo, l'incipit dovrebbe dare le coordinate del primo omicidio. Se è un giallo scritto bene, potrebbe tratteggiare anche l'ipotetico assassino, per poi fartelo dimenticare e ritirarlo fuori quando meno te l'aspetti.
Colpo di scena, coup de théâtre. Troppo repentino, troppo immotivato, come fa a essere lui l'assassino? Ma come, non ti ricordi? Ne aveva già parlato nell'incipit. Ah, già, forte...

"Mirko, cosa stai scrivendo?"
"L'incipit del mio primo romanzo."
"Non sapevo che volessi scrivere romanzi."
"Difatti. È la prima volta che ci provo."
"Non sapevo nemmeno ti piacesse."
"Neanch'io."
"..."
"Non so neppure se mi piace. Voglio dire, non l'ho mai

fatto, non mi sembra indispensabile. Non mi è mai sembrato indispensabile. Almeno fino a oggi."

"Perché, oggi cos'è successo?"

"Ho ascoltato quello che avevi scritto tu... bello, per carità... e mi sono detto: se una come lei scrive quelle cose lì, cosa non potrei scrivere io? Cioè, pensa se scrivo un best seller! Mi vedo già la folla alle presentazioni, la fila per il firmacopie... E mi è venuta voglia di scrivere."

"Be', a parte il fatto che in una sola frase hai usato cinque volte il verbo scrivere, dunque se pensi di continuare ti consiglierei di procurarti un dizionario dei sinonimi, per il resto il tuo ragionamento non fa una grinza."

"Grinza! Ecco, *grinza.* Vedi, non mi servono i sinonimi. Io sono alla ricerca di parole. Parole comuni. Parole che si sono sentite migliaia di volte, parole che si usano, ma di cui si sia perso il senso. Grinza, senti il suono: grinza... sembra *sgrinfia*, *squinzia*, *grinta*, e invece è GRINZA, e nessuno sa esattamente cosa voglia dire."

"Ma sei scemo? Grinza vuol dire 'piega'. Non fa una piega!"

"Ah. Grinza... vuol dire 'piega'. Ma va'?"

"..."

E questo vostro dialogo potrebbe andare avanti per ore, alla ricerca di parole desuete che desuete non sono. Per fortuna, viene interrotto da una telefonata di Viktor alla sorella. Inaspettatamente, coup de théâtre, gli autori dell'*Eredità* hanno avuto un "buco" tra i concorrenti. E hanno, altrettanto inaspettatamente, accettato la candidatura di Mirko Mazzotta, che deve presentarsi nel pomeriggio presso gli studi Rai in via Romagnoli 30.

Potenza della Magliana.

"Grazie!" dice Lara.

"A buon rendere," risponde Viktor.

Ed eccoti, già sudato, sotto i riflettori dello studio 5, davanti al conduttore.

È il momento della ghigliottina. Il tuo montepremi è di

duecentocinquantamila euro e devi indovinare la parola che accomuna:

corso / salto / lago / dare / pacioccone.

Hai un minuto di tempo, ma a te ne serve molto meno, hai le idee chiare, forse solo un'intuizione, forse la tua solita sfrontatezza: corsosaltolagodarepacioccone. LUNGO! Ecco la parola.

Ti chiedono di motivarla. Certo!

Capitano di *lungo* corso;

salto in *lungo*;

*lungo*lago;

dare del *lungo* (nel senso di scansare una persona);

Infine la tua perla, ricordando una canzone dello *Zecchino d'Oro* che tuo padre ti cantava da piccolo per farti addormentare e che immancabilmente sortiva l'effetto contrario, perché ti faceva venire voglia di ballare...

Il *Lungo*, il Corto e il Pacioccone.

Risposta esatta!

Sei il campione in carica, hai diritto di tornare la volta prossima a difendere il titolo. No, ti basta questo trionfo. E allora: apoteosi.

È tutto un gioco di luci, uno scroscio di applausi, fiumi di champagne (diresti più spumante) e... duecentocinquantamila euro. In gettoni. Come "in gettoni"? In gettoni, c'era scritto sul contratto che hai frettolosamente firmato, e che verranno consegnati non prima di tre mesi. Tre mesi? Allora accetto di tornare per difendere il titolo! Bravo! Grazie!

A luci spente, provi a chiedere quando dovresti tornare.

"Fra mezz'ora," ti senti rispondere da un'assistente costumista che ti gira il colletto della giacca per vedere che taglia porti e corre in sartoria a prenderti un cambio per la nuova puntata.

"Certo," dice Viktor, che tu neppure sapevi fosse lì, "qui si registrano tre puntate al giorno. E, per la storia dei gettoni d'oro, non ti preoccupare. Ci penso io a darti il cash che, mi sembra di aver capito, ti serve con una certa urgenza."

Tu, un po' stranito, vieni trascinato in sala trucco, dove ti tamponano la fronte e, capendo che sei uno dalla ghiandola sudoripara bella attiva, ti spraiano su tutta la faccia una sostanza anti-shine che ha un insopportabile odore di uova marce.

"Per forza, è anche anti-helios!" ti urla in un orecchio la truccatrice rispondendo alle tue lamentele.

"Ma non ci sarebbe qualcosa di meno *anti-*, magari addirittura qualcosa di *pro-*?" sussurri tu, cercando invano di fare lo spiritoso.

Ed eccoti di nuovo in studio, con gli stessi figuranti di prima, però invertiti di posto. Qualcuno si è anche cambiato il vestito, così sembrerà un pubblico diverso e si capirà che è un'altra giornata, pensano dalla produzione, convinti che il pubblico a casa sia un po' coglione. (E forse non hanno tutti i torti.)

Siamo di nuovo alla ghigliottina finale. Questa volta le cinque parole sono:

fare / stringuccia / rossa / mezzanotte / Eduardo.

Il tuo montepremi è di trecentocinquantamila euro, che non ti sei fatto mai dimezzare dalla ghigliottina (e questa, devi ammetterlo, è solo fortuna).

Il minuto, questa volta, te lo prendi intero, qualche intuizione ti è venuta, tipo *fare presto*. *Rossa* potrebbe essere la *Ferrari*. *Mezzanotte* ti viene solo in mente una canzone di Ana Mena. Ma *stringuccia* proprio non ti dice niente. Non ci siamo, rischi di perdere tutto.

L'anti-shine anti-helios (e forse anche anti-mosquitos) ormai ha perso ogni efficacia e la tua fronte gronda gocce di sudore che sembrano lacrime.

Poi, di sottecchi, vedi Viktor che sta smanettando qualcosa sul cellulare e ti senti vibrare in tasca. Ricordandoti che a scuola eri il re dei Copiatori di Compiti in Classe, abbassi la testa come per un'ultima meditazione, leggi velocemente il messaggio che Viktor ti ha inviato:

Eduardo Scarpetta, attore e commediografo napoletano. Papà, tra gli altri, di Titina, Eduardo e Peppino De Filippo.

Di colpo tutto ti è chiaro e, come quando John Belushi nei *Blues Brothers* vede la luce, urli: "Scarpetta!".

Si accendono i fari nello studio: conduttore e pubblico ti guardano, e tu provi a motivare.

Fare la *scarpetta* (e ruoti il polso come a indicare qualcuno che con il pane pulisce il piatto dal sugo)... risate del pubblico;

la *scarpetta* si allaccia... con la stringuccia! ...ridacchiano anche i cameramen;

a mezzanotte Cenerentola perde la sua *scarpetta*... il conduttore annuisce compiaciuto;

infine, Eduardo *Scarpetta*, attore e commediografo napoletano!

Nello studio scatta la ola, mai vista in tanti anni di trasmissione.

Completa il conduttore con *Scarpetta rossa*, simbolo della lotta contro la violenza di genere... "Ooohhh" da tutto lo studio. Non ci saresti mai arrivato, ma non importa. Hai vinto!

A questo punto, i soldi ti sembrano abbastanza. Pur essendo il campione in carica e potendo partecipare a una nuova puntata (i figuranti stanno già scambiandosi posti e vestiti), ringrazi, saluti e te ne vai.

Mentre ti strucchi, cioè mentre ti asciugano il sudore, ci pensa Viktor a farti due conti in tasca.

"Duecentocinquanta più trecentocinquanta fa seicento, tolta l'Iva del ventidue per cento, un altro cinque per cento con il passaggio da gettoni a contante te ne rimangono meno di cinquecento, fra tre mesi. Noi te ne diamo trecento subito. Esentasse."

Be', è una proposta che non si può rifiutare. Anche perché intuisci che il passaggio dal rifiuto alla testa di cavallo nel letto è un attimo.

Ti è bastato firmare una delega a Viktor per la consegna dei gettoni d'oro e ti sei ritrovato tra le mani un rotolo di banconote legate da un elastico. Giocherelli con l'elastico. Viktor ti guarda. Lasci stare l'elastico e accantoni rapido l'idea di metterti a contarli.

Uscendo dagli studi della Rai si materializzano Juri, Sascia e

Pascia, che insieme a Viktor e Lara sarebbero i famosi (meglio dire famigerati) fratelli Zivago. Così li conoscono alla Magliana. Visti tutti insieme fanno una certa impressione. Alti, corpulenti, con lunghe e folte barbe, se non avessero un accento più che romano li scambieresti per dei militari ceceni.

Sono nervosi, ti guardano male, si appartano con Lara che vedi per la prima volta in difficoltà. Tu resti sul marciapiede, aspettando la conferma di un taxi tramite un'app che ti avevano pubblicizzato come la più affidabile. Chissà le altre, pensi mentre per allentare la tensione scivoli (mi rifiuto di dire "scrolli") con il dito sulla tua applicazione preferita e parte una raffica di scoregge che fa girare persino il guardiano in divisa dentro il gabbiotto. Alla terza scarica finalmente arriva il taxi. Lara, con un'agilità inedita, ti ci trascina dentro mentre sussurra: "Via dei Riari 48".

I "ceceni" ti guardano sfilare via con aria truce, mentre uno dei gemelli (Sascia o Pascia?) si passa il dito indice sulla gola. E tu capisci. Capisci che era meglio se restavi a Nardò, se ti coccolavi di più Jessica, se trattavi meglio Angela, se finivi almeno le superiori, se accettavi la proposta di tuo padre di occuparti degli ulivi... E mentre la mente fa scorrere quelle immagini come in un vecchio view-master, la mano sfiora il rotolo di banconote che ti ritrovi in tasca, senti una scarica di adrenalina e pensi che no, va bene così, qualche rischio lo hai corso, ma ora hai i soldi sufficienti per provare a essere la Gladys Glover del terzo millennio.

Intanto, Lara ti racconta che i suoi fratelli vogliono a tutti i costi fare molto male a Marco Moschini.

"Perché?"

"Perché mi ha messa incinta."

"Ma mi hai detto che non è vero."

"Certo, ma loro non lo sanno."

"E per quale motivo non gliel'hai detto?"

"Non voglio che pensino che racconto bugie."

"Ma tu le racconti!"

"Sì, però loro non devono saperlo! Senti, devi andare a

Milano e avvisare Marco che è in pericolo. Ecco, ti scrivo qui il suo indirizzo."

"Scusa, non puoi mandargli un messaggio?"

"Ho provato, non mi risponde. Ultimamente era molto giù di morale, un po' depresso. Pensa che io gli stia con il fiato sul collo... Ma tu non conosci i miei fratelli, quelli fanno sul serio, credimi!"

"No, no, ti credo. Mi è bastato vederli tutti assieme."

"Grazie!... Scusi, può fermarsi alla stazione Termini? Il signore deve scendere."

"Quale signore?"

"Tu."

"Ma ho lasciato il borsone da te. Con tutta la mia roba..."

"Be', con tutti i soldi che hai guadagnato, anche grazie a me e ai miei fratelli (chissà come se la sta passando il concorrente che hai sostituito...), puoi comprarti magliette, mutande, dentifricio e tante altre belle cose, non credi?"

Così ti ritrovi sulla banchina della stazione con una banconota in meno e un biglietto per Milano in più. Seconda classe.

Quando una voce stentorea e un po' nasale annuncia:

"Attenzione. Il Frecciarossa per Milano è in partenza al binario 11. Ferma a Roma Tiburtina e a Milano Rogoredo".

5.

Luciana si era accorta del suo arrivo a casa. Era sveglia. E ci era rimasta molto male quando aveva sentito le mani di Marco rovistare nella sua borsa, e non su di lei. Poi la porta si era chiusa. E non lo aveva più visto.

Luciana era davvero innamorata. Lo era ancor prima di conoscerlo di persona. Aveva visto tutti i suoi film. E attraverso i suoi personaggi, anche i più negativi, aveva capito che lui aveva un'anima buona. Con un lato oscuro, che era quello che la intrigava di più. Lei lo definiva il suo *dark side of the moon*. I suoi occhi l'avevano conquistata. Non particolarmente belli, ma espressivi, con un filo di tristezza anche quando il personaggio che interpretava era buffo, o sopra le righe, o addirittura un villain, il cattivo di turno. I suoi occhi e le sue mani. Come le muoveva, come accompagnavano ogni sua frase. Erano forse più espressive del suo viso. Ecco, questo è meglio non dirglielo. Se a un attore dici che ha le mani più espressive del viso, lui registra solo che il suo viso è meno espressivo delle sue mani. Non sia mai!

Altra cosa che Marco non dovrà mai sapere è che erano mesi che lei lo seguiva, sui rotocalchi, nelle interviste, alle anteprime dei suoi film o quando lui presentava il libro di un amico. Diciamo una stalker discreta, e perdonate l'ossimoro. Era riuscita a scoprire dove abitava. Aveva anche saputo che l'appartamento proprio sotto il suo era in vendita. E con i risparmi di una vita, un prestito dei suoi genitori e un mutuo ventennale a tasso fisso (ottima intuizione, il tasso fisso, visto che quando l'aveva acceso il costo del denaro era davvero basso), se l'era comprato. Poi, un pedinamento silenzioso, un ascoltare i suoi passi, che ormai riconosceva a distanza. E aveva scoperto che se appoggiava l'orecchio alla parete della cucina, dove c'era la cappa aspirante, riusciva a sentire tutto, come fosse nella stanza accanto a lui. Così aveva imparato a conoscerlo meglio.

Calcolare gli orari dei suoi arrivi e delle sue partenze, invece, era stato più difficile. Il suo lavoro lo portava a stare lontano da Milano per lunghi periodi e Marco Moschini non aveva (e non ha) profili social da cui indovinare i suoi spostamenti. Tuttavia, continuano a nascerne di fasulli, di profili, che di volta in volta vengono chiusi, ma che sono costantemente aggiornati sui suoi lavori, le sue tournée, e che permettono di dedurre quando potrebbe trovarsi a casa. Poi c'è stata l'iniziativa di Luciana di suonare alla sua porta, senza "riconoscerlo", semplicemente come vicina del piano di sotto che chiedeva della senape (ma come le era venuta in mente proprio la senape?). Salendo le scale aveva pensato di chiedergli se aveva delle ciliegie. Poi all'ultimo, proprio mentre la porta si apriva si era resa conto che era inverno, quindi non esattamente la stagione delle ciliegie. E allora aveva improvvisato, ripiegando sulla mostarda di Digione. E c'era stato quell'incontro sul pianerottolo ad alto tasso erotico. A cui ne erano seguiti altri sempre all'insegna di sesso e cibo. Era diventato un loro gioco.

A lei non era mai capitato. Chissà a lui. Cosa avrà pensato di lei? Che è una maniaca, un'assatanata, una ninfomane? Chissenefrega. Ora aveva anche le chiavi di casa sua. Per annaffiargli le piante. E per qualsiasi evenienza, aveva detto lui. Come quella notte che era arrivato dalla Francia, Annecy per la precisione, dove avevano presentato un suo film, e all'aeroporto gli avevano perso la valigia in cui aveva, stupidamente, messo le chiavi di casa. Chi gli aveva aperto? Luciana. Quella notte, in realtà, non erano neppure servite le chiavi. Marco aveva dormito ("dormito", si fa per dire) da lei, che si era fatta trovare a letto con il corpo cosparso di cioccolata che lui avrebbe potuto leccare a piacimento. Peccato che la cioccolata fosse bollente (lei si era protetta avvolgendosi nella pellicola trasparente). Ustioni su labbra e lingua, ma quante risate! Sì, perché nel loro rapporto oltre al sesso e al cibo c'è anche tanto divertimento. Sono fidanzati? No. Stanno insieme? Neppure. Lei spera in un rapporto un po' più stabile, ma non vuole forzargli la mano. Sa, ne hanno parlato, che Marco sente la mancanza di un figlio. E lei, non più giovane ma ancora in età di procreare, sarebbe felice di farlo. Non c'è fretta, però. Non molta, almeno. Luciana crede al destino, alle coincidenze...

A proposito di coincidenze, ce n'è un'altra che conosce solo lei. E che forse non gli svelerà mai. Tanti anni prima, ha avuto una storia con Maurizio. Marco e Maurizio si sono poi conosciuti, hanno anche lavorato assieme. E quando è successo quello che è successo a Maurizio, Marco ne è rimasto sconvolto... Ma questa è una storia che meriterebbe un racconto a parte.

Scale salite due gradini alla volta e una voce ansimante: "Sei per otto quarantotto, sette per nove sessantatré, centouno per due duecentodue".

È tornato.

Come d'abitudine, Luciana appoggia l'orecchio alla parete della cucina, quella con la cappa aspirante. E sente squillare il cellulare. "Ciao Marsy."

Marsy?

"Scusa se non ti ho più chiamato, è un periodo un po' incasinato."

Da qualche tempo dice sempre così, pensa Luciana. Ma chi è questa Marsy, cosa vuole da lui?

"Sì, te lo avrei raccontato io. Ascolta... No, non dire così! ...Ma cosa ne sapevo io? Allora, vuoi sentire la mia versione o no?... Primo, io te l'avevo detto che non ci so fare con i bambini, ma tu non mi hai ascoltato. D'accordo. Ti sei fidata, e di questo ti ringrazio. Però io ti avevo dato la disponibilità a tenere solo Marcellino, non dieci scalmanati..."

Ah, è Marzia, sua sorella, la mamma di Marcello. Luciana si tranquillizza.

"Certo, lo so che era il suo compleanno... Ma sì che poteva festeggiarlo anche solo con me. Pensi che si sarebbe annoiato? Potevamo vedere uno dei miei film... Come sarebbe: 'appunto'? Comunque, fammi parlare. Io avevo preparato una merendina per lui. Sì, una merendina... E chi si ricordava che era il suo compleanno, cribbio! Difatti... Grazie per avermi mandato quella enorme torta... e le dieci candeline... che abbiamo acceso... E lui le ha spente. Sì, tutte in un soffio, altrimenti porta sfiga, lo so. È una vita che me lo dici! Ma il casino viene dopo.

Insomma, cominciano a giocare a nascondino, poi a Stregacomandacolore. Poi a guardie e ladri. In casa, capisci? Sono giochi da fare all'aperto, non in casa. Quindi, sì... sono stato io a proporre di vedere un film... Però l'hanno scelto loro, giuro! Ho cominciato velocemente a sfogliare la library dell'on demand soffermandomi sui cartoni animati, poi ho capito che non era più l'età. Neanche quelli doppiati da me volevano vedere. Allora propongo *Avengers*, *Transformers* e tutto il mondo Marvel. Roba già vista, dicevano. A questo punto mi bloccano la mano in due e urlano: 'I Jackass! C'è *Jackass Forever*, il quarto della serie, appena uscito, quello non l'abbiamo visto, zio!'. E non era Marcellino a dire 'zio', erano degli sconosciuti! Comunque, va bene, neppure io l'avevo visto. Se è per questo, non avevo visto nemmeno gli altri. Chiedo ai ragazzi: 'Ma non avendo visto i precedenti, capisco lo stesso? Altrimenti, fatemi un veloce riassunto'. Oh, mi sghignazzano in faccia: 'Bella zio! Questa è davvero bella!'.

Comunque, parte il film. Io rimango senza parole... Sì, lo so, forse avrei dovuto stopparlo, ma ti giuro ero basito. E volevo vedere dove andava a parare... No, non c'è nessuna trama, sono degli sketch. Poi mi sono informato. Quelli non sono attori. Sono un gruppo di stuntman, molto goliardi e anche un po' masochisti, che per scommessa fanno delle cose tremende filmandosi a vicenda. Spesso sono candid camera... Per dire, la più semplice e 'innocua' sono questi pirla che con un foglio di carta si tagliano la lingua. E lo fanno davvero! Capisci? Vedi il sangue uscire, e loro ridono come dei pazzi. Non ti dico i ragazzini, qui, in visibilio... Lo so, lo so che quello che ha fatto scatenare il casino non è il foglio di carta sulla lingua, lo so... Tra l'altro, a onor del vero, va detto che l'episodio incriminato era il più costruito e anche il più divertente. Un po' inorridito, ma ho riso anch'io...

Ma cosa vuoi che ti racconti... Calmati... Vabbè, c'è una prima parte in una casa dove questi deficienti prendono il modellino di una locomotiva a vapore lunga una quindicina di centimetri, fatta bene tra l'altro, in acciaio, con tutti i dettagli. La mettono delicatamente dentro un preservativo, tirano a sorte e chi perde si tira giù i pantaloni e con una gran dose di vaselina se la fa infilare nel sedere. ...Aspetta, questa non è la parte più divertente! Anche se un pochino fa già ridere, ammettilo. Comunque, vanno al pronto soccorso, e qui scatta la vera candid. Non so dove avessero nascosto la microcamera, se negli occhiali di qualcuno, nel bavero di qualche giacca, non saprei. Ad ogni modo, il malcapitato dice di avere fortissimi dolori alla pancia. Quindi gli fanno una radiografia... E la cosa che fa più ridere è la faccia del medico di turno che prende questa radiografia, la mette sulla lavagna luminosa... e vede che quel tizio ha una locomotiva nel culo. Una locomotiva, capisci? E intuisci dalla sua espressione che non sa come dirglielo. La faccia del medico vale tutto lo sketch, e forse addirittura l'intero film. Una locomotiva di quelle antiche, hai capito? Quelle a vapore con il camino, le bielle e tutto il resto, me la sogno ancora di notte, quando mangio un po' pesante...

Ho capito che le mamme ti hanno fatto un mazzo così. Che non porteranno mai più i loro figli a un compleanno di Marcello. Ma che ti frega? Non è in quinta elementare? L'anno prossimo cambia scuola, così il problema è risolto. Tra l'altro, ho letto che fra qualche mese uscirà un loro nuovo film in 3D... Scherzo, dai!

Come?... Marcello è sconvolto perché gli ho detto che deve morire?... Ma non è vero! ...Ah, la storia delle tre cifre... Certo, quello gliel'ho detto, è vero. Era solo per gasarlo il giorno in cui compiva dieci anni. Gli ho detto: 'Pensa quanto è importante per te questo giorno, passi da nove a dieci anni. Da un numero a singola cifra a uno a due cifre!... E difficilmente riuscirai a festeggiare il passaggio alle tre cifre...'.

Ma non gli ho detto che deve morire! Che comunque prima o poi succederà... Perché, secondo te tuo figlio arriverà tranquillo a compiere cent'anni? ...E se vuoi saperlo, non è neanche un'osservazione originale. Solo che se lo dice Pennac è alta letteratura, se lo dico io è minaccia a un infante... Non urlare, ti prego... Come? ...E chi è questo De Andrade? ...Il notaio che ha ricevuto da Londra (Londra?) il certificato di morte di papà. Ah.

Che però nel testamento ha lasciato tutto alla mamma. Ah.

Dice che però potremmo impugnarlo per rivendicare la *legittima*... Ma posso dirti una cosa? Che ci frega della legittima! Non ti sembra bello? Cacchio, non si parlavano da anni e lui lascia l'intero patrimonio a lei...

A proposito della mamma, ci sono passato questa mattina. No, non mi ha riconosciuto. C'era Urszula... No, non mi ha detto niente della raccomandata... Ma anche tu, con 'sta storia del rumore... Te la vedi la mamma che sbatte dei mestoli sulle pentole? So tutto, ho parlato con la Beltrami, quella del secondo piano. Dice che è quel paranoico del Sagone... Eh, lo so... A me lo dici?... Be', ciao. Dai un bacio a Marcellino. Prova a dirgli: lo zio ha un forte mal di pancia e deve andare al pronto soccorso. Vediamo se ride ancora... Scherzo!"

Marco guarda incredulo il cellulare. Lo scuote, lo riporta all'orecchio. Resta un attimo in ascolto... "Ha messo giù."

Luciana è abbastanza sconvolta da questa telefonata. Però non perde il buonumore. Cerca su internet l'immagine di un moderno locomotore affusolato e aerodinamico. Ne fa lo screenshot e lo invia a Marco. Seguito da una faccina che ride. E un'altra che fa l'occhiolino con accanto un cuoricino. Questo è il massimo del suo sexting. Che però, a pensarci bene, non è poco!

Marco riceve l'immagine da Luciana. Le risponde con la foto di un Concorde.

Lei reagisce con quella dell'*Apollo 13*.

Lui non sa come rilanciare. Allora Luciana ne approfitta e rimanda l'immagine dell'*Apollo 13*. Questa volta non del missile. Di tutto l'equipaggio.

E visto che Marco indugia ancora, lei smanetta velocemente su alcuni siti di fotoritocco e invia l'immagine di Tom Hanks, Bill Paxton e Kevin Bacon nudi con, al posto del membro, l'*Apollo 14*, *15* e *16*.

A questo punto si spalanca la porta, entra Marco ridendo e fanno l'amore così, senza farsi male, per una volta.

Da tempo, ormai, fare la valigia per Marco significa salire e scendere le scale una decina di volte.

Luciana aveva pensato di proporgli di fare un buco nel soffitto e unire i due appartamenti, ma si era censurata. Quella proposta avrebbe rappresentato troppa pressione, o almeno così avrebbe potuto essere percepita. Sapeva benissimo che quando lui andava a Roma o altrove per lavoro aveva altre storie, altri legami. Forse anche più stretti del loro. In fondo, non si erano mai promessi niente: fedeltà, futuro... niente. Ci mancava solo la scala a chiocciola che univa gli appartamenti. Meglio passare dal pianerottolo. E pazienza se capitava di incrociare lo Scaccabarozzi che ogni volta attaccava il pippone dell'ascensore promesso e votato dall'assemblea, ma mai realizzato.

Ora Marco è sul treno, con il suo bel trolley, destinazione Roma. Carrozza 3. Business, ma non salottino privato. Anche questo è un segnale della sua (lenta) decadenza professionale.

Qualcuno ha lasciato il giornale sul tavolino, proprio davanti a lui. Marco non legge un giornale cartaceo da mesi, forse anni. Lo prende in mano e chiude gli occhi. Quanti ricordi! Ricordi olfattivi, ad esempio, perché quel giornale sa di inchiostro, di carta, ma anche di vaniglia, catrame... e di focaccia. Focaccia? Marco apre gli occhi e vede delle grosse macchie di unto. Lo sfoglia quindi con cautela e un po' di ribrezzo. Chissà quali mani lo hanno appena impugnato, pensa andando direttamente alle pagine della cronaca di Roma, visto che sta andando proprio laggiù. E legge, tra le altre, una notizia curiosa:

Cerveteri: giovane trovato legato e imbavagliato e in stato di profonda ipotermia nei frigoriferi del centro commerciale L'Albero della Vita, dove lavorava come magazziniere. Il direttore del Centro, interrogato dagli inquirenti, ha dichiarato che gli aveva appena dato un giorno di permesso per partecipare in qualità di concorrente alla trasmissione "L'Eredità", che era da tempo il suo sogno.

Marco scuote la testa e pensa a tutte le persone che farebbero carte false per partecipare, anche solo come comparsa, a una trasmissione televisiva. Per apparire, essere riconosciuti dagli amici al bar, dai genitori, dalla fidanzata. E ripensa a tutti i no che ha detto negli ultimi tempi. Non si ricorda chi ha scritto che la carriera di un attore si costruisce più con i no che con i sì, ma concorda. Forse però ultimamente ne aveva detti troppi, di no. Anche quella storia del sequel-remake tratto da Lucky Luke, quel suo rifiuto a priori. Solo perché nelle prime righe della sceneggiatura aveva letto: *Un anziano Lucky Luke, rugoso e ormai privo di capelli...* E si ripromette d'ora in avanti di avere un po' meno puzza sotto il naso. A cominciare da quel nuovo monologo che gli hanno scritto su misura e che, tutto sommato, non vede l'ora di leggere.

Il treno che lo porterà a Roma lentamente esce dalla stazione superando la grande tettoia in vetro e ferro. E come ogni volta, una piccola lacrima gli rotola lungo la gota.

Cinque

“Scoregge! Scoregge! È lui! Io conoscio scoregge! Ridere tanto! Lui sì, ridere tanto!”

Un ragazzo down, che potrebbe avere quindici anni come trentacinque, corre verso il binario 11 e sembra proprio che, urlando cose apparentemente insensate, si rivolga a te, caro Mirko.

“Micco! Micco Mattotta! Belli video! Belli. Io tuo follo!”

Ecco qual è il tuo target, chi sono i tuoi follower. E come farsi sfuggire questo piccolo momento di notorietà? Così, anche rischiando di perdere il treno, non ci pensi due volte. Metti il volume al massimo e colpisci a ripetizione con l’indice l’icona del petofono che troneggia sul display del telefonino: *Prrr! Prrrrrr! Psssbbb! Prot! Prot!*

Il ragazzo non trattiene le risate.

“Angelo!” È arrivata una distinta signora. “Smettila di dare fastidio! E lei, la prego, non lo incoraggi...”

Ma tu stai ridendo più forte del ragazzo. È divertimento puro. Folle. Stupido. Ingiustificato, e quindi: sano. Vi intendete subito. Senza mettervi d’accordo, vi trovate complici a fare finte interviste “per conto delle Ferrovie dello Stato” ai passeggeri che stanno scendendo dal treno appena arrivato al binario accanto. Tu chiedi se il viaggio è stato di loro gradimento o se hanno suggerimenti da dare per migliorare il servizio e Angelo si piega in una smorfia e lascia partire un *prooot!* che inorridisce l’intervistato. O lo imbarazza. O tutt'e due le cose insieme, ma vedendo lo sguardo del ragazzo e intuendo la sua "disabilità", con un pietismo inutile e non richiesto nessuno osa commentare. Sembra una scena di *Amici miei*, a voler essere generosi. Angelo poi ti trascina verso gli ultimi passeggeri che stanno arrivando: una ragazza che a fatica aiuta un omone con la camicia imbrattata di sugo a scendere dal vagone.

"Quetto magna, magna tanto eppoi..." E ti fa un segno inequivocabile. Tu capisci e con prontezza di riflessi accompagni la discesa di ogni gradino con un sonoro *prooot!*

Si girano tutti a guardarvi. E a stento trattengono le risate (vittime a parte, s'intende. La famosa legge del *Colpiscine uno per farne divertire cento*).

Quindi, Angelo ti guarda e urla: "Ppova a ppendemmi! Ppova a ppendemmi!".

Sì, sarebbe bello continuare a giocare con lui, ma temi che il tuo treno per Milano stia per partire. Allora saluti il tuo nuovo amico e mentre ti allontani senti, a ogni tuo passo, *prot! pssshhh! prrrr!* Ti giri e vedi Angelo che ti indica il suo cellulare. Certo, la tua applicazione preferita ce l'ha anche lui, come non averci pensato. E salutandolo ancora una volta, a distanza, lo vedi saltellare intorno alla madre, accennare passi di tip tap e canticchiare in un inglese quasi perfetto: "*Catch me if you can! Catch me if you can!*".

Strano incontro.

Ma il tuo treno sta davvero per partire. Ti affretti verso la prima carrozza e, anche se non è la tua, salti sul predellino convinto di avercela fatta, quando una mano ti afferra per le spalle e ti tira giù.

"Calma, noi dobbiamo parlare ancora un po'."

È Viktor.

"Certo, magari un'altra volta, volentieri. Il treno sta partendo."

"Per Milano ce n'è uno ogni ora."

"Sì, ma io ho un biglietto non rimborsabile. O meglio, lo sarebbe, ma solo fino a quando il treno non è parti..."

Le porte si chiudono.
"Ecco, ora sarai più tranquillo. E poi, con quel rotolo di banconote, sai quanti biglietti Roma-Milano puoi comprarti?"
"A forza di ragionare così, non vorrei rimanere senza piotte, come dite voi..."
"Anzi, adesso te ne faccio usare un'altra, di quelle belle banconote. Offrimi la colazione."

Alla stazione Termini, da quando è stata ristrutturata, c'è di tutto. Sembra un bazar, pensi passando davanti a vetrine con cappellini di lana, costumi da bagno, ombrelli variopinti. Non ci sono più le mezze stagioni, e qui neanche più quelle intere, vorresti dire. Ma non lo fai. Il senso dell'umorismo non è tra le prime qualità che ti vengono in mente, se pensi alla Magliana. Poi chissà. Magari sono solo luoghi comuni indotti da film e serie televisive, mediti davanti a un caffè ristretto mentre Viktor divora con gusto un panino con la porchetta. A Termini, al piano di sopra, c'è anche questo. E tutti salutano Viktor con molto affetto.
"Allora, perché pensi che io ti abbia aiutato con la storia dell'*Eredità*?"
"Perché te l'ha chiesto Lara, tua sorella, parlando di un suo amico che aveva un problema? Che poi, 'amico'... Non per prendere le distanze, ma io e lei ci conosciamo da pochissimo. Non parlerei proprio di amicizia."
"Ah no? E allora cos'è? Siete amanti?"
"No!" urli spaventato.
"Di' la verità, te la sei schiacciata?"
"In che senso?"
"Senti, ti conviene definirti *amico* di mia sorella. Perché sennò è peggio, molto peggio..."
"Certo, sì, amici."
"Bene. E allora mi devi aiutare a beccare 'sto Moschini. L'infame che l'ha messa incinta."
"Ascoltami... ma... se Lara non fosse incinta?"
"Ahò, famme capi', stai a di' che mi sorella è 'na buggiarda?"
Gli è partita la romanite.

"Ma non ci penso nemmeno! Dico che magari si è sbagliata, in buona fede..."

"Ah coso! Me stai a rompe' 'r cazzo..."

"Non sia mai..."

"Io nun je vojo fa mmale a l'artro coso..."

"Scusa, di quale *coso* stai parlando adesso?"

"De 'sto Moschini. Gli vorrei solo parlare."

È tornato umano, o quantomeno italiano.

"Però in presenza. Qui, davanti a me e ai miei fratelli. Chiaro?"

"Lampante!"

"Ahò, me stai a cojona'?!"

"Giammai."

E dopo altri due panini con la porchetta (uno hai dovuto mangiarlo pure tu, con tutta la cotenna, "la parte più bbona," ha detto Viktor) e la promessa che appena rintraccerai il famoso Moschini gli dirai che i fratelli di Lara vogliono *parlargli*, il sequestro di persona termina e tu puoi finalmente scambiare un'altra banconota con un ulteriore biglietto per Milano.

Questa volta però, oltre che a Tiburtina e Rogoredo, il Frecciarossa ferma anche a Firenze, Bologna e Reggio Emilia.

L'importante, per ora, è mettere più chilometri possibili tra te e i fratelli Zivago.

6.

Marco è seduto al suo posto, 7A, vicino al finestrino, e vede un bel pezzo d'Italia scorrergli davanti agli occhi. E anche i suoi pensieri corrono. Cerca di ricordare l'inizio. Quando e perché aveva deciso di fare l'attore. Lui, che non è figlio d'arte, avrebbe potuto seguire la professione del padre. Quale, poi? Quella ufficiale di antiquario o quella ufficiosa di agente segreto? No, non erano per lui, né l'una né l'altra. Avrebbe potuto ripercorrere le orme della madre, insegnante di matematica? No, non era portato. Né per l'insegnamento, né per la matematica. Ricorda ancora con un misto di orrore e divertimento il giorno in cui, studente al secondo anno di Scienze Agrarie (chissà poi perché, proprio Scienze Agrarie), aveva ottenuto una supplenza annuale all'istituto per geometri di Lampugnano, un complesso di torri cilindriche appena costruite, con i corridoi che erano delle circonferenze (e come impedire ai ragazzi di fare gare in bicicletta, con i bidelli che, oltre a vendere le focaccine, prendevano pure il tempo a quei giovani Moser?).

Ma la cosa più folle fu la materia che Marco dovette insegnare per un intero anno scolastico: *Estimo rurale e contabilità*, che in quanto laureando in Scienze Agrarie avrebbe dovuto conoscere, senonché non era nel suo piano di studi. Si trattava di un esame che non aveva, e non avrebbe, mai dato. Una volta ricevuto l'incarico, era andato addirittura a cercare sul vocabolario cosa significassero tali parole. E con suo grande sconcerto aveva scoperto che avevano molto a che fare con la matematica. Trigonometria, per la precisione. Fu contenta sua madre. La sera lo vedeva studiare alacremente per capire i contenuti della lezione che avrebbe dovuto tenere la mattina dopo, e gli preparava caffè con tanto zucchero e rosso d'uovo sbattuto, che faceva una schiumetta simile a quella del cappuccino del bar (alla faccia di colesterolo, trigliceridi e glicemia).

Marco sorride tra sé, appannando il vetro. Quel caffè all'uovo è la sua madeleine. Poi aggrotta la fronte e, come quando in uno stereogramma, quei disegni complicati che sembrano non rappresentare nulla, spostando lievemente le pupille e allungando il fuoco si riesce a intravedere qualcosa che prima non si distingueva, ha un sussulto. Ha come una visione. E ricorda. Per la prima volta ricorda perfettamente *perché* scelse Scienze Agrarie. E scuote la testa con tenerezza.

Fosse un film, a questo punto partirebbe un flashback.

Milano, fine anni settanta, liceo scientifico Luigi Cremona, non proprio in periferia ma neanche in centro. Zona Maciachini, per capirci. È in corso una riunione della mitica quinta D. Il tema è: dopo la maturità, che faremo? A essere sinceri non c'è proprio tutta la quinta D, solo i "compagni". Che sono, almeno in apparenza, l'ottanta per cento. Tolti due o tre "qualunquisti", cioè quelli che durante le assemblee vanno al bar a giocare a boccette, e un paio di Comunione e Liberazione (di Cormano, perché lì c'è un prete ganzo), quello più a destra è della Fgci (che sarebbe la Federazione giovanile comunista italiana). Tutti gli altri, extraparlamentari di vario genere. E si discute. Ah, quanto si discute!

Ora, visto l'OdG (Ordine del Giorno, che vale per tutti i tipi di assemblee: da quelle dei soci di multinazionali a quelle di condominio), insomma: visto l'ordine del giorno, ognuno si esprime.

Francesco parla per primo. Non è sicuro di andare avanti con gli studi. Vorrebbe, anzi dovrebbe, andare a lavorare. Gli piacerebbe in ferrovia, come suo nonno.

Terenzio dice che lui il lavoro che lo aspetta già ce l'ha: suo zio ha un'officina per camion alla Bovisasca. A lui sporcarsi le mani è sempre piaciuto, tanto quanto non ha mai amato stare curvo a studiare sui libri.

Cristina (la stalinista del Movimento studentesco), Antonella, Elena, Alberto ed Enzo vorrebbero invece iscriversi a Lettere moderne.

L'altra Cristina (quella trotskista), Raffaella, Monica e Claudio a Scienze politiche.

Lorenzo, Massimo, Laura, Elisabetta e Barbara a Sociologia (che allora c'era solo a Trento o a Urbino, quindi oltre alla motivazione didattico-culturale c'era anche la fortissima voglia di uscire di casa. *Andarfuoridaimaroni*, come senza troppi giri di parole diceva Lorenzo).

Infine, Dario, Carlo, Amanda, Serena e Anna opterebbero per il DAMS, con la stessa motivazione di prima: c'è solo a Bologna (e Bologna in quegli anni prometteva benissimo: "*Soccseprometteb ein!*" diceva sempre Lorenzo, che ripensandoci decide che gli interessa più il DAMS rispetto a Sociologia; tradotto: meglio andare a Bologna che a Trento).

Marco sta per comunicare la sua intenzione di iscriversi a Filosofia, ma si rende conto che sarebbero tutte facoltà umanistiche. Allora gli parte l'embolo. A quei tempi gli succedeva spesso. E inizia ad accusarli tutti di essere dei parolai: "E quando andremo al potere?".

Perché non c'erano dubbi, allora, che sarebbe successo. Non si sapeva esattamente quando, in che forme, ma sarebbe successo. Marco, e come lui la maggioranza della quinta D, auspicava una via democratica, attraverso il voto, come era accaduto nel Cile di Salvador Allende (sperando in una fine diversa). Altri, una minoranza, immaginavano un'azione di forza. Lo slogan maoista "Il potere nasce dalla canna del fucile" purtroppo ancora echeggiava in qualche corteo.

"E quando andremo al potere, cosa faremo?" incalza ancora Marco. "Ce la racconteremo? Citeremo Kant, il Manzoni, Marcuse, oppure Kantor e Grotowski... E poi? Chi farà il ministro del Lavoro? Chi si occuperà di economia, di agricoltura, di costruire i ponti?"

Tutti improvvisamente zitti. L'allegria che aleggiava fino a pochi minuti prima scompare.

"Vi ricordate cos'è successo quando in Cina c'è stata la rivoluzione?"

Chi guarda per aria, chi sotto il banco, chi fuori dalla finestra. Effettivamente no, nessuno si ricorda cos'è successo quando c'è stata la rivoluzione in Cina.

"Hanno dovuto chiedere gli ingegneri alla Russia. I medici, gli agronomi. Gli scienziati, insomma. Non servivano filosofi."

"Ma se qui nessuno ha detto di voler fare Filosofia," rintuzza Terenzio.

"*Io*! *Io* volevo iscrivermi a Filosofia!" urla Marco con il pianto in gola. "*Io* sarei stato il re dei parolai! Ma ora ho capito che non è possibile." Poi, un lampo nei suoi occhi: "Elisabetta, cos'hai in quella scatola da scarpe?".

"Scarpe," risponde timidamente lei.

"Ok, toglile e dammi la scatola."

Elisabetta arrossisce, apre il contenitore di cartone. Si intravedono delle sfavillanti décolleté d'argento.

Tutta la classe: "Ooohhh".

"E che cazzo ci fai con queste scarpe col tacco?"

"Sabato c'è la festa di laurea di mia sorella," si giustifica lei.

"Lorenzo, tu che volevi fare il sociologo, prendi un foglio protocollo..."

"Cosa c'entra la sociologia?"

"C'entra, vedrai."

"A righe o a quadretti?"

"..."

"Ho capito, non è il momento di scherzare."

"Ecco, bravo. Dividilo in tante striscioline quanti siamo noi. Poi ognuno ci scrive il proprio nome. E cominciamo a estrarre. La prima divisione sarà tra chi si dovrà iscrivere a facoltà scientifiche e chi potrà fare quelle umanistiche. Non più del cinquanta per cento. Poi passiamo alle preferenze di ciascuno.

Saranno rispettati i desideri di tutti, ma dobbiamo riempire tutte le caselle. Faremo il Governo Ombra della quinta D!"

Aveva carisma e tutti lo seguirono. Ma il più fregato risultò proprio lui. Altro che filosofia, Schopenhauer, Nietzsche, Hegel... gli era toccato il ministero dell'Agricoltura. Da qui, l'iscrizione a Scienze Agrarie. Con annessi e connessi, tipo insegnare estimo rurale ai geometri...

Il nastro smette di riavvolgersi e sul flashback cala il sipario. Il treno continua a sfrecciare nella Pianura Padana e Marco, che prima ricordando sorrideva, ora ride di gusto. Di sé, di quegli anni, un fugace pensiero va a chi ci ha governato negli ultimi decenni in Italia e a chi è al governo adesso... Avrebbe potuto benissimo fare Filosofia. Gli sarebbe servito quantomeno a prenderla con filosofia. Si vergogna da solo di questo stupido gioco di parole, che probabilmente piacerebbe soltanto a Nando.

E mentre rincorre quei ricordi e lo sguardo si perde a cercare di fissare il paesaggio padano che rapido scivola via, non si è accorto che nel frattempo il 7B e il 6B sono stati occupati.

Ma dove sono saliti, se il treno non si è mai fermato?, si chiede tra sé. Per poi rispondersi che magari avevano sbagliato carrozza. O forse il treno stava partendo e loro erano saliti al volo, come spesso capita a lui. E se li immagina risalire il treno di carrozza in carrozza con quei loro ingombranti trolley. Sono un uomo e una donna. Lui più anziano, folti capelli bianchi e decisamente sovrappeso... Ma perché non si può più dire 'ciccione'?, pensa Marco, che in un recente film ha dovuto ridoppiare quella parola con l'aggettivo obeso, rendendo la scena meno divertente e il suo personaggio più antipatico. Lei, sulla trentina, trucco leggero e un profumo intenso, legnoso, anche un po' muschiato, che lo riporta indietro negli anni: patchouli! Poi jeans attillati, camicetta di seta rossa, un rosso scuro, quasi amaranto, un po' sbottonata, che quindi mette in mostra un generoso décolleté (e a questa parola, Marco rivede le scarpe della povera Elisabetta della quinta D... Chissà se quella scatola le è mai stata restituita?, pensa, chissà se avrà avuto il coraggio di usarle, quelle scarpe, non brutte tra l'altro, alla festa di laurea di sua sorella? Chissà se lei stessa si è poi laureata?... Nel famigerato sorteggio le era toccato il ministero della Salute, quindi lei si era coerentemente e disciplinatamente iscritta a Medicina, proprio lei!, che sveniva ogni volta che vedeva del sangue). Quindi, lo sguardo di Marco torna sulla coppia. Chi sono l'uno per l'altra? Padre e figlia? Marito e moglie? Fratello e sorella? Professore e allieva? Questo è un gioco che ha sempre fatto, fin da piccolo: indovinare le biografie degli sconosciuti.

Comincia a osservare lei. Ha gli occhi socchiusi, le mani protese, palmi aperti che guardano il soffitto, pollici e indici che si sfiorano, il respiro lento, lunghe fasi di inspirazione attraverso il naso ed espirazione dalla bocca. Pare stia facendo yoga. Poi, all'improvviso: SBAM!, una botta sul tavolino. E con un tovagliolo di carta prende la mosca che ha appena ucciso e con soddisfazione la deposita nel cestino dei rifiuti.

Lui, causa la sua grande mole, viceversa fatica a respirare. Quello che si sente è quasi un rantolo, con un sibilo acuto nella fase di inspirazione. Lei ora è indaffarata a cercare qualcosa nella grande borsa che tiene sulle ginocchia. Quindi estrae una scatoletta d'argento, che gli porge con un gesto quasi rituale. Lui, senza dire una parola e senza ringraziare, prende quel piccolo aggeggio di forma ovale che sta nel palmo della sua mano grassoccia (be', di una mano si può dire che è grassoccia, mica si offenderà anche la mano!) e con una leggera pressione del pollice fa scattare una molla che apre il coperchio.

Marco a questo punto fa solo finta di guardare fuori dal finestrino. In realtà la sua attenzione è calamitata da quella scatoletta. Cosa conterrà? Essendo di ampie vedute, Marco è pronto a tutto. Da una desueta presa di tabacco a una trasgressiva sniffata di coca, fino a una banale assunzione di pillole per diabete. O cuore. O colesterolo...

Niente di tutto questo. La realtà supera la sua pur sbrigliata fantasia. Il corpulento uomo, con un gesto elegante e un poco affettato, estrae dalla scatoletta una luminosa catenella (ancora argento?), incrocia le braccia in un agile movimento che se Dua Lipa lo vedesse lo inserirebbe in una sua coreografia, e se la posiziona intorno al collo. Alle due estremità della catena vi sono delle pinze. È un oggetto che chiunque di noi abbia avuto esperienze con dentisti ha già visto. Marco non fa neppure più finta di guardare fuori dal finestrino, osserva l'uomo direttamente. La giovane con trucco leggero e odore di patchouli porge un ampio fazzoletto di seta all'adiposo anziano, che lo aggancia alla catenella. Proprio come dal dentista! Non riuscendo a distogliere lo sguardo, Marco non si è accorto da dove la giovane abbia estratto una robusta schiscetta che il pingue uomo prende con voluttà, apre con frenesia e di cui inizia a mangiare il contenuto con voracità: tagliatelle al ragù. Ragù che contiene pure delle polpette. E quella enorme forchetta da dove è saltata fuori? Mah. Comunque, finalmente si capisce a cosa serviva il fazzoletto... A fare da tovagliolo e immolarsi per salvare camicia e vestito del golosone.

La ragazza invece mangia appena qualche ciliegia.

"Vuole?"

Si rivolge proprio a Marco, che guarda con orrore suo padre/marito/fratello che si sta sganciando il tovagliolo immondo e vorrebbe tanto offrirgli una mentina citando la famosa scena della cena al ristorante nel film dei Monty Python: *Il senso della vita*. Ma non lo fa. Non capirebbero.

"L'ho riconosciuta, sa?" dice lei. "Ma la lascio in pace, come vedo che lei saggiamente lascia in pace mio marito."

Allora, prima informazione: sono marito e moglie. E lui chi diavolo è? Perché Marco avrebbe potuto non saggiamente importunarlo? Lo osserva con più attenzione. Lui se ne accorge, gli sorride... Che orrore! Ha dei fili di carne tra i denti.

"Però un selfie a questo punto glielo chiedo."

Quale punto?

"Non l'ho mai fatto, ma lei mi ha accompagnato tante sere con i suoi film. Alcuni li rivedo sempre con piacere! Tra l'altro, posso dirglielo? Dal vivo è molto più magro."

Posso dirglielo, posso dirglielo... E aspetta almeno la mia risposta! E se fosse stata *no*?, si ripete tra sé Marco.

La ragazza estrae dalla borsa, che sembra quella di Eta Beta, uno smartphone di ultima generazione.

"Può farlo lei? Io non sono tanto capace. Gliel'ho detto, non l'ho mai fatto. E tramite mio marito non sa quante occasioni avrei avuto. Ho incontrato Uto Ughi, Pavarotti, la Savignano... Ah no, le ho detto una bugia. Un selfie l'ho fatto. Con Chuck Berry. Eravamo in tour negli Stati Uniti. Lui era venuto a sentire un concerto di mio marito e nei camerini mi sono fatta coraggio e gliel'ho chiesto. E meno male che l'ho fatto! Appena in tempo. Il giorno dopo è morto. Scatta lei?"

Marco scatta.

"Che faccia ha fatto? Sembra terrorizzato! Mica la mangio, sa? A proposito di mangiare, non mi ha ancora detto se vuole una ciliegia."

"No, grazie..."

"Anche due, s'intende!"

"Nel caso comincerei da una, ma no, davvero."

Ora Marco è palesemente infastidito. La giovane moglie era molto più affascinante quando stava zitta. Gli ha anche rovinato il suo gioco di indovinare chi potevano essere quei due sconosciuti. Adesso che lo guarda meglio, sì, il vecchio ha un volto conosciuto, dovrebbe essere un "famoso" direttore d'orchestra. Tanto famoso che manco saprebbe dirne il nome.

E poi basta con questi selfie. Lo sa anche lui che quando nessuno glieli chiederà più sarà peggio. Probabilmente ci rimarrà male, gli mancheranno. Ma ora no, ora davvero vorrebbe essere invisibile. E pensa a quelli che lo fermano per strada chiedendogliene uno "veloce veloce!". Lui si ferma, sorride, loro tendono la mano (pare che con l'inquadratura un po' obliqua, dall'alto, si venga meglio: meno rughe, zero borse sotto gli occhi, sguardo più intelligente) e poi sul display parte una scritta: "10, 9, 8, 7, 6...", alla fine il braccio si stanca, la mano inesorabilmente si accascia e viene una brutta foto un po' mossa con un imbarazzante doppio mento. Oppure quelli che: "Un selfie, uno, solo uno!". Poi se lo guardano, scuotono la testa e: "Un altro, dai! Sono venuto con gli occhi chiusi!". O quando, in eventi pubblici, c'è una selva di mani protese che chiedono chi un autografo, chi un selfie... Ultimamente sempre meno autografi, sempre più selfie, e già questo a Marco dispiace. A lui piaceva firmare autografi, spesso li personalizzava, quasi sempre aggiungeva dei disegni, delle faccine, degli omini, a seconda dell'estro del momento, del tempo a disposizione. Gli piaceva persino firmare i libri, non suoi, lui non ne aveva mai scritti, ma dei suoi amici scrittori che spesso accompagnava alle presentazioni leggendone brani. Ecco, questo gli piaceva! Non quella massa indistinta che urla: "Qui, qui! Guarda qui!". O, peggio ancora, quelli che dicono: "L'ultimo! L'ultimo! L'ultimo selfie!". A Marco è capitato in questi casi di fermarsi e rispondere: "Come fai a dire l'ultimo? Non vedi quanti siete? Sei un bugiardo e un egoista. Bugiardo, perché sai benissimo che appena avrò fatto il selfie con te ci saranno altre decine di persone che mi chiederanno 'l'ultimo'. Egoista, perché non te ne fotte niente degli altri, ti importa solo del tuo cazzo di selfie. Quindi, lo faccio solo se mi dici la verità, e cioè: 'Un altro, un altro!'. Anzi: 'Un ennesimo, un ennesimo!'".

Qualcuno accettava la provocazione e gli chiedeva "l'ennesimo selfie". Qualcun altro lo mandava sonoramente affanculo. Uno gli aveva urlato: "Ma come te la tiri! I tuoi film neanche mi piacciono! Quando ti vedo in televisione cambio canale!".

Di recente era diventato pure precisino e puntiglioso. A una signora che gli aveva chiesto un selfie e poi aveva dato il cellulare a un'amica dicendo: "Ce lo scatti tu?". Marco aveva precisato: "Allora lei non vuole un selfie. Vuole una foto con me. È diverso, se ne rende conto, vero?"... Nando, il suo agente, che aveva assistito alla scena gli aveva detto: "Sai che stai diventando una parodia di Nanni Moretti? Ma lui almeno ci scherza su. Lui la sua idiosincrasia per i sabot l'ha messa in un film. Che ha pure fatto i soldi! Tu invece fai sul serio. È questo il tuo dramma. Prendi tutto troppo sul serio. La tua leggerezza dov'è finita? La tua ironia? Anche il tuo cinismo.

Per non parlare della tua coglionaggine, che è la cosa che mi ha fatto innamorare di te... Che fine hanno fatto?".

I pensieri di Marco vengono interrotti da una voce femminile con spiccato accento lombardo che dice: "Scusate, ero al ristorante".

Ma se non c'è più il ristorante! C'è una misera carrozza-bar con dei panini gommosi e degli orrendi primi precotti che scaldano al microonde, pensa Marco.

"Il mio posto è quello lì," precisa la signora con voce stridula, e indica il 6A, quello davanti a lui. Chiede quindi all'esimio professore-direttore d'orchestra di poter passare. L'operazione non è delle più semplici. Dopo alcuni tentativi che provocano imbarazzanti strusciamenti, manco fosse una performance di Marina Abramović: prima faccia a faccia, poi fronte-retro (quasi peggio), lui capisce che deve spostarsi e aspettare nel corridoio che lei si sistemi per potersi risedere.

A sua volta, la signora lombarda intuisce che il suo borsone firmato non ci starà mai, nel suo loculo-carrozza. Allora lo appoggia sul tavolino, ne estrae una cartelletta e lo solleva per riporlo nella cappelliera. Tutti la guardano. Nessuno accenna ad aiutarla. Ognuno ha i suoi motivi. Marco è incastrato nel suo 7A, bloccato dalla giovane moglie del famoso direttore d'orchestra. La giovane moglie del famoso direttore d'orchestra è la giovane moglie di un famoso direttore d'orchestra, quindi non si muove neppure. E il famoso direttore d'orchestra, l'unico che per logistica e prossemica potrebbe aiutarla, sta già ansimando per la sua repentina alzata in piedi e non ha nessuna intenzione di rischiare un infarto per aiutare una sconosciuta a sollevare un borsone che si immagina bello pesante.

Insomma, abbiamo tutti una giustifica, come a scuola quando non si erano fatti i compiti a casa perché "il nonno è stato ricoverato d'urgenza". Infine la signora si siede. Davanti a me. Ritraggo prontamente le gambe. Peccato, ero così comodo... (ormai il passaggio immotivato dalla terza alla prima persona è stato sdoganato da tempo, vero mio caro editor?).

La guardo. Bruna, piuttosto truccata, di quelle che se le

vedi la mattina appena sveglie, senza trucco, neppure le riconosci. Tanti anelli, alcuni braccialetti. D'oro, molto probabilmente.

Chissà che lavoro fa. Arriva il controllore.

La giovane moglie del direttore d'orchestra fa vedere due fogli, il controllore controlla.

Io porgo il mio cellulare con la prenotazione che mi ha fatto la produzione e il controllore appoggia un suo aggeggio che legge il QR code con una piccola vibrazione.

La signora del 6A mostra invece un tesserino.

Il controllore annuisce ossequioso.

Che tesserino è? Perché non ha pagato?

Finalmente, la bruna apre la cartelletta e con una penna corregge, cancella, appunta.

Sarà una business-woman, penso. Ma, sbirciando tra i suoi fogli, intravedo: *Camera dei deputati*. È un'onorevole!

"Una nostra dipendente!" urlerebbe il Grillo della prima ora.

Mi concentro in una lettura all'incontrario che neanche Leonardo. Riesco a decifrare: "Disegno di legge... famiglia...".

Poi un urlo squarcia l'apparente silenzio della carrozza numero tre: "Abbetto! Abbetto!".

Un ragazzo che stava percorrendo il corridoio per, si presume, andare in bagno, si ferma, mi fissa e ripete: "Abbetto! Abbetto! Dov'è Sivvia?".

Imbarazzo generale.

"Tu bbavo! Bbavo!"

Scavalca la giovane moglie del direttore d'orchestra che lo guarda male e mi si avvinghia. Lui, non lei.

"Guarda che mi hai scambiato per qualcun altro. Io sono Marco."

"No, tu Abbetto! No schezzare co mme."

Il tono del ragazzo si fa più aggressivo. Mi strattona e impugnando con l'altra mano un cellulare urla: "Dai, seffi! Seffi io e te!".

Ecco, ci risiamo, penso io.

"Azzi no, tu!" Indicando la probabile onorevole: "Facci un foto. Un foto bella!".

Be', mi dico, almeno lui ha capito la differenza tra foto e selfie.

Il ragazzo comincia a starmi simpatico e a mettermi meno paura. Facciamo una serie di foto, anche dei video, lui addosso a me che mi abbraccia, mi sbaciucchia, mi dà dei colpetti sulla testa. Poi si accorge che l'onorevole tiene il telefono in verticale e si arrabbia: "Nno così! Zzontale, zzontale". E glielo gira in orizzontale. E questa cretina (è vilipendio dare della cretina a una deputata? Chissenefrega) che si mette a polemizzare: "Guarda, carino, che se vuoi postare questi video sui social è meglio girarli in verticale!".

"No, cara ggnora, che io monto, come a ccimena, eppoi tuoi occhi sono sueggiù? O dettra zinittra? Zzontali sono occhi, no rticali. Tutti occhi son zzontali! Acche tuoi che son brutti brutti brutti!"

"Angelo, calmati." Una voce femminile ci raggiunge. Poi, rivolta a noi: "Scusatemi. Spero non vi abbia dato troppo fastidio. Lui è Angelo, mio figlio. Ha venticinque anni, ma per certe cose ne ha molti meno. Ama il cinema. E il suo film," mi guarda, "quello in cui lei è Alberto Colombo, l'avrà visto trenta volte. Forse di più. Quel dvd è davvero consumato.

Angelo vorrebbe fare l'attore o il cantante. O tutt'e due. Difatti stiamo andando a Roma per i provini di un musical: *Prova a prendermi*, tratto dal film con Tom Hanks e DiCaprio. In passato ha già calcato il palcoscenico, in una recita scolastica, e alcuni hanno detto che non era niente male. Diciamo che Angelo ha tante cose in più rispetto ai suoi coetanei. Purtroppo, anche un cromosoma in più, cosa di cui avrebbe fatto volentieri a meno".

E Angelo continua: "Dov'è Sivvia? Io mmorato di Sivvia. Ma no tel rubbo, trachillo, solo poco poco poi ti ridò".

E la madre a *tradurre*: "Silvia è sua moglie," mi indica, io non capisco, "...nel film. Lei gli è molto simpatico, Angelo è un suo fan. Ma di Silvia è proprio innamorato. Vieni, Angelo, non ti scappava tantissimo fino a poco fa?".

"Sì! 'Cappa, 'cappa. Tanta pipì, poi tonno!"
E si dirige con la madre verso la toilette.

Il viaggio continua così, con la giovane moglie del famoso direttore d'orchestra che dalla borsa tira fuori tanti pacchettini zeppi di sostanze commestibili che il famoso direttore d'orchestra divora con o senza il tovagliolo pinzato, tanto che la sua camicia sembra ormai un quadro di Pollock.

La bruna onorevole continua ad appuntare, cancellare, correggere su quei fogli e cerca di proteggerli da sguardi indiscreti (i miei, soprattutto) nascondendoli con qualsiasi oggetto le capiti tra le mani: bottigliette, giornali, pacchetti di fazzolettini, a formare una sorta di trincea che mi impedisce di sbirciare il suo *Disegno di legge sulla famiglia*. Sottotitolo: "Difendiamo le tradizioni".

Angelo, ormai mio amico, trascorre il resto del viaggio in braccio a me.

E quando l'inquilina del 6A chiude la cartelletta, si mette gli auricolari e, facendo finta di ascoltare qualcosa, si lascia andare a una sonora dormita, io gliela sottraggo, la cartelletta, e tra le risate soffocate di Angelo mi diverto a cancellare un "non", spostare un paio di virgole, depennare qualche parola...

Ecco, se fra due o tre mesi verrete a conoscenza di una legge che non solo permette le unioni fra gay ma incentiva pure gli scambi di coppia, le adozioni di animali transgender e la sodomia tra consanguinei, sapete di chi è la colpa. O il merito.

Angelo non mi ha lasciato un istante. Si è fatto raccontare per filo e per segno quando ho conosciuto Silvia, e com'era Chicco, mio figlio, da piccolo piccolo... Per fortuna, il regista di quel fortunato film era un maniaco delle *backstories*, così ero abbastanza preparato.

E appena il treno è entrato in stazione abbiamo fatto insieme il verso alla voce registrata che diceva: "Attenzione. È in arrivo al binario dodici il treno ad alta velocità proveniente da Milano. Si prega di non oltrepassare la linea gialla"... aggiungendo: “Soprattutto i passeggeri con camicie sporche di sugo!”.

Però devo ammettere che ci sono rimasto male quando, appena il convoglio si ferma e noi scendiamo allegri, Angelo all’improvviso si blocca, guarda eccitato la folla che sta salendo su un altro treno e urla: “Scoregge! Scoregge! È lui! Io conoscio scoregge! Ridere tanto! Lui sì, ridere tanto!”.

Quindi fugge via, senza salutarmi.

Sei

Arrivare a Milano è sempre una bella botta. Soprattutto se è la prima volta. E sei lontano, molto lontano, da casa tua. Ti manca Jessica, e pure Angela. Pensi ancora una volta che stai sbagliando tutto. Adesso, con i soldi che ti ritrovi in tasca, vai a Linate e prendi il primo aereo per Brindisi! Sì, a quest'ora. Ti fa persino paura avere tutto quel contante, di notte, nei pressi della stazione di una città sconosciuta, perlomeno a te. Hai solo un biglietto con un indirizzo: via Savona 7, casa di quel Marco Moschini che manco ti è mai piaciuto. E ora dovresti andare ad avvisarlo che dei ceffi della Magliana lo stanno cercando. Ma perché? Per fare un piacere a Lara, che hai appena conosciuto e ti spaventa anche un po'? Per tenere buono quel Viktor-mangia-cotenna che vorresti in realtà non dover incrociare mai più nella tua vita?

Di pensiero (negativo) in pensiero (funesto) ti avvii verso la fermata dei taxi di piazza IV Novembre: vuota. Ti dicono che c'è un altro posteggio molto più grande dall'altra parte, in piazza Luigi di Savoia. Vuoto anche quello.

Quasi te l'aspettavi. Dopo tanta fortuna con *L'Eredità*, ci doveva essere qualcosa che compensasse. E allora ti avvii a piedi. Già, ma verso dove?

Intanto ti allontani dalla stazione, che non ti sembra una delle zone più sicure di Milano. E quasi sovrappensiero digiti "via Savona 7" su Google Maps. Che ti dà tre opzioni: un'ora e dodici minuti; un'ora e quattro; un'ora e sette. Opti per la via di mezzo (lo fai sempre, chissà perché) e segui diligentemente le indicazioni.

Non è così tardi, saranno le dieci di sera, ma via Vittor Pisani è davvero deserta. Via Turati comincia ad animarsi. Cammini a passo spedito, vuoi metterci meno di un'ora e sette. Lo fai spesso, cercare di battere le previsioni del navigatore. Poi alzi lo sguardo e leggi il nome della via: Marco de Marchi. Ancora? Ti sembra un'ossessione, questo Marco.

Istintivamente acceleri il passo. Via Monte di Pietà, via dell'Orso, ed ecco locali, ragazzi e ragazze che bevono birra in strada. Finalmente, tu che vieni da un paesino del Sud, ti senti al centro dell'Europa. Ricordi la battuta di un vecchio comico che diceva: "Milano è la città più europea del mondo. Neanche New York è *così* europea come Milano", che a dire il vero non hai mai capito; proprio per questo, forse, ti è rimasta impressa. E all'incrocio con via Broletto, prima di imboccare, come ti intima Google Maps, via Cusani... la visione.

Un enorme cartellone in bianco e nero di Armani. Illuminato. A due passi dal Duomo, da Brera, dal Teatro Strehler. Guardi quei modelli che indossano svogliati dell'underwear più elegante del tuo abito migliore e vedi soltanto una cosa: il tuo nome. Mirko. Mirko Mazzotta. Se fosse un film, ora vedremmo dissolversi i muscolosi adoni in mutande e in assolvenza comparire il tuo nome in un elegante Bodoni o in un giornalistico `Courier` o ancora in un esotico Papyrus. In ogni caso abbondantemente contornato, **alonato** e **ombreggiato**. Ti emozioni. Continui a camminare (per non perdere la tacita gara con Google Maps) mantenendo impressa nella tua rètina l'immagine di quell'enorme cartellone con il tuo nome. E in un attimo ti ritrovi in via Savona, davanti al civico 7. Controlli l'orologio: cinquantanove minuti. Hai vinto ancora! Be', su quello non avevi dubbi. Chissà chi calcola i tempi su quelle applicazioni? Non certo un maratoneta.

Ma ora, passata la soddisfazione per la vittoria, che si fa? Sul citofono condominiale ci sono solo numeri, o sigle. In ogni caso, nessun MM. Poi vedi una ragazza aprire il portone. Con nonchalance la segui ed entri anche tu. Perché? Non lo sai. Non essendoci ascensore, lei sale le scale. Tu fai altrettanto. Arrivata al primo piano, apre la porta sulla sinistra. Tu ti fermi, la guardi. Lei per un attimo ha paura. Allora ti avvicini e le sussurri: "Moschini. Marco Moschini".

"..."

"Lo conosce?"

"Io sì, e lei?"

"Be', certo... sono un suo amico," menti tu.

La tensione un pochino si scioglie. Non le sembri uno stupratore. Semmai uno stalker. Ma anche lei lo è stata, a suo tempo e a suo modo. Decide di darti fiducia.

"Sì, certo, abita al piano di sopra, ma ora non c'è, è andato a Roma per lavoro."

"Come 'a Roma'?" sobbalzi tu.

"A Roma," ripete lei, stupita del tuo stupore. "Non è insolito, per uno che fa l'attore."

"Sì, certo, è che Roma è pericolosa."

"Più di Milano?"

Non esiste nella lingua italiana un segno grafico per esprimere il suono che ti esce dalla bocca. È la *eu* di *parbleu*, ma più prolungata: *euuu!*, con un crescendo di volume, che se accompagnata da un gesto della mano lievemente a coppetta che fa dei piccoli cerchi nell'aria, significherebbe: *Come no? Certo! Accipicchia!*, intesi in senso ironico. In fonetica si scriverebbe così: "øøø!". Insomma, assolutamente sì! Roma è più pericolosa. Milano, che tu sappia, non ha dei fratelli Zivago in circolazione. O forse sì, solo che tu non li conosci. E soprattutto loro, se esistono, non conoscono te.

Ma tutto questo non glielo dici, a quella ragazza con la frangetta alla Valentina di Crepax, seno piccolo come le ragazze di Manara, snella, gambe lunghe da ballerina. Vi guardate. Nessuno dei due sa come far proseguire quella conversazione già arrivata a un punto morto. A togliervi dall'imbarazzo è il rumore della serratura del portone che scatta, di sotto. Entra un signore calvo con le basette che sembra il commissario Basettoni. Sale lentamente le scale. E la ragazza, spingendoti dentro casa: "Ma non stiamo qui sul pianerottolo, entra un attimo".

Basettoni, arrivato al vostro piano, scuote la testa guardandovi con disprezzo e prosegue la sua lenta risalita.

"È lo Scaccabarozzi, non vuole che la gente stia sul pianerottolo a chiacchierare," sussurra lei.

E sentite lo Scaccabarozzi che, appoggiandosi sfinito al corrimano, bofonchia: "Votano sì all'ascensore e poi lo bloccano con la burocrazia. Peggio del governo che vota le leggi, ma poi," (con voce affettata), "*finché non ci sono i decreti attuativi non se ne può fare niente*".

"Che buon odore," dici tu entrando.

"È sandalo," replica lei.

Spero non il tuo, stai per dire. Per fortuna ti freni in tempo. Da quando in qua sei diventato così morigerato da autocensurarti?

Vuole sapere tutto: perché cerchi Marco, se siete davvero amici (lui non le ha mai parlato di te, d'altronde non è uno che parli molto), da quanto tempo vi conoscete.

"Sì, questa la so!" esclami tu.

"In che senso la sai? Cosa sai?"

"No, è un modo per incoraggiarmi. È un metodo che usavo alle medie quando mi interrogavano su qualcosa che non avevo minimamente studiato. Era un modo per far sedimentare nei prof l'idea che quella *la sapevo.*"

"..."

"Meno la sapevo, più dicevo: 'La so!'. Ma non è questo il caso," dici, accorgendoti che stai facendo una gaffe, e parti con un breve monologo sconclusionato, pieno di afasie, balbettii, affermazioni subito smentite su un morto nella bara, una ragazza che ha dei fratelli detti Zivago per via dei nomi di battesimo, un cannone che spara sempre alle dodici in punto, una ghigliottina fortunata... Lei ti guarda esterrefatta. Capisce comunque che tu e Marco non siete amici, e probabilmente lui neppure sa che esisti. Ma non le importa. Luciana è fatta così. Riesce sempre a entrare in contatto con le persone. Si chiama empatia. Luciana ne possiede in quantità industriale. Sempre disponibile all'ascolto. Ma anche ad aprirsi, raccontarsi, pure con sconosciuti.

E basta che tu, per evitare di dare troppi dettagli su Lara e i suoi fratelli, le chieda: "E tu?", che lei parte con un pippotto sul suo passato di ballerina, una carriera interrotta da un incidente al tendine d'Achille, forse sfilacciato da tempo, ma saltato all'improvviso durante un banale *pas de chat*, "forse non mi ero riscaldata a sufficienza". Si è data allora alla danza aerea: "Hai presente, quella con l'*aerial silk*... Dai, quel tessuto appeso al soffitto, che però qui in casa non ci sta, non c'è l'altezza, peccato, altrimenti ti facevo vedere qualche figura".

E allora racconta del suo piano B: corso per infermiera, che al momento pratica unendo anche la sua passione per la sospensione, il volo. Lavora a Bresso, presso l'Elisoccorso. "Come infermiera, ovviamente. Anche se prima o poi il brevetto di volo lo prenderò, vedrai... Ma non ti ho chiesto se hai cenato."

"Be', in treno qualcosa mi hanno dato..."

"Sì, come no, non danno più niente sui treni. Giusto delle noccioline scadute e del succo d'arancia caldo! Non vuoi un toast? Magari con della mostarda. Ho quella di Digione, bella piccante!"

"No, grazie. Cercavo Marco, ma ora che so che è a Roma, fa niente."

"Come 'fa niente'? E a quest'ora dove vai? Senti, io non ti posso ospitare perché ho un solo letto e... non vorrei ci venissero strane idee," ride. Poi, parlando a macchinetta, senza prendere fiato: "Tra l'altro, domattina mi devo alzare alle sei, ho il turno presto, però ho le sue chiavi di casa, puoi dormire da lui, così gli lasci un bigliettino per quando torna. Ma sai che non ho mica capito cosa dovevi dirgli di così urgente? E non potevi telefonargli? Comunque, non sono affari miei. Ecco, tieni le chiavi. È la prima porta sulla sinistra, proprio sopra questa. E già che ci sei, dai un po' d'acqua alle piante! Le vedi subito. C'è un ficus all'entrata e un paio di begonie in sala".

Ancora frastornato da quel diluvio di parole, ti ritrovi a entrare nella casa del famoso Marco Moschini.

Tutto qui?, pensi mentre ti aggiri tra quegli ottanta-novanta metri quadri al massimo. La prima cosa che ti colpisce è l'odore. Sa di buono, di pulito, ma anche di antico. Un misto tra il detersivo per piatti e l'esotica ambra che in effetti senti provenire dai bastoncini immersi in un vasetto sul tavolo della sala. Sala che poi è un tutt'uno con la cucina, sul cui ripiano di fòrmica spicca un'enorme confezione aperta di Last al limone. Tutto torna. Non sarai Sherlock Holmes, ma possiamo dire che il fiuto per i detersivi ce l'hai.

Quello che ti torna meno è la compresenza di oggetti che a definirli vintage gli faresti un regalo: tipo il telefono a disco, grigio, in bachelite, posizionato accanto a una segreteria telefonica in metallo con tasti rettangolari e dotata, si presume, di cassetta a nastro. Con le forme rotonde, calde, sinuose del telefono che mal si accordano a quelle spigolose, fredde, squadrate della segreteria telefonica.

Massiccio televisore a tubo catodico collegato a un lettore dvd più un lettore vhs e un'enorme collezione di dvd, appunto, ma soprattutto di vhs. Nessuno lo ha avvisato che quelle cassette sono destinate a smagnetizzarsi?

In una vetrinetta dalla parte della cucina, un servizio di piatti, piattini e vasellame vario con disegni floreali spudoratamente mai usati (regali di una zia? Lista di nozze? Non ti risulta sposato...), e sulla piattaia un'altra serie di stoviglie, una diversa dall'altra, quasi tutte sbeccate. Queste sì, senza dubbio sono usate. Male, ma usate.

Un piano cottura d'altri tempi, con un forno a gas che un eventuale controllo da parte dell'Asl farebbe sequestrare all'istante.

Libreria in legno, fatta a mano, su misura. Niente male. Che però nella parte bassa, cioè appoggiate per terra, ingloba una serie di cassette da frutta che a loro volta contengono volumi su volumi. Trovati in qualche mercatino dell'usato?, quando, alla fine dell'anno scolastico, si andavano a vendere i libri di testo tutti sottolineati (più spesso intonsi) sul marciapiede?

Ma, guardando meglio, non sono libri. Sono fumetti: "Linus", "Dylan Dog", "Tex Willer" e "Topolino". Tanti "Topolino", migliaia di "Topolino", forse la collezione completa. Di "Topolino" e di tutti i suoi epigoni: "Paperino mese", "Cip e Ciop", "Paperinik".

E poi la camera da letto, dove l'elemento più vistoso è un enorme poster di Janis Joplin che sovrasta il letto. Letto... una scatola rettangolare di assi di massello alte venticinque centimetri che sorreggono una tavola di compensato. E un materasso appoggiato su quella tavola. Niente rete, niente doghe. Una corda, che funge da maniglia, permette di sollevare la tavola. Non resisti, provi a sollevarla. Ti sembra di aprire una botola segreta. Chissà cosa conterrà? Lenzuola di ricambio, un copriletto, una copertina di lana. E questo sarebbe il letto del *famoso* Marco Moschini.

Ma che davéro?, direbbe uno dei fratelli Zivago.

E metà stanza è occupata dall'armadio. O meglio, una tenda delimita quella che con un po' di fantasia potrebbe essere chiamata "cabina armadio". Piena di vestiti, alcuni smoking, visibilmente mai messi. E scarpe. Perlomeno, tante scatole da scarpe. La tua curiosità è forte. Non resisti, ne apri qualcuna... cosa conterranno? Scarpe. Ovvio. Molte ancora intonse. Regali degli sponsor, immagini.

Il bagno è piuttosto normale, ma disseminato di campioncini di shampoo, di certo trafugati nei vari alberghi in cui fa tappa per lavoro. Tra la camera e il bagno c'è un'altra porta: uno sgabuzzino buio e pieno di cassette con attrezzi – anche questi – mai usati.

L'unica stanza che denota una certa personalità è lo studio. Uno spazio luminoso che dà su un piccolo balcone, affacciato sul cortile. Saltano subito agli occhi tutte quelle targhe e statuette esposte sulle mensole che corrono lungo le pareti. Sono premi. Leggi: *Best Filming Award in the World*, *Italian Contemporary Film Festival*, *Oscar Provinciale del Successo* (che basterebbe invertire le ultime due parole e suonerebbe decisamente diverso)... I riconoscimenti di un'onorata carriera. Con non poca invidia li guardi, li soppesi. Alcuni sono davvero enormi: un'aquila in finto oro che dispiega le sue ali; un bassorilievo in bronzo che riproduce l'uomo vitruviano di Leonardo; un mappamondo composto unicamente da meridiani e paralleli in ottone; un Pulcinella d'argento; un Pegaso in plexiglas; un ippocampo in resina; una sirena dorata; un variopinto gobbo in ceramica; un cuore di cera. E poi gatti, pardi, gabbiani, maschere, chiavi, torri, gong.

La tua invidia piano piano fa spazio all'ironia. Ti rendi conto che la dimensione degli oggetti è inversamente proporzionale all'importanza dei premi. Per dire, quelli più appariscenti e ingombranti sono i premi di due piccoli comuni (uno veneto e l'altro siciliano), dedicati uno ALL'INSIEME DELLA SUA OPERA e l'altro ALLA VOCE ALTRUI [*sic*!], riferito alla sua attività di doppiatore. Che sono, rispettivamente: un gigantesco cavalluccio marino in legno intarsiato a mano, con pietre colorate al posto degli occhi, e un'ingombrante coppa in peltro che, date le dimensioni, somiglia più a un catino, con tanto di piedistallo a forma di leggio.

Strana, invece, quella mensola piena di macchinine di plastica dai colori primari: rosso, giallo e blu. Ti avvicini, incuriosito... Ma sì, certo, sono tutte auto di Paperino! Saranno almeno una cinquantina, una piccola collezione. E senza pensarci troppo te ne infili una in tasca.

Poi la tua attenzione si sposta sul suo tavolo di lavoro.

È un'ampia scrivania, questa sì d'epoca, forse anche preziosa. Piena di penne, libri, copioni, sceneggiature, e con un computer da tavolo di terzultima generazione. Non puoi fare a meno di curiosare e, rovistando tra tutti quei quaderni e pezzi di carta, alcuni scritti a mano e fittissimi, altri stampati, trovi un plico di fogli A4 ben spiralati, con fondo di rigido cartoncino e copertina di plastica trasparente dal titolo: *Volevo fare lo stand up*. Lo sfogli. È un copione, di uno spettacolo che Marco stava scrivendo, anzi aveva già scritto, ma ancora non aveva messo in scena, ne sei sicuro. Un inedito! E tu lo stai leggendo per primo, di nascosto. Ecco come comincia:

Quando sono nato avevo circa quattordici anni...

Non capisci, ma ti intriga. Lo sfogli, vuoi vedere come finisce:

Se lo sapevo, non stavo neanche lì a imparare l'inglese!

Sei eccitato, ma anche molto stanco dopo tutte quelle emozioni. Mandi un messaggio ad Angela:

Ciao Angela! Jessica ti fa tribolare? Spero di no. Qui tutto bene. Poi ti racconto. Quando torno. Non proprio subito. La strada per diventare famoso non è così breve. Ma ce la farò, te l'ho detto. Tvb. Baciami Jessica. Sul naso.

E ti addormenti.

*

Il giorno dopo ti trovi già alla reception dell'agenzia che affitta gli spazi pubblicitari a Milano. Quando vuoi sai essere solerte, intraprendente, e pure mattiniero.

Ti accoglie un'impiegata che non capisce esattamente cosa vuoi, chi sei, quale ditta rappresenti.

"Nessuna ditta. Sono Mirko Mazzotta e vorrei sapere quanto costa al giorno affittare lo spazio di via Broletto, sa quello dove adesso ci sono i modelli di Armani?"

"So, so. Certo che so. È lei che non sa. Ci sono da quarant'anni, i modelli di Armani."

"Ma non dica fesserie! Li ho guardati bene, nessuno di loro avrà più di trent'anni."

L'impiegata sbuffa. "Non necessariamente loro, ma qualche pubblicità di Armani. Quello spazio è proprio suo, di proprietà. Ci fa quello che vuole. Da quarant'anni. Pensi che Angelo Mereu... Ha presente?"

"?"

"Be', è un famoso fotografo, che ogni mese per trentasette anni ha fotografato quell'angolo di strada, con il manifesto sullo sfondo (che a sua volta contiene una foto in bianco e nero) e davanti la città che si muove, cambia: un cane che guarda il manifesto, dei bambini mascherati a carnevale, un tram che passa, cartelloni elettorali strappati... Ne hanno fatto anche un libro: *Una storia milanese*, glielo consiglio."

"Ah."

"Ma se è interessato a un'affissione su Milano abbiamo altri spazi. Vada al primo piano, ufficio commerciale, chieda del dottor Bonelli. Anche se ancora non ho capito cosa vuole pubblicizzare!"

Il dottor Bonelli è più pragmatico. Cioè se ne fotte di cosa vuoi *reclamizzare* (come dice lui). Gli basta vedere il tuo rotolo di banconote per proporti tre billboard... tabelloni, cartelloni, manifesti, specifica lui, forse intuendo che non avevi capito bene cosa intendesse con "billboard": "Piazzale Loreto: che si vede bene arrivando da viale Monza, cioè tutti quelli che entrano in città da nord, come successe anni fa a Renzo Tramaglino," dice Bonelli con fierezza. "Viale Forlanini: proprio prima dei famosi Tre Ponti. Chiunque arrivi dall'aeroporto di Linate ci sbatte contro. E piazza Cordusio: pieno centro, meglio di via Broletto, che non mi senta Giorgio," dice alzando gli occhi al cielo. "Ci sono gli uffici, Starbucks, le banche, la Borsa, ma anche i turisti!" si esalta.

"Con duecentocinquantamila euro quanti giorni posso stare su quei tre... billboard?" esordisci tu, pensando bene di tenerti cinquantamila euro per spese varie ed eventuali, che tra panini alla porchetta e biglietti dei treni si sono già assottigliati.

"Guardi, un po' perché lei mi è simpatico, un po' perché il mercato della cartellonistica è in calo, un po' perché casualmente quegli spazi attualmente sono liberi, le faccio un grande sconto. Venticinque giorni. Tutti e tre gli spazi. Oppure a rotazione: Loreto, Forlanini, Cordusio, ciascuno per tre settimane. Che mi dice?"

Ci pensi.

"Io le consiglio la rotazione. È più efficace."

Tu annuisci. Ci rifletti, fai due conti e replichi deluso: "Ma venticinque giorni sono più di tre settimane".

Bonelli scuote la testa, poi le spalle, poi tutto il busto: "Vedo che lei è più sgamato di quanto sembri. Dunque... Possiamo fare venticinque giorni su Loreto, venticinque su Forlanini e venticinque su Cordusio. Ma solo perché mi è simpatico".

"Mmm."

"Allora?"

Per tutta risposta gli consegni il tuo rotolo di banconote da cento, che avevi già preparato. Bonelli non fa una piega, sorride, toglie l'elastico e, un po' deluso, dice annusandoli: "Non sanno di niente".

"Come?"

"Per forza! *Pecunia non olet*! Eh! Eh! Eh!" Poi, tornando serio: "Appena mi consegna il layout, in jpeg mi raccomando, e con i relativi billing, crediti e loghi, andiamo in stampa e parte l'affissione...".

"Veramente non ci sono loghi, né crediti, forse neanche billing (se soltanto sapessi cosa sono). Ci sarebbero solo due parole..."

"Solo due parole?"

"Però belle grosse!"

"Ah, un teaser!"

"Sì, diciamo tipo un *tiiser*..." ripeti tu, per non fare brutta figura.

"E quali sarebbero le due parole?"

"Mirko..."

Lui ti guarda incredulo. "Mirko? Come il suo nome?"

"Sì, Mirko, con la *k*.Ora dovresti dire Mazzotta, il tuo cognome, quello di tuo padre e, prima di lui, di tuo nonno. Una generazione di Mazzotta pugliesi, chissà poi qual è l'esatta provenienza di quel patronimico che ti definisce, ti racconta. Non ci hai mai pensato. Ma proprio ora, davanti a Bonelli, ti viene voglia di approfondire? Be', lo farai, ti riprometti. Non adesso. Adesso Bonelli ti guarda, di sottecchi. Tutta la sua attenzione è rivolta alle tue (ex) banconote. Inumidisce pollice e indice, e inizia a sfogliare con una velocità inconsueta.

"Ho lavorato trent'anni in banca," ti confessa, anticipando qualsiasi tua curiosità. "Non sa quanto mi mancava, il cash.

Adesso c'è questa mania del POS, delle carte di credito, dei bancomat. Una deriva iniziata tanto tempo fa, con i bonifici: 'Sono centottanta euro' – 'Le faccio un bonifico'. Ma perché devi farmi un bonifico! Paga, cazzo! Caga il grano!, come diciamo noi bancari. Difatti gli sportelli hanno cominciato a chiudere, le filiali ad accorparsi, e uno come me si ritrova a dover cercare un altro lavoro a cinquant'anni. Fai colloqui, ti chiedono: 'Le sue skills?'. E io: 'Contare i soldi!'. 'Ah, grazie, le faremo sapere.' E scompaiono. Ma non mi faccia distrarre: trentuno, trentadue..."

Capisci improvvisamente che, qualsiasi cosa tu stia facendo, tu voglia fare, tu farai, è meglio non coinvolgere i tuoi avi. I Mazzotta, insomma. Urge uno pseudonimo, un nome d'arte. Se possibile più corto di Mazzotta, anche perché il billboard di Cordusio, ad esempio, è verticale, quindi con quel cognome così lungo la scritta risulterebbe troppo piccola, con un enorme e inutile spazio bianco sopra e sotto. Nome corto, nome corto... Il tuo pensiero va a Troisi: "No, no, no, per carità, quale Massimiliano... Io lo chiamo Ugo".

"A cosa sta pensando?" chiede Bonelli, che sta contando i soldi per la seconda volta. "Un'abitudine mutuata dalla banca," si giustifica. Poi, ridendo di gusto: "La banca fa i mutui, e io ho un'abitudine mutuata dalla banca!".

Se lo sentisse Nando, pensi, prenderebbe un bell'appunto per un film: *I mutui mutuati da Muti*, biopic su un direttore d'orchestra rovinato dalle banche. Ma tu non lo ascolti. Finalmente senti che stai per avere l'intuizione. Il nome d'arte ti si sta componendo nella mente: dev'essere breve, ti sei detto, ma deve anche ricordare in qualche modo il vero cognome. E visto che nel tuo nome (tra l'altro senza un santo, mannaggia ai tuoi) c'è una *k*, perché non mettere nel nuovo cognome una *x*, che fa ancora più esotico?

"Ce l'ho!" urli.

"Che cosa?" chiede il dottor Bonelli con un filo di voce, ché a forza di inumidirsi le dita è rimasto senza saliva.

"L'altra parola. Sarò, cioè, sarà... 'Max'. Ecco: Mirko Max, questo dovrà scrivere sui manifesti. In caratteri Bodoni. Bodoni bold."

"Bodoni bold?"

"Bodoni bold contornato."

"Solo contornato?"

"No. No, no. Contornato, alonato e ombreggiato."

"..."

"E con un punto esclamativo!"

Il Bonelli ti guarda. Tu lo guardi. Insomma, vi guardate. Un tempo che sembra infinito. Poi è lui che, rimettendo l'elastico al rotolo di banconote, conclude: "Be', ottimo come teaser".

"Certo, stiamo sempre parlando di un *tiiser*..." confermi tu.

Affare fatto, stringi la sua mano umidiccia e soddisfatto te ne vai.

La tua vita, da oggi, potrebbe cambiare. Radicalmente. Grazie a Gladys Glover.

Tra l'altro, pensandoci bene, suona molto meglio Mirko Max, di Gladys Glover.

7.

Essere donna o non essere uomo, questo è il problema... Se sia più nobile affrontare l'ironia, lo sberleffo della gente, i commenti sussurrati a mezza bocca dai tanti signori e signore omologati nelle loro vite familiari, segregati nelle loro family life, quando sotto mentite spoglie mi vedranno girare per le periferie delle loro città, parlare con i loro amici, parenti e congiunti e, senza pudore o paura di essere messo alla gogna, mi sentiranno affermare: "Ebbene sì, mi piace il cazzo!".
O prender l'armi contro un mare d'affanni e, opponendosi, por loro fine?
Prender l'armi e deporre i bagagli, ricomporsi, accettare l'inaccettabile, insomma fingere. Fingere di essere un uomo, sentirsi ripetere al proprio passaggio: "Mah, se questo è un uomo...", no, questo non è un uomo, non è essere uomini, né tantomeno caporali. Forse quaquaraquà?
[L'attore prende un pugnale dallo stivaletto.]
Meglio allora morire. Dormire. Sognare forse? Ma sognare cosa, qui, in questo parcheggio che pur se ampio (perché l'Esselunga non bada a spese) è sempre un parcheggio?
E mentre io mi danno l'anima e la voglia di scomparire mi assale, vedo la mia amata e il mio amato che si amano. Spudoratamente.
Lei sa che la sto guardando, perché mi ha mandato lei in cassa a farmi timbrare lo scontrino che ci permetterà di uscire da

questo maledetto parcheggio senza lasciare il benché minimo guiderdone. Perché la Esselunga è magnanima, e con una spesa non inferiore a cento euro non te lo fa pagare, il parcheggio. Ma con così tanti impiegati, tutti regolarmente assunti a tempo indeterminato, perché la Esselunga è un marchio d'onore, cosa ti ha spinto a scegliere proprio Ahmed Hassan Aziz?
Forse eri a conoscenza del mio debole per lui? Forse avevi inopinatamente sbirciato sul mio telefonino e, nonostante l'acronimo AHA *potesse far pensare a una mia passione per la musica pop anni ottanta, avevi invece intuito che poteva trattarsi di Ahmed Hassan Aziz?*
E tu, mio amato Ahmed, perché l'hai fatto? Perché lo stai facendo?
Ah, crudele magazziniere! Sodomizzando mia moglie e non me, mi ferisci due volte! E allora, nonostante le ottime offerte dell'Esselunga, i suoi convenienti treperdue, i suoi immensi scaffali ricchi di variopinte confezioni di fronte alle quali, alla domanda: "Quali vorresti?", come una bionda e innocente bambina non potremmo far altro che rispondere in coro: "Tuuutti!", io, amata mia, [l'attore preme lo stiletto sul petto] *ti renderò... vedova!* [l'attore si trafigge] *Addio, amato Ahmed* [l'attore emette un rantolo]. *E se un giorno a qualcuno di voi* [l'attore guarda in macchina, parla a fatica] *verrà in mente di chiedersi il perché del mio gesto, vada a rivedere le registrazioni delle telecamere di sorveglianza che pullulano qui nel parcheggio, perché... la Esselunga... la sa lunga!* [e muore]

Sei per otto quarantotto, sette per nove sessantatré, centouno per due duecentodue.

Ecco la sua solita cantilena per calmarsi.

Marco sa benissimo che non pronuncerà mai quelle parole. Non dovevano neppure fargliele leggere. Nando non doveva permetterlo. Marco è offeso. Anzi, più che offeso: deluso. Da sé stesso. È lui che non deve permettere, a nessuno, di pensare che potrebbe anche solo lontanamente accettare di interpretare un personaggio che dice quelle assurdità. Mentre scende dal treno e si avvia a piedi verso il suo appartamento presso l'Hotel Traiano, pensa a come ci è arrivato. Forse ci è scivolato piano piano. Cerca di ricordare le motivazioni. Le motivazioni per cui aveva deciso di fare l'attore.

Prova a tornare indietro con la memoria, a quella scelta masochista di iscriversi, dopo il liceo, alla facoltà di Scienze Agrarie.

Diede alcuni esami, tutti genericamente propedeutici allo studio dell'agronomia, tipo Matematica, Fisica, Chimica, e lì, grazie alla sua maturità scientifica, se la cavò piuttosto bene. Poi qualche esame fuori sede, come Economia Politica, Sociologia del lavoro, giusto per continuare a coltivare la sua passione per la politica. Cercò sempre di rimandare, invece, gli esami fondamentali per un futuro agronomo.

Agronomia, ad esempio. In cui si studiano cose semplici quanto fondamentali come: la semina, la concimazione, la potatura. Tutte nozioni che un qualunque perito agrario ha. Ma basterebbe vivere in campagna per saperne molto di più. Più del nostro cittadino Moschini, con il suo bel diploma scientifico. Bello e inutile.

Cominciò a incupirsi quando non passò Entomologia agraria, lo studio degli insetti dannosi all'agricoltura, che solo a vederli in bacheche di vetro trafitti da uno spillone o in vasetti dentro la formalina, gli veniva il suo bel conato di vomito. Ma il colpo definitivo venne da Anatomia animale comparata (lo studio anatomico approfondito di ovini, suini e bovini, e relative differenze).

Al terzo tentativo gettò la spugna. Al diavolo l'Agraria! E il ministro dell'Agricoltura lo facesse qualcun altro!

Nel frattempo, l'Italia si stava dividendo tra disimpegno e terrorismo. Erano ormai iniziati i favolosi anni ottanta. E lui, tra riflusso e lotta armata, scelse una terza via: l'arte. Disimpegnarsi no, quello non l'aveva neppure preso in considerazione, però neanche la politica in senso stretto. Allora il teatro, inteso come un modo per comunicare un'idea.

Da liceale aveva sempre frequentato i teatri: Dario Fo, La Comuna Baires, Quelli di Grock. Timidamente, aveva partecipato a laboratori presso i centri sociali: Isola, Leoncavallo, Argelati. Ma si era anche entusiasmato per performance di Peter Brook, Ariane Mnouchkine. *La classe morta* di Kantor tornò a vederla per una settimana intera, al Teatro dell'Arte.

Quindi, la decisione di iscriversi alla Scuola del Piccolo Teatro di Milano. Tre anni impegnativi, e la scoperta che quello sarebbe stato il suo futuro. Intanto, il governo delle sinistre in Italia si rivelava sempre più una chimera, e il Governo Ombra della quinta D si sfaldò prima ancora di diventare effettivo.

Ma anche alla Scuola del Piccolo il suo animo ribelle si era fatto sentire. Organizzò assemblee, polemizzò con insegnanti troppo "canonici", con i compagni di corso produsse spettacoli alternativi, un misto tra performance e concerti rock. Scoprì il cabaret surreale di Cochi e Renato, di Jannacci, il teatro canzone di Giorgio Gaber. E si appassionò alle provocazioni di Jango Edwards ed elesse a suoi mentori i Monty Python.

Finita la scuola, arrivarono anni di teatro sempre in gruppi alternativi, con testi di rottura. Sperimentò anche la via dell'one man show, figlio del cabaret e delle performance giovanili.

Poi, l'approdo casuale nel cinema. Con un po' di fortuna si trovò a lavorare in film di successo.

È quello che ha cambiato le cose, pensa mentre percorre via Nazionale. Il successo. La gente che lo riconosce per strada lo accomuna a quel mondo lì. Il mondo dei vip. Molti credono che sia un'entità astratta. O comunque un'entità. Che si conoscano tutti. In realtà non è così. Almeno, non per lui. Anche se in qualche serata mondana gli è capitato di salutare i suoi colleghi come fossero vecchi amici.

Ma mentre per gli altri questa "ipocrisia" risulta molto naturale, per lui non è così. E spesso fa gaffe clamorose, come quella all'ultimo Festival di Venezia. Arrivato alla stazione di Santa Lucia, si era avvicinato all'imbarco dei motoscafi per prendere la lancia che lo avrebbe portato al Lido, quando aveva visto un bel ragazzo, barba folta ma curata, capelli impomatati e raccolti in un codino, occhiali scuri, fisico palestrato e, scambiandolo per il bodyguard, gli aveva dato il suo borsone. Lui, con molta gentilezza, va detto, lo aveva preso, lo aveva issato sulla barca e aveva aiutato Marco a salirci. Poi aveva continuato a firmare autografi e fare foto con giovani e meno giovani donne che lo acclamavano entusiaste.

Era Can Yaman, il famoso attore turco.

"Vedo poca televisione," si era giustificato Marco.

È vero, vede poca televisione, e la poca che vede non sono film o serie tv, ma telegiornali, qualche maratona politica. Non conosce i nuovi influencer, youtuber e tiktoker che scalano tutti i tipi di classifiche. Gli era capitato una sera, scanalando distratto da una rete all'altra, di soffermarsi su *Grande Fratello Vip*. Be', di quei "vip" non ne conosceva nemmeno uno. Ci era rimasto pure un po' male.

Ormai è arrivato a casa. Si fa uno spritz. Campari, ché con l'Aperol è troppo dolce e un po' da fighetti. A digiuno, ché gli dà sempre un piacevole giramento di testa. E pensa. Pensa se c'è stato un momento, un evento preciso, che lo ha fatto scollinare verso questa apatia, questo fastidio nei confronti di quel mondo, che peraltro è sempre stato il suo. Sono cose di cui dovrebbe parlare con il suo analista. Ma anche no. Non con quello. Troppo rude, troppo antipatico. Troppo sincero?

Erano appena le prime sedute, si era fatto convincere da Luciana, sbagliando. Marco non era mai voluto andare in analisi. La motivazione ufficiale era che non aveva tempo. Il suo ragionamento era questo: "L'analisi, se fatta bene, e non vedo perché dovrei farla male, prevede continuità, puntualità. E io come potrei, con il mio lavoro sempre su e giù da treni, alberghi, città diverse?".

Ma questa, e lui lo sapeva bene, poteva essere una scusa per nascondere il timore di scavare troppo a fondo... La sua paura è sempre stata quella di essere sopravvalutato. Teme che, scavando, si scopra che sotto non c'è niente. Però non ha mai disdegnato l'autoanalisi, come la chiama lui. Che poi sono dei momenti in cui, con l'aiuto di un bel bicchiere, fa il punto della situazione. Si giudica, si difende, si accusa. Quasi sempre si assolve. Ora sta per partire uno di quei momenti. Chiude gli occhi e cerca di vedere ciò che da tempo vuole venir fuori... La storia di Maurizio. Quella storia non gli è mai andata giù. Non la storia in sé, ma ciò che ha fatto lui. O meglio, ciò che *non* ha fatto.

"Be', è stato giustamente neutrale," dice il suo io difensore.

"Un ignavo!" controbatte il suo io accusatore.

LA STORIA DI MAURIZIO P.

Parliamo di diversi anni fa.

Stava girando un film, al Sud. Provincia di Salerno. Una commedia, ma parecchio impegnativa: per il regista esigente, per il caldo asfissiante, per le riprese spesso in notturna. Marco, solitamente riservato sui set (alcuni scambiano quell'atteggiamento per altezzosità, in verità non è così, semmai è un misto di timidezza e pigrizia), iniziò a dare confidenza a un giovane attrezzista, che si chiamava appunto Maurizio.

Scoprì che questi aveva anche il brevetto di istruttore subacqueo e ogni domenica si immergeva nelle acque limpide e ricche di pesci del Cilento. Marco ama il mare. Anni prima aveva preso un semplice brevetto PADI di immersione. Semplice, mica tanto. Era arrivato a dare l'esame Advanced Open Water Diver, che prevedeva, oltre alla parte teorica, anche un'immersione in notturna, una in profondità, una di orientamento con la bussola, più varie skill come lo svuotamento della maschera in acqua, il miglioramento del controllo dell'assetto, l'ottimale utilizzo del GAV (giubbotto ad assetto variabile). Insomma, mica cazzi. Però non aveva più avuto occasione di immergersi, per cui con Maurizio, oltre che di cinema, iniziarono a chiacchierare di acqua, pesci, e profondità.

Maurizio gli aveva parlato della sua recente scoperta delle bombole a base di Nitrox, dette anche ad aria arricchita, che contengono cioè una percentuale di ossigeno maggiore rispetto alla normale aria compressa, consentendo di avere meno azoto nel sangue e quindi di restare sott'acqua più a lungo e di avere bisogno di tempi inferiori di decompressione, sempre molto noiosa per qualsiasi sub. Insomma, cose così. Si erano quindi accordati che il weekend successivo sarebbero scesi insieme per provare queste bombole al Nitrox.

Non direi proprio un'amicizia, quella tra Marco e Maurizio, ma qualcosa che vi si avvicinava parecchio. Simpatia, diciamo, aggiunta a stima reciproca. Anche nel lavoro. Marco apprezzava moltissimo il ruolo di Maurizio. Va detto che Marco non ha mai sottovalutato i ruoli di attrezzisti, macchinisti ed elettricisti. Sono lavori manuali, certo, ma proprio per quello fondamentali per montare un binario e far muovere un carrello che consentirà alla regia di realizzare quel determinato piano sequenza o per costruire in quattro e quattr'otto l'interno di un negozio con scaffalature e porte funzionanti – proprio come lo avevano pensato gli scenografi –, o ancora montare un "diecimila" su una torretta per permettere al direttore della fotografia (o alla direttrice, non sia mai) di illuminare quella notte in esterna.

Marco non solo rispetta quei ruoli, ma li invidia. Lui, che quando si fulmina una lampadina rimane al buio per mesi, lui che per attaccare un quadro, dopo aver creato voragini nei muri con semplici e apparentemente innocui chiodini di acciaio, si rivolge all'amico che vende cornici. Lui è attratto da tutti i Bricocenter, Leroy Merlin e Ottimax che incontra. Comprerebbe tutti gli attrezzi del fai-da-te e spesso l'ha fatto. In casa, in uno sgabuzzino buio (causa lampadina saltata e mai rimpiazzata), possiede (quasi nuovi): un trapano, un tornio e una fresatrice; un aggeggio per segare, tagliare e levigare; ma anche aspiratori, avvitatori e carotatori; una cassetta mai aperta con pinze, tenaglie e tronchesi; brugole, mazzuoli e chiavi a bussola; e poi giravite e chiodatrice.

Quando Marco vede qualcuno destreggiarsi con disinvoltura tra cacciaviti e martelli ne è affascinato. E Maurizio era davvero un campione: di semplicità ed efficacia. Un risolutore di problemi, insomma. Parliamo di problemi piccoli, certo, problemi tecnici, manutentivi. Maurizio era visto da Marco come una specie di Manny tuttofare (chi non ricorda il cartone animato *Handy Manny* non può capire).

Quella notte c'era da girare la scena clou del film. L'incontro/scontro tra i due protagonisti. Uno è Marco, che è appena arrivato in quel paesino del Sud; l'altro è Mattia, che in quel paesino ci vive. La scena prevede pioggia, tanta pioggia da rendere la visibilità molto scarsa. Morale: Marco investe Mattia in pieno. Scende dall'auto e cerca di soccorrere quel ragazzo ancora sconosciuto (a lui e al pubblico). Questa era più o meno la scena. Una scena importante, che prevedeva la presenza dell'effettista speciale per la pioggia e di un paio di stuntman che facessero da controfigura all'attore che veniva investito dall'auto.

La scena viene ripetuta più volte, come sempre accade, e a ogni ciak è Maurizio a rimettere l'auto in posizione. Lo fa andando a marcia indietro, zigzagando tra quegli stretti vicoli con calma e perizia, mentre intorno è tutto un urlare di portare gli attori in fretta ad asciugarsi per il prossimo ciak, di ricaricare il serbatoio della pioggia con quel motore che, dannazione, fa troppo rumore, dice il microfonista, mentre il regista e il direttore della fotografia rivedono al monitor il girato e danno indicazioni all'operatore sul dolly per migliorare l'inquadratura. Un delirio, insomma.

Poi, il direttore della fotografia dice che basta, sta albeggiando, non si può più girare. Va bene, dice l'ispettore di produzione. Viene dichiarata la "fine delle riprese" e distribuito l'ordine del giorno successivo. Tutti a nanna. Marco sorride a Maurizio. È un grazie con lo sguardo, per quello che ha fatto quella notte, per come interpreta il suo lavoro, in silenzio, senza mai lamentarsi. Certo, è pagato per questo, come tutti d'altronde. Ma c'è modo e modo di eseguire un lavoro, Marco lo sa, e per questo lo ringrazia. Poi pensa a quando, tra pochi giorni, si affiderà del tutto a lui andando decine di metri sott'acqua, dove si comunica solo a gesti o con lievi cenni del capo.

Buonanotte, buonanotte. Tutti se ne vanno masticando quei bomboloni caldi che la produzione ha gentilmente distribuito alla troupe. Non sono tutti nello stesso albergo, non ce ne sarebbe neppure uno grande abbastanza per ospitare quella sessantina di persone. Marco e Maurizio sono addirittura in due località diverse, a una ventina di chilometri di distanza. Quindi, cosa avviene quella notte, Marco lo saprà solo la mattina dopo.

E nemmeno Maurizio sapeva, nessuno poteva sapere, che la sua vita da quel giorno non sarebbe più stata la stessa.

Sta albeggiando, Maurizio rientra nel suo alberghetto sul mare. Lo immaginiamo mentre si spoglia per farsi la doccia dopo una nottata davvero faticosa. Bussano alla porta, forse la sfondano. Fanno irruzione gli uomini della Digos in tenuta antisommossa. Devastano la camera, rovistano nelle sue borse, guardano con sospetto il materiale subacqueo, infine lo ammanettano e lo portano via in malo modo.

Gli albergatori, svegliati di soprassalto, sono terrorizzati. Nessuno sa spiegarsi il motivo di tanta violenza. Cos'avrà fatto? A vederlo così sembrava un bravo ragazzo. Ma, si sa, mai fidarsi delle apparenze.

Io lo sapevo che quelli del cinema non dovevamo ospitarli. Sono tutti un po' strani.

Poi, hai visto, a volte rientrano all'alba. Chissà cosa fanno tutta la notte.

Be', meglio così. A noi non è riuscito a fare del male! L'hanno portato via in tempo.

Questi, immaginiamo, alcuni dei commenti.

Il giorno dopo sul set l'aria è cupa, preoccupata. Dall'incredulità all'impossibilità di sapere cosa sia effettivamente successo. Qualcuno ricorda di aver notato nei giorni precedenti degli sconosciuti, palesemente non del luogo, aggirarsi per le stradine di quel paesino, set a cielo aperto.

Poi la prima, terrificante, spiegazione al telegiornale delle tredici. Un comunicato del ministero dell'Interno:

Partecipazione alla banda armata denominata Brigate Rosse per il Partito comunista combattente. Con questa motivazione è stata emessa dall'autorità giudiziaria di Roma un'ordinanza di custodia cautelare a carico di Maurizio P., 34 anni, romano. L'ordinanza è stata eseguita nelle prime ore di questa mattina dagli agenti delle Sezioni antiterrorismo – Digos di Roma e Bologna, coadiuvati dalla Digos di Salerno.

E al centro dello schermo, dopo il servizio, appare il ministro in persona che gongola soddisfatto per "l'ennesima vittoria dello Stato contro i terroristi!".

Nella troupe qualcuno sussurra: "Ma con chi abbiamo avuto a che fare per tutte queste settimane? Chi l'avrebbe mai detto. Chi se n'era accorto!".

Marco è sconvolto, forse più degli altri. Non sa cosa pensare. Da un lato affiora la sua vecchia diffidenza, nata da anni di militanza politica, nei confronti dello Stato, della polizia, delle sue leggi... Dall'altro, una sorta di delusione nei confronti di quel Maurizio che non gli aveva detto tutto (dando quindi per scontato che qualcosa da nascondergli lo avesse).

Ma il lavoro sul set deve andare avanti, le riprese continuano a essere faticose e impegnative. Maurizio viene presto sostituito e quasi dimenticato. Sicuramente rimosso.

Anche perché di notizie, dopo quel telegiornale, non ce ne sono. Pare che Maurizio sia stato messo in isolamento, cioè senza la possibilità di comunicare con l'esterno o con altri detenuti, né di leggere giornali o ricevere libri. Condizione che dura mesi. Fino all'inizio del processo.

L'arresto, quella famosa alba, era avvenuto il primo ottobre 2009.

Il processo inizia il 22 febbraio 2010, presso la prima corte d'assise del Tribunale di Roma. Finalmente vengono rese note le imputazioni. Maurizio è accusato di essere coinvolto nell'omicidio di Marco Biagi, avvenuto a Bologna il 19 marzo 2002.

Tutto nasce dal suo rapporto, d'amore prima e di amicizia poi, con Diana B., accusata di essere la "postina" delle nuove BR e coinvolta anche lei nell'omicidio Biagi. È in carcere dal 2003, è stata appena riconosciuta colpevole e condannata all'ergastolo. Ha problemi di salute, da sempre. Rifiuta il cibo, le medicine. Non vuole parlare con i suoi avvocati. L'unico che accetta di vedere è Maurizio, insieme al quale non sta più da tempo. E Maurizio per anni, ogni mese, va a trovarla in carcere. Perché a questo mondo esistono anche l'amicizia, l'affetto, la solidarietà nei confronti di una persona che palesemente sta male. Di questo è accusato Maurizio, di esserle stato accanto.

Per la mera cronaca: un mese dopo l'arresto di Maurizio, Diana si impicca in cella, emulando sua madre che si era tolta la vita qualche anno prima.

Al processo sfilano come testimoni attori, registi, scenografi, tutta gente che aveva conosciuto bene Maurizio e che ne delinea un profilo molto lontano da quello del terrorista, come invece lo descrive l'accusa per bocca di un pubblico ministero, curiosamente fratello di un grande regista italiano.

Sempre per la cronaca, va ricordato che il 23 marzo 2011 Maurizio viene assolto con formula piena. Non è un terrorista e non ha mai fatto parte delle Brigate Rosse.

Alla lettura della sentenza i suoi avvocati dichiarano:

"Con l'assoluzione di oggi termina l'atroce supplizio di Maurizio. È stato sottoposto a diciotto mesi di detenzione, gran parte dei quali in regime di isolamento. L'assoluzione di oggi è un atto dovuto nei suoi confronti, sottoposto a un processo che non si sarebbe mai dovuto celebrare e che si è celebrato solo perché è rimasto accanto a una persona a cui voleva bene e che ha cercato di far curare viste le terribili condizioni psichiche in cui versava".

Il ministro dell'Interno, questa volta, tace. E a Maurizio quei diciotto mesi in cui è stato ingiustamente detenuto non glieli restituirà nessuno.

Ci sarebbe da farne un film. In America lo avrebbero già fatto.

E Marco? Marco ha seguito il processo a distanza, sempre più convinto della totale innocenza di Maurizio. Se si ascoltano le registrazioni delle varie udienze, con gli interventi dei pm, si potrebbe davvero parlare di una "presunzione di colpevolezza", palesemente anticostituzionale.

E quando infine arriva la sentenza assolutoria, Marco ha due sentimenti contrapposti. È felice per l'esito del processo, ma è incazzato per il suo comportamento, per essersene tenuto distante, per non aver voluto aderire al Comitato per la Liberazione di Maurizio. Gli sembrava di aver firmato fin troppe petizioni in vita sua, tutte giuste, e quasi tutte inutili. Questa volta però non sarebbe stato affatto inutile compromettersi, prendere posizione.

Marco si vergogna, di sé stesso, della sua paura di essere etichettato ancora una volta come "quello che difende i drogati", "quello che difende gli omosessuali", "quello che difende i terroristi".

E invece questa volta poteva essere diverso.

Questa volta è stato diverso, per chi ci ha creduto da subito. Era una battaglia che andava combattuta, in prima linea. Ora si è conclusa.

E lui non ha avuto neppure il coraggio di chiamare Maurizio per congratularsi.

*

Quando entra nella hall dell'Hotel Traiano, la sua casa-albergo romana, viene letteralmente assalito dal portiere: l'ha cercato parecchie volte una certa Ursula, deve richiamarla con urgenza.

"Urszula," lo corregge Marco.

"Certo, come dice lei, Urszula. Ma, scusi se mi permetto: come mai il suo telefono è sempre irraggiungibile?"

"Mi si era scaricato," mente Marco, e intanto con l'altra mano lo riaccende.

Diciotto chiamate perse. Tutte di Urszula.
Poi un sms:

Sig Marco, mamma morta. Mamma sua, no mia, sua signor Marco. Capito? No respira, occhi sbarrati. Tanta paura. Ora chiamo sorella, sorella sua. Sua di lei.

Sette

Da quella mattina nell'ufficio del dottor Bonelli, sono trascorsi quasi tre mesi. E sono stati i tre mesi più eccitanti della tua vita, pensi, senza sapere che te ne aspettano di altrettanto eclatanti.

Sempre se fosse un film, questo capitolo inizierebbe con l'immagine di piazzale Loreto e la gente che guarda in su, incuriosita da quello strano cartellone tutto bianco con quella enorme scritta:

Mirko Max!

Scopriremmo così che in fase di realizzazione ti sei fatto prendere la mano e al contorno, all'alone e all'ombreggiatura, hai fatto aggiungere anche il riflesso (tanto costava uguale!).

Il consiglio della rotazione si è rivelato ottimo, Bonelli aveva ragione. Quando il tuo nome è scomparso da piazzale Loreto per riapparire il giorno dopo in viale Forlanini, senza altra spiegazione, il semplice stupore ha lasciato il posto a vera curiosità. Sono arrivati i primi selfie da piazzale Loreto e viale Forlanini con la scritta:

E LA PROSSIMA VOLTA?

E quando, allo scadere esatto dei venticinque giorni, gli operai dell'agenzia di affissioni lo hanno tolto da viale Forlanini, un simpatico fancazzista (perché oltre a una certa fantasia bisogna avere tanto tempo libero, cioè non fare un cazzo dalla mattina alla sera) ha lanciato online una scommessa su dove sarebbe apparso il giorno dopo quello strano annuncio.

E la sorpresa è stata che di fancazzisti in giro ce ne sono parecchi, perché la scommessa ha attecchito. E non solo tra i fancazzisti milanesi, che comunque non sono pochi, ma anche tra quelli di altre città che hanno indicato vie, larghi, piazze. A casaccio. Molte non avevano neppure uno spazio pubblicitario. Alcune manco esistevano. Erano solo giochi di parole, tipo: "Via da qui!" oppure "PiazzaMento", "PiazzaTo"; dall'esistente "Viale Col di Lana" all'inesistente "Via colvento"; per non parlare di "ViaGra" o "Viados".

E quando il giorno dopo il tuo nome è apparso in piazza Cordusio, i vincitori della scommessa online (sono stati più di uno) si sono dati appuntamento lì per una foto. E uno di loro si era anche autoprodotto una T-shirt con la scritta MIRKOMAX. Tutto attaccato, chissà se voluto o per errore. La cosa ti era già sfuggita di mano.

Ma se all'inizio ti eri divertito a seguire sui social queste onde provocate dal tuo sasso gettato nell'acqua, quando hai cominciato a vedere immagini di persone che si fotografavano davanti al tuo manifesto dicendo di essere "Mirko Max" non l'hai presa affatto bene. E poi i meme, a volte spiritosi, più spesso volgari e non particolarmente divertenti. E chi sosteneva che Mirkomax è uno stato d'animo, un modo di affrontare la vita. Insomma, la parola Mirkomax rischiava di diventare "famosa" al di là di te.

C'era stato anche un servizio sul tg regionale in cui ci si chiedeva chi fosse Mirko Max. O cosa fosse. Un videogioco? Uno spin-off di *Mad Max*? Una sua parodia? (All'assonanza con il personaggio creato da George Miller, che pure amavi, non avevi affatto pensato.)

Stavi per essere schiantato dalle tue stesse armi, il famoso effetto boomerang.

Intanto arriva una telefonata di Bonelli, ti parla di un'importante agenzia pubblicitaria che vorrebbe farti una proposta. Gli dai il contatto di Nando. E non fai in tempo ad avvisarlo che è lui a chiamarti: "Mirko, ascolta. Una figata! Ti ho trovato una pubblicità! Poi dici che non penso a te".

"..."

"È per una nuova bevanda: light, ma saporita; dolce, ma senza zuccheri aggiunti; colorata, ma senza coloranti. Vorrebbero chiamarla Mirkomax. Ma io ho detto di no perché Mirko sei tu, e tu non puoi essere una bevanda. A proposito, chi cazzo è questo Max? Tu non fai Mazzotta di cognome?"

"Certo, ma è una storia lunga. Diciamo che pensavo di usare Max come nome d'arte."

"Ma a tutti quelli che ti conoscono come Mirko Mazzotta cosa diciamo?"

"Tutti chi?"

"Hai ragione. Non c'è problema. Da oggi sarai Mirko Max."

"Tutto attaccato"

"Cosa?"

"Il nome: Mirkomax, tutto attaccato. La gente ha scelto così."

"Ah."

"Cosa ne pensi?"

"Mah, se piace a te... A me sembra il nome di una macchina fotografica, che ormai non vendono più un cazzo da quando i telefonini si sono messi a fare quelle foto così precisine, mannaggia a loro. Massì, Mirkomax. Come Asterix. Non è male pensandoci bene. Comunque, ho già trattato con l'agenzia, e il nome della bevanda se lo trovassero da soli. Ah, anche le caratteristiche di 'sto beverone, 'Ha il colore della Fanta, ma sa di Coca', e le loro fregnacce, facciamole dire a uno speaker. Tu devi solo aggiungere, alla fine dello spot: 'Te lo dice Mirko Max!'. Anzi: 'Te lo dice Mirkomax!', tutto attaccato, che poi il suono è uguale, quindi va già bene il precontratto che ho preparato. Scusa, ti lascio, che sull'altra linea ho De Ketelaere. Ti ho detto che sto aprendo una sezione calciatori?"

E mette giù.

Non è stato facile spiegare a Nando perché hai voluto investire tutti i soldi che ti hanno dato per quella pubblicità in enormi tabelloni, questa volta non solo a Milano, ma anche nelle principali città italiane, con un tuo primo piano accompagnato da quel nome.

E visto che vi siete affidati, su consiglio di Bonelli, ad alcuni creativi particolarmente *creativi*, la loro proposta è stata: il tuo enorme faccione con la scritta:

QUESTA NON È UNA PIPA, È MIRKOMAX.

Ma dato che Nando pensava ci fosse stato un errore di stampa, ha fatto correggere il layout... Morale, ecco la scritta apparsa, in giro per l'Italia, sotto il tuo ritratto, su decine di enormi cartelloni pubblicitari:

QUESTA NON È UNA PIPPA, È MIRKOMAX!

*

Ora sei steso su una roccia, come piace a te. Nella baia di Torre Uluzzo. Sei con la tua Jessica, che da quando sei tornato non ha smesso di leccarti. E stai aspettando Angela, che appena terminerà la sua lezione di italiano agli extracomunitari ti raggiungerà per un tuffo. E per una leccatina, speri tu.

Il tuo rientro a Nardò è stato a dir poco trionfale, anche se in tanti non hanno capito perché non vuoi più farti chiamare Mazzotta. Tuo padre ci è rimasto male e tua madre – "la torinese", come la chiamano qui – ha cercato di spiegargli che è il tuo modo per tagliare, finalmente, il cordone ombelicale, per superare la tua linea d'ombra... Insomma, per affrancarsi da lui, da loro. Invano.

Tuo padre ti ha tenuto il broncio fino a quando ha visto che al bar ti offrivano il caffè, che per strada ti salutavano tutti, anche sconosciuti, e persino la tua vecchia maestra delle elementari, quella che ogni quadrimestre ti dava sette in condotta per via delle scoregge, lo aveva fermato dicendogli che lei aveva sempre intravisto in te qualcosa di speciale.

Per non parlare di tuo nonno, il tuo nonnino, che aveva, lui sì, sempre creduto in te e che andava a dire in giro che fin da bambino si capiva che saresti diventato qualcuno. Lui se n'era accorto subito, da come impugnavi la fionda, quella che ti aveva costruito lui.

Prrrot! Il tuo cellulare ti notifica che è appena arrivato un vocale via whatsapp. È di Lara. Lo ascolti:

"Ciao Mirko, sei scomparso anche tu? Sei riuscito a rintracciare Marco? Senti, ti va di ascoltare un sogno che ho fatto stanotte? Lo sto rielaborando perché mi sembra un ottimo spunto per un film... Il tuo silenzio lo prendo come un sì. Allora, la protagonista è una donna, una scienziata, che dopo aver studiato per tutta la vita si rende conto di sapere troppo poco, tipo Socrate che dice 'So di non sapere'... Allora, mette in atto il suo diabolico piano: raccogliere tutto lo scibile del mondo. E come a un computer dismesso si può, prima di rottamarlo, recuperare la memoria, così la scienziata, con un team di medici, ingegneri e matematici, riesce a recuperare la memoria dei defunti, in un megacomputer. Altro che Intelligenza Artificiale! Ma si scopre che la memoria umana è fatta anche di sentimenti, di stati d'animo, di pensieri, di inclinazioni (positive o più spesso negative). Morale... Dopo un po' il megacervellone esplode. E questa sarebbe la prova che...".

"Scusa il ritardo," dice Angela ansimando. Tu con un guizzo metti via il cellulare. Ad Angela non hai mai parlato di Lara, e forse non lo farai mai.

"Finita la lezione, i ragazzi mi hanno circondata e come sempre mi hanno bombardata di domande."

"..."

"Non mi chiedi che tipo di domande?"

"Che tipo di domande?"

"Come sei nella vita privata. Se sei simpatico come sembra dalla foto del manifesto o se è solo una messinscena. Ma anche domande più intime."

"Più intime?"

"Sì, se hai mai baciato la Hunziker. Se hai mai baciato Elodie. Se hai mai baciato Benedetta Parodi."

"Benedetta Parodi?"

"Certo. Loro si guardano tutti i programmi di cucina e stravedono per lei." Pausa. "E poi mi hanno chiesto perché sei così famoso."

Angela ti guarda. Tu non reagisci.

"E io non ho saputo cosa rispondere."

"..."

"Mi hanno chiesto anche com'è questa nuova bibita che reclamizzi, come si chiama? La Green Cow."

"Be', se vuoi, di *grincau* te ne faccio avere uno scatolone intero, così lo distribuisci ai tuoi profughi e li fai contenti."

"Ma come sei stronzo!"

"A proposito delle tue lezioni di italiano: è vero che vogliono toglierti l'incarico?"

"Chi te l'ha detto?"

"Tu dimmi se è vero o no."

"No. Sono solo stata richiamata dal preside, che mi ha invitato ad attenermi ai libri di testo e ai sussidiari che mi hanno dato loro e a non usare più il mio metodo, che chiamano 'della lingua da strada'."

"Perché, cosa insegnavi tu?"

"Ma niente, semplicemente non partivo dalla grammatica, che trovo noiosissima, e preferivo cominciare da un vocabolario di frasi utili nella vita di tutti i giorni."

"Mi hanno raccontato quali erano queste 'frasi utili nella vita di tutti i giorni':

Mi è caduto per caso nella borsa, signore!

Devo averlo messo in tasca per errore.

È sicura che non abbia già pagato?

Eh? Sono queste le frasi che insegni a quei ragazzi?"

"Oggi sei insopportabile. Cosa ti è successo?"

"Scusami... Aspetto una telefonata importante."

"Lui aspetta una telefonata importante... E chi sarà mai? Benedetta Parodi?"

"Cretina, è una giornalista di 'Vanity Fair'. Mi danno la

copertina e quattro pagine all'interno. Ma vogliono questa intervista."

"Be', ci credo."

"E io non so cosa dire."

"Ma se non sai neanche cosa ti chiedono!"

"È lo stesso. Ho provato a immaginarmi tutte le domande possibili. Non ce n'è una a cui saprei rispondere in modo intelligente."

"Infatti non devi rispondere in modo intelligente."

"Ah no?"

"No. La tua forza non è l'intelligenza."

"E qual è?"

"La cretineria!"

E dicendo questo Angela si toglie pantaloncini e camicetta e si tuffa in acqua.

Quasi in contemporanea, ti squilla il telefono.

"Pronto, chiamo da 'Vanity'... Parlo con Mirko Max?"

"Sì, sono io, Mirko. Ma Max è un nome d'arte, mi raccomando. Io di cognome faccio Mazzotta, come mio padre, mio nonno. Qui in Salento Mazzotta è un cognome molto diffuso, e mio padre ci terrebbe molto se..."

"Ok, Mirko Mazzotta. Senta, voglio essere molto sincera con lei. In redazione sono impazziti per questo Mirkomax. Io meno. Io mi occupo di spettacoli, di solito non faccio colore."

"..."

"Ma qui erano eccitati, tutti a chiedersi se quel suo manifesto fosse uno scherzo o una banale trovata pubblicitaria. Poi, quando è cominciato ad apparire il suo faccione, alcuni si sono placati, altri scommettevano che fosse un'immagine creata dall'Intelligenza Artificiale, che qui ormai usano tutti. Ha presente? ChatGPT, Midjourney, DALL-E 3?"

"..."

"Anzi, se non le spiace, posso farle una videochiamata? Per verificare che lei è proprio lei, cioè che corrisponde all'immagine dei manifesti. Sa, il caporedattore voleva che la intervistassi dal vivo, ma ha idea di cosa voglia dire farsi Milano-Nardò?"

“Sì, ho idea.”

“Ecco, appunto. Metto giù.” E mette giù.

E tu, in attesa che il tuo cellulare risquilli, cerchi di rivestirti velocemente, ma trovi a portata di mano solo la camicetta fucsia di Angela che ti infili frettolosamente, cerchi uno sfondo meno marittimo e non trovi di meglio che una roccia, tutta bagnata dagli spruzzi delle onde. Ti ravvii i capelli pieni di salsedine... *Prooot!* La tua suoneria non poteva avere un suono diverso.

“Eccomi qua. Ah, vedo che è al mare!”

E tu pensi: Come avrà fatto a capirlo?

“Grazie per aver condiviso la sua posizione, così evitiamo quelle banali domande: ‘Dove si trova di bello?’. Nella baia di Torre Uluzzo, vedo! Nel Parco naturale di Porto Selvaggio, comune di Nardò, provincia di Lecce. Bei posti, forse ho fatto male a non venire. Guardi me,” gira il telefono a trecentosessanta gradi, “qui in ufficio, una tristezza totale. Beato lei! Bene, iniziamo subito l’intervista. Cosa fa esattamente nella vita?”

“Ma... adesso sono qui con Jessica: Jessica, fatti vedere! Questo bel Labrador...”

“Allora possiamo dire che fa il dog-sitter.”

“No! Jessica è il mio cane. Io faccio... a volte scrivo...”

“Allora possiamo dire che lei è uno scrittore che è andato lì, in Salento, a trovare ispirazione per il suo prossimo libro che ha iniziato a promuovere con quei manifesti, a mo’ di teaser?”

“Sì, quello sì. Diciamo che io faccio principalmente dei *tiiser.*”

“Certo, per promuovere il suo prossimo libro, l’abbiamo già detto. E... che genere di libro sta scrivendo?”

“Mah, più che altro scrivo per me.”

“In che senso?”

“Eh, che scrivo cose che poi magari diventano un film, o che le recito io...”

“Allora possiamo dire che lei è un attore. Anzi, un autore/attore, vogliamo usare un neologismo? Lei è un *auttore*! Bella, questa. Peccato che non faccio io i titoli... E, insoddisfatto delle banalità che le propongono i vari sceneggiatori, ha deciso di scriversi da solo i suoi testi, perché, come giustamente mi fa notare: chi fa da sé fa per tre!"

"Be', non ho detto proprio così."

"Lei lasci fare a noi giornalisti. Io vi conosco, voi personaggi da intervistare. Andate stimolati, ascoltati, e poi resi leggibili per i nostri lettori. Si fidi, solo noi sappiamo come rapportarci con loro, che tra l'altro sono sempre meno, se mi permette una personale polemica. Conoscendo le vostre superstizioni, le paturnie di voi personaggi da intervistare, non le sto a chiedere anticipazioni su quello che sta scrivendo, ma mi parli almeno del suo ultimo lavoro, quello precedente."

"Allora, vediamo... Era la storia di un uomo che sogna di diventare un comico famoso. A un certo punto conosce un presentatore famosissimo e gli chiede di invitarlo in televisione, quello dice sì, ma poi non lo chiama mai."

"Ah, ispirato a *Re per una notte*?"

"Anche lei lo ha visto, certo... Sì, difatti voleva essere un po' un remake di quel famoso film che hanno visto (quasi) tutti, solo che quel progetto l'ho accantonato un attimino e ho iniziato a scrivere: *Volevo fare lo stand up*, un monologo, sempre pensato per me."

"Perfetto. Allora possiamo dire che lei è un comico. Uno stand up comedian, appunto, che tra l'altro vanno per la maggiore. Io ne ho visti tanti, e qui sono nel mio. E dove si esibisce abitualmente?"

"Ma no, io non mi esibisco mica..."

"Geniale! Un comico che non vuole apparire. Oggi essere di nicchia è un plus, lo sa, vero? E certo che lo sa! Allora possiamo dire che lei è un comico autarchico che, contro il mainstream imperante, ha deciso di non esibirsi. L'assenza come presenza alternativa. Nel suo Pantheon posso mettere Carmelo Bene, vero?"

"Metta, metta, ma prima lo chieda a lui."

Lei ride inorridita: "È morto. E lei lo sa bene. Io l'ho capita. Il suo è humour noir. E questa intervista è una bomba.

IL COMICO CHE NON VUOLE APPARIRE, sottotitolo: *Ci fa o ci è?* Potremmo invitare i lettori a votare! Senta, io per questo numero dovevo fare anche un'intervista a Favino, che gli sta per uscire il quarto film di quest'anno. Ma l'ho già intervistato, so già cosa mi dirà. Non ne posso più di quelle chiacchiere promozionali, precotte. Io chiedo al mio caporedattore di darmi altre quattro pagine per lei. È molto più interessante. Lei mi ha preso per il culo fin dall'inizio, con quella camicetta da donna, fucsia per giunta. Geniale! Le ho chiesto l'ultima cosa che ha scritto e mi ha raccontato, male, la trama di *Re per una notte*".

"Be', male..."

"No, no. Lasci fare a me. Ho già tutto l'articolo in testa. Pensi che volevo ancora chiederle perché ha dato la sua voce per la pubblicità di quella nuova bevanda, e poi l'ultima domanda che volevo farle era sul perché di quella scritta: QUESTA NON È UNA PIPPA, È MIRKOMAX! Ma ora neppure gliela faccio, quella domanda. Ho capito tutto. Qui siamo molto oltre il Dada! Lei sta tra Magritte e Freak Antoni. Altro che surrealismo. Questo è vero e proprio situazionismo!"

"..."

"Però, mi ascolti. Io mi faccio dare dal giornale le quattro pagine che erano destinate a Favino, ma lei mi deve dare la possibilità di vederla. Almeno una volta. Infranga questo suo credo di non apparire, lo faccia per me. Per esempio, qui a Milano è pieno di locali che fanno gli *open mic*: la Santeria, lo Zelig, il GhePensiMI... dove chiunque può esibirsi per cinque minuti."

"Eh, ma cosa dico in quei cinque minuti?"

"Ci anticipi l'ultimo lavoro che ha scritto, quel *Volevo fare lo stand up*. Come inizia?"

Tu ci pensi un attimo, poi ti ricordi: "Quando sono nato avevo circa quattordici anni...".

"Perfetto! Ma qui siamo dalle parti di Ionesco, di Beckett, vero? Allora possiamo dire che ci troviamo in pieno teatro dell'assurdo?"

"Be', a questo punto... diciamolo!"

“Mi faccia controllare. Perfetto. Ci vediamo mercoledì prossimo al GhePensiMI. Chiamo io Matteo, il gestore, lo conosco bene, la faccio mettere in scaletta verso le undici, l’orario migliore, con la gente che ha già bevuto abbastanza da divertirsi, ma non troppo da diventare molesta. La segno come Mirko e basta, giusto per non alzare troppo le aspettative!”

Quando Angela esce dall’acqua e ti vede abbracciato a Jessica con la sua camicetta fucsia tutta pezzata di sudore e gli occhi che lacrimano, ti dà un bacio. Perché, come diceva un famoso filosofo contemporaneo: la donna quando non capisce si innamora.

8.

La morte, che cosa assurda. Che se non ci fosse sarebbe un casino. Ma forse arriva troppo presto. Settanta, ottanta, novant'anni massimo. Si vive troppo poco. Marco ha passato i cinquanta. Da un po'. E gli viene in mente *Aprile*, il film di Moretti in cui un amico gli chiede quanto pensa di vivere. Moretti senza rifletterci troppo gli risponde: "Ottant'anni". Allora l'amico prende un metro, un flessometro per l'esattezza, lo posiziona su ottanta centimetri, poi, ricordandogli che proprio quel giorno compie quarantaquattro anni, toglie quarantaquattro centimetri e dà il metro a Nanni dicendogli: "Questo è quello che ti resta. Auguri, eh!". E lui si mette a girare in Vespa per Roma con in mano il metro, ormai tanto corto, e si dice che forse ha sbagliato, ottanta è troppo poco, avrebbe dovuto dire di più.

Marco è ossessionato dalla brevità della vita. Quando va in qualche museo, non può fare a meno di chinarsi a leggere le targhette accanto ai quadri.

VINCENT VAN GOGH: 30 MARZO 1853 - 29 LUGLIO 1890.

E nella sua mente fa veloce due calcoli: Novanta meno cinquantatré fa trentasette. Cazzo, Van Gogh è morto a trentasette anni.

CARAVAGGIO: 29 SETTEMBRE 1571 - 18 LUGLIO 1610.

Minchia, trentanove.

BASQUIAT: 22 DICEMBRE 1960 - 12 AGOSTO 1988.

Cribbio, questo se n'è andato che nemmeno ne aveva compiuti ventotto.

Ma anche le targhe delle vie lo attraggono, sempre per le date. Di nascita e morte. Per fare rapide sottrazioni.

GIACOMO LEOPARDI. POETA, 1798 -1837

Leopardi se n'è andato a trentanove anni.

CHARLES BAUDELAIRE. SCRITTORE 1821 - 1867

Baudelaire a quarantasei, e aveva già scritto tutto!

CARLO PISACANE. PATRIOTA 1818 - 1857

Cinquantasette meno diciotto fa ancora trentanove. Be', trentanove anni è un'età nella quale pare occorra stare attenti. Io, almeno quella, l'ho superata. Sta di fatto che al loro posto io sarei già morto. Senza aver dipinto, scritto, né fatto l'Italia.

Insomma, una piccola paranoia, quella della morte, purtroppo non alleviata da nessuna fede nell'aldilà. Che può essere anche uno dei motivi per cui non è diventato padre. Finora. Per anni si è tenuto bene in vista un post-it appiccicato a un pannello dove attacca frasi che lo colpiscono prese da libri: "Mettere al mondo un figlio è come mettergli la morte alle calcagna". E dalle sue varie playlist musicali non è mai mancata una languida canzone di Lana Del Rey: *Born to die*, con il suo ritornello *We were born to die*... Siamo nati per morire.

*

Da piazza Udine parte via Feltre, che porta al Parco Lambro.

Quante volte Marco l'ha percorsa? Tante. A piedi, in bicicletta, in auto, persino con i rollerblade, che si ostinava a chiamare pattini.

I primi ricordi risalgono agli anni settanta, per il Festival di Re Nudo. A ballare, nudi appunto, al suono di Finardi, Camerini, i Napoli Centrale. Poi, in ordine sparso, aveva imboccato via Feltre per... andare agli studi televisivi Deruta, al Tennis Club Ambrosiano, allo Skate Park del Lambro, al ristorante giapponese Nu, a Milano Due, al Centro Sportivo Schuster.

E ora, per andare al cimitero di Lambrate. A piedi. A seppellire la mamma.

Seppellire, sotterrare, tumulare. Chissà se lei lo avrebbe voluto. Al cimitero di Lambrate c'è anche un ottimo crematorio. Marco vorrebbe essere cremato, ne è sicuro. Ma la mamma? Non ne hanno mai parlato. Lei, così silenziosa, riservata. Lui, così discreto, pigro.

Pensa a tutte le cose che non si sono detti. Cose intime, ma anche semplici curiosità; per entrare più a fondo nella mente di una donna che ha visto la guerra da adolescente, che si è innamorata di un uomo di certo affascinante, ma non facile. Sfuggente, enigmatico, per niente fedele, ma con il quale ha deciso di fare due figli. E poi la scelta di non seguirlo più in quel suo peregrinare per l'Europa al servizio, probabilmente, di Sua Maestà la regina d'Inghilterra. Ma sarà vero? O è solo leggenda? E lei, la mamma, avrà mai saputo la verità?

Quindi, la scelta di lasciarlo, di fermarsi a Milano, la sua città, e di iniziare una vita finalmente sua, da separata (non gli risulta abbiano mai divorziato), quasi da vedova, mantenendo però il cognome del marito: professoressa Moschini. Potersi finalmente dedicare alla fisica, alla matematica, all'amore per i numeri, per tutto ciò che può essere elencato, ordinato. Infine, quella malattia, l'Alzheimer, una vera e propria nemesi.

Marco è convinto che avrebbe preferito essere cremata. Tutto più pulito, sintetico, ordinato appunto. Aveva provato, negli ultimi tempi, a superare la sua indolenza e a parlargliene. E lei non reagiva, non rispondeva, quando ancora riusciva a parlare. Però le si inumidivano gli occhi. Forse era un sì. Marco ha cercato di suggerirlo alla sorella. Ma Marzia si è opposta. Se la mamma non lo ha detto esplicitamente, non si fa. Punto e basta.

E così sarà: inumazione.

Ma i pensieri di Marco tornano alla vita della madre.

Sarà stata poi una bella vita?

Perché non si è mai risposata? Per i figli?

Alla sola idea, Marco si sente in colpa. O forse no, forse ha semplicemente amato quel marito guascone per tutta la vita, a sua insaputa. Sua di lui. E forse anche di lei. Le poche cose che gli ha raccontato del padre sono sempre state positive, di grande stima. A partire dalla scelta – coraggiosa, va detto – di prendere parte alla Resistenza. Anche se non si è mai capito bene se con i comunisti, con gli azionisti o con i monarchici. O, ipotesi ancora più terribile, con tutti e tre. Ma lei, la mamma, lo ha sempre difeso, da qualsiasi critica o illazione. Solo che a un certo punto si è stancata di cambiare città ogni due anni e si è fermata nella sua amata Milano a giocare con i numeri.

A proposito: *Sei per otto quarantotto, sette per nove sessantatré, centouno per due duecentodue.*

Queste sono le tre moltiplicazioni che sua madre gli aveva segnato su un foglietto quando aveva già smesso di comunicare con la parola.

Ma sono numeri a caso o vorranno dire qualcosa?, si chiede adesso, ancora una volta.

Sua madre era anche un'appassionata di enigmistica.

Aspetta, si dice. Proviamo a sommarli:

Quarantotto più sessantatré... centoundici.

Centoundici più duecentodue... trecentotredici.

Trecentotredici... Trecentotredici! Ma certo! Che genio, la Silvana.

Marco mette la mano destra nella tasca. C'è qualcosa di morbido. Lo accarezza. Gli torna improvviso il buonumore. E mentre la testa riprende quel piccolo movimento sussultorio ereditato dal padre, gli scende una lacrima.

*

Un ampio piazzale asfaltato potrebbe far pensare al parcheggio di un centro commerciale, se non fosse per quel baracchino che vende fiori – crisantemi, perlopiù.

Una lunga pensilina con sbarra automatizzata potrebbe far pensare a un casello autostradale, se non fosse per quella gigantesca croce.

Un'interminabile cancellata in ferro potrebbe far pensare all'entrata di una fabbrica, se non fosse per quella targa: PIAZZA CADUTI E DISPERSI IN RUSSIA. Ma vi sembra la toponomastica più adatta per un cimitero?

E poi viali, alberi, collinette artificiali, tombe, lapidi. Si percepisce una certa solennità unita a una buona dose di prosaicità. Ad esempio, accanto alla bianca marmorea targa GIARDINO DEL RICORDO, che sovrasta una siepe a ferro di cavallo dentro cui sono raccolte decine di sassi variopinti dedicati a parenti e amici scomparsi, c'è un colorato cartello di cartone con scritto: SERVIZIO CONTROLLO RODITORI. E la specifica: EROGATORE D'ESCA RODENTICIDA A BASE DI DIFENACOUM. Infine, la lapalissiana precisazione: IN CASO DI AVVELENAMENTO RIVOLGERSI AL CENTRO ANTIVELENI.

Marco ridacchia osservando che la scritta non precisa se l'avvelenamento si riferisce a un essere umano o al topo stesso. E pensa che sarebbe una gustosa gag da suggerire ai famigerati Jackass, quella di presentarsi a un centro antiveleni con un topolino tramortito, dicendo che aveva assunto del Difenacoum.

Per curiosità digita sul cellulare: *Come salvare un topo dal veleno?* E con suo grande stupore scopre che il motore di ricerca, con scientifica neutralità, risponde: "Nel caso si veda il proprio animale (topo o altro) assumere un veleno, è necessario tentare di farlo vomitare immediatamente (far bere acqua e sale; oppure acqua ossigenata) e recarsi subito al pronto soccorso".

Il buonumore di poco prima si trasforma in vera e propria allegria. Il nostro novello orfano attraversa il cimitero e arriva alla sua estrema periferia nord. Una lunga palizzata in cemento ne delimita il confine. Si sente il rumore delle auto. Fuori. Essendo alta non più di un paio di metri, la palizzata, si vedono pali della luce, tetti delle case, antenne paraboliche. Fuori. Anche un supermercato. E suoni della città che vive, lavora, si muove. Sempre fuori. Dentro no. Dentro c'è silenzio. Un rispettoso silenzio, in mezzo a tutto quel dolore, tra facce allibite immortalate in fotoceramiche ovali, ormai tutte a colori, benché spesso con effetto flou, che fa molto vintage. Ma fa anche dipartita, decesso, scomparsa.

Marco cerca di orientarsi per capire quale possa essere quella via trafficata che si sente pulsare... Ma certo, è via Fratelli Cervi. L'ha percorsa molte volte per andare negli studi televisivi di Milano 2, e qualche volta per accompagnare la madre all'ospedale San Raffaele, quando aveva avuto i suoi primi attacchi ischemici transitori.

Via Fratelli Cervi. Una targa senza una data.

E il suo pensiero va a quei sette fratelli trucidati dai fascisti per rappresaglia nel dicembre 1943. Tutti e sette. Ecco perché non hanno messo data di nascita e morte. Avrebbero dovuto metterne sette. Troppe, non ci stavano. Comunque lui si era informato. Avevano dai ventidue ai quarantadue anni. Tutti più giovani di lui. Chissà se hanno mai incontrato il suo babbo, pensa. Ma no, non è possibile, i Cervi erano di Reggio Emilia, suo padre invece durante la Resistenza operava in Piemonte, di questo è certo. In Piemonte, nella zona d'azione di Edgardo Sogno, partigiano monarchico che agiva con il soprannome Franco Franchi. Davvero. Comandante Franco Franchi. Ogni volta che Marco ci pensava, gli veniva da ridere. Anni prima, aveva provato a cercare negli archivi se c'era qualche altro partigiano che aveva adottato come nome di battaglia Ciccio Ingrassia. Invano. Allora si immaginava che fosse suo padre, il Ciccio Ingrassia della Resistenza, che insieme al comandante Franco Franchi aveva orchestrato la liberazione di Ferruccio Parri, tenuto prigioniero dalle SS a Milano presso l'Albergo Regina, sede della Gestapo.

I pensieri di Marco vagano tra fantasie, ricordi d'infanzia e letture di documenti storici, quando quelle sue bizzarre riflessioni vengono interrotte dal rumore di un escavatore cingolato che sta smuovendo della terra. Alza gli occhi e vede decine di lapidi, bianche, in file ordinate. Sembra un cimitero americano, di quelli che si vedono nei film. Il piccolo Caterpillar sta scavando un'ennesima buca. A fianco c'è una bara appoggiata su due cavalletti. E si accorge di essere circondato da persone amiche. E non.

Il primo ad andargli incontro è Nando.

"Ciao Marco, so cosa si prova. Cioè, lo immagino, perché io ho ancora tutti e due i genitori, e anche la zia. E pure i cuginetti stanno bene. Però, la mamma è la mamma. E poi tu hai perso anche il papà da non molto... Senti, si sono rifatti vivi – perdona il termine, data la location – i produttori di *Lucky Luke l'arzillo vecchietto*. Che gli dico? Non è che ci hai ripensato?"

Marco si allontana senza rispondergli e si avvicina a Marzia, abbracciata al piccolo Marcello, inconsolabile. Ma quanto liquido possono produrre le ghiandole lacrimali di un bimbo?

Accanto a lei c'è Luciana, con una minigonna che portata da chiunque altra risulterebbe inopportuna, ma da lei no. I suoi occhi verdi lo catturano. La vede parlare con sua sorella. Cosa si staranno dicendo? Cerca di captare qualche frase:

"Un treno, capisci?".

"Be', un trenino, dicevi..."

"Certo, mica un treno vero. Ma fa male lo stesso!"

"Mi parlavi di vaselina, però..."

Meglio non ascoltare altro. Ci manca solo che Luciana le

racconti di come si sono conosciuti: della mostarda di Digione, del pianerottolo... Ne sarebbe capace.

Appena Marzia lo vede gli si avvicina e lo abbraccia. I due fratelli si stringono forte. Si commuovono. È vero che Silvana da tempo non riconosceva più nessuno, ma la mamma è sempre la mamma. E Marco, con un tempismo decisamente mal riposto, sussurra a sua sorella: "Hai visto che abbiamo fatto bene a non rivendicare la legittima? Tutto quello che aveva ereditato la mamma ora è nostro. Tra l'altro, conoscendo papà e le sue mani bucate, non vorrei avesse lasciato solo debiti".

"Ma come fai a essere così cinico?"

Marco sorride. È un sorriso tirato. Si sofferma allora a osservare le persone che non conosce, ma che evidentemente conoscono lui. Lo si capisce da come lo guardano di sottecchi, a volte addirittura indicandolo, per poi rituffarsi in un chiacchiericcio che sa tanto di pettegolezzo. Sono tante, parlottano a gruppi. Riconosce tra loro un collega della madre, anche se notevolmente ingrassato e con un gran barbone che non ricordava avesse ai tempi. Quelli che gli stanno intorno saranno suoi ex alunni, ormai adulti.

"Professor Panzotti, grazie di essere venuto."

"..."

"Sono il figlio della professoressa Moschini."

Il professor Panzotti mi guarda. Sembra non capire. Poi, come se d'improvviso fosse tornato tra i presenti: "Ah, la morta!".

Per fortuna si avvicina un'anziana e distinta signora: "Non ci faccia caso. Il Panzotti non ci sta più tanto con la testa... Sono la Carletti, la prof di storia e filosofia. Sua mamma le avrà certo parlato di me. Anzi, di noi. Adesso lo vede così, ma un tempo anche il Panzotti, quello di italiano, era un ganzo. Più di trent'anni insieme siamo stati. Eravamo un bel trio, sa? Ci conoscevano tutti. I Cipiemme ci chiamavano".

"...I Cipiemme?"

"Sì: Carletti-Panzotti-Moschini. Poi abbiamo scoperto che esisteva un altro gruppetto che si firmava CPM. Era il Collettivo Politico Metropolitano, da cui in parte nacquero le Brigate Rosse. Il Panzotti propose quindi di cambiare acronimo. Ma scoprimmo che i PMC erano i Private Military Contractors, una struttura di mercenari, le MCP erano le Missionarie Catechiste dei Poveri... Insomma, meglio essere scambiati per i Collettivi Politici Metropolitani. Così rimanemmo i Cipiemme."

E mentre il professor Panzotti si concentra su un sasso colorato che ha raccolto poco prima nel Giardino del Ricordo, la Carletti mi sussurra: "Non glielo dica, ma se oggi clicca su internet, sa cosa trova alla voce CPM?". Si gira intorno guardinga... "Cost Per Mille! E sa cos'è?".

"No, professoressa Carletti, cos'è?"

"Guardi, mi vergogno quasi a ripeterlo... È un indicatore usato nel marketing come parametro, al fine di calcolare il costo relativo di una campagna pubblicitaria veicolata da un media."

"..."

"Non mi chieda cosa vuol dire, l'ho imparato a memoria. Se il Panzotti lo sente gli viene il coccolone definitivo. Lui sapeva che c'era qualche altro CPM in giro, ma gli abbiamo detto che era solo il Centro Professione Musica, ha presente?"

"..."

"Dai, la scuola di musica fondata da Franco Mussida, quello della PFM!"

"La Premiata Forneria Marconi!" la interrompo finalmente io, contento di aver trovato un filo in quella aggrovigliata matassa di parole che la vecchia prof di storia mi sta sciorinando.

"Vede che le cose le sa? È che non si applica abbastanza... Ops, mi scusi, dopo quarant'anni di insegnamento ci sono frasi che vengono fuori da sole. Come: 'Mi sa che ci rivedremo a settembre'. Sa quante volte l'ho detta a sproposito? Ma tornando al Mussida, la sua mamma non le ha mai raccontato che ci siamo iscritti davvero a quella scuola lì? Noi tre. Abbiamo anche formato il nostro trio. E sa come l'abbiamo chiamato?"

"..."

"Ma CPM, ovviamente!"

"I Carletti-Panzotti-Moschini?"

"No. La Cremata Polleria Massoni. Mussida non l'ha mai saputo. E non lo deve sapere. Mai. A lui piace scherzare, ma non su di lui o sul suo gruppo. Tanto adesso, con la morte della Silvana e con il Silvio così conciato, che trio vuoi fare?"

"Mi scusi ma... mia mamma... cosa faceva nel vostro trio?"

"Suonava. E anche bene, a modo suo."

"Mia madre suonava? E cosa suonava?"

"La batteria! Cioè, le percussioni. Di vario tipo. Ha iniziato con i due cucchiai rovesciati, poi con le pentole usate a mo' di bonghi."

Mi sa che il Sagone del settimo piano non è paranoico come pensavo.

"Dopodiché si è costruita una specie di cajón, ha presente? Sa quel tamburo peruviano? Lei se l'era fatto con una scatola del Dixan, rinforzata da stecche di tapparella."

Stecche di tapparella? Anche Urszula non aveva tutti i torti.

"Uno spettacolo!" continua intanto la Carletti. "Picchiava giù che neanche Stewart Copeland! Io ci davo dentro con l'ukulele e il Panzotti soffiava nel suo flauto dolce, che di dolce aveva solo il nome. Facevamo cover degli Inti-Illimani, ma il progetto era quello di cimentarci con degli inediti. Che poi, a pensarci bene, quei pezzi erano già degli originali. Tra l'Alzheimer di sua madre, gli ictus del Panzotti e il mio ukulele che non riuscivo mai ad accordare... più che andina, era musica cacofonica." E ride. Di una risata contagiosa. Il Panzotti le si avvicina e le regala la pietra colorata.

Io mi distraggo perché vedo che in prima fila, davanti alla buca che l'escavatore sta ultimando, ci sono facce conosciute, anche se segnate dagli anni: le due Cristine, Antonella, Elena, Alberto, Terenzio, Raffaella, Monica, Lorenzo, Laura, Elisabetta, Barbara... Il mitico Governo Ombra della quinta D!

E mi ritrovo Massimo accanto, mi abbraccia: "Ma come l'avete saputo?" gli chiedo.

"Sei un personaggio famoso, non te lo dimenticare. Ha

cominciato un sito di gossip a titolare *Grave lutto per il nostro amato Moschini*, e tutti a riprendere la notizia. Così Elisabetta ha chiamato tua sorella, che le ha dato luogo e ora del funerale."

"Elisabetta?"

"Sì, non lo sapevi? Marzia l'ha scelta come pediatra per Marcellino!"

"Ah, quindi ce l'ha fatta a laurearsi in Medicina!"

"Certo. Anzi, forse è l'unica che ha rispettato quella cazzo di lotteria che ci avevi imposto."

"*Proposto...*"

"Vada per *proposto*, solo perché siamo in un cimitero e non ho voglia di discutere."

"Ma che fine avete fatto, tutti quanti?"

"Lorenzo ha frequentato davvero il DAMS, ma poi è entrato in banca, nella filiale di suo padre. Ha appena fatto domanda per la pensione. Cristina si è presa il brevetto di volo e porta i turisti in giro per la Namibia. Qualche mese all'anno. Per il resto se la gode."

"Chi, la stalinista?"

"No, la trotskista."

"E l'altra?"

"Ha messo su un'agenzia di viaggi, che poi ha venduto. Ora lei e il marito vivono sei mesi all'anno in Brasile, la figlia e qualche nipotino li vanno a trovare. Ah, siamo quasi tutti nonni!"

"E tu come fai a sapere tutte queste cose?"

"Abbiamo una chat. Non ti abbiamo chiesto di entrarci perché vediamo che non hai nessun account sui social, quindi pensavamo che preferissi essere lasciato in pace."

In effetti.

La mia attenzione viene quindi catturata da tre persone che conosco bene ma che non pensavo si frequentassero: Davide, Nico ed Enzo. I miei *hikikomori* preferiti.

"Davide, ma non stavi a Camogli?"

"Sì, infatti tra poco ci torno. Devo annaffiare l'orto. Al

tramonto, ché le radici assorbono meglio l'acqua. Ma all'amico che perde la mamma non si nega un saluto. E poi ne ho approfittato per andare a trovare Claudia, che non vedevo da qualche mese."

E da dietro spunta Claudia. Mi guarda e arrossisce. Io pure. Davide ci osserva e... chissà cosa pensa.

"Io mi sono inventato uno scalo tecnico a Linate, prima di ripartire per Città del Capo, ed eccomi qua," irrompe Nico con un tono e un volume non proprio rispettosi del luogo.

"Ah, Nico, il pieno di carburante è fatto. Ti metto l'aeromobile sulla pista di rullaggio?" dice Enzo manovrando un iPad.

"Enzo! Anche tu con il simulatore di volo?"

"Certo, sono il suo copilota preferito." E indica Nico, che annuisce soddisfatto.

"Marco, tu lo sai che non sono mai stato un appassionato di internet. Ma era un mio bias cognitivo."

"Un tuo...?"

"Un pregiudizio, diciamo così. Poi, in un sito di viaggi vedo questo annuncio di Nico che cercava qualcuno con cui condividere le lunghe tratte. Come dire di no? Ci diamo il cambio alla cloche, qualche battuta... e ci passa la giornata. Ah, sai che ho rivisto Terenzio? Guarda, è laggiù, con quelli del tuo liceo. Aveva rilevato l'officina dello zio, ma ora l'ha lasciata a suo figlio. Cavolo, come passa il tempo."

Enzo va avanti a parlare. A forza di stare chiuso in casa gli mancherà qualcuno che gli dia retta, visto che Marina è sempre in giro per lavoro (perlomeno, così dice lei), ma io non lo ascolto più perché poco distante, un po' defilata, seminascosta da un cipresso, spunta Lara. Istintivamente mi giro verso Luciana, che continua a raccontare chissà cosa a mia sorella. Allora faccio per andare verso Lara, alquanto stupito di vederla qui a Milano, al cimitero di Lambrate. Ma lei sgrana i grandi occhi neri e scuote rapidamente la testa come per dire: *No, non ti avvicinare*. E dietro di lei sbuca Juri. Poi Viktor. Mi guardo meglio intorno e riconosco anche Sascia e Pascia. Che diavolo vorranno da me? Non hanno un'aria amichevole.

Mi faccio largo tra quella piccola folla e mi avvicino alla fossa ormai completata. Due giovani stanno per calare la bara con delle funi robuste. Li fermo. Non sono felici, ma ubbidiscono. Io mi inginocchio accanto alla voragine e dalla tasca destra dei pantaloni estraggo un aggeggio che vorrei deporre sulla cassa. Loro capiscono e, con un lieve disappunto e un notevole sforzo, sollevano il feretro di mezzo metro. Tutt'intorno si è fatto un gran silenzio. Persino Luciana ha smesso di parlottare con Marzia (meno male, tra l'altro). Intanto le braccia dei ragazzi cominciano a sussultare dallo sforzo. Uno dei due, in particolare, pare non ce la faccia più. Con un gesto solenne depongo l'oggetto sulla cassa e faccio cenno che ora possono continuare il loro lavoro. Ma a questo punto tutti sono attratti dal piccolo aggeggio colorato. Si tratta di colori primari, vivaci, infantili: rosso, giallo, blu. È l'automobilina di Paperino, con la sua targa in evidenza: 313. Trecentotredici... Mamma, ti voglio bene.

Dopo Marzia, anche tutti gli altri passano accanto alla buca gettando una manciata di terra. Chi mi abbraccia, chi mi dà la mano, chi strizza entrambi gli occhi. Anche Lara mi si avvicina. Mi guarda. È più spaventata che dispiaciuta.

Si avviano tutti verso l'uscita del cimitero. Rimangono, imperterriti, solo i fratelli Zivago, che spuntano da altrettanti alberi; e continuano a fissarmi con aria minacciosa. Ma quando la ruspa, prima con la sua benna e poi con la lama di rinterro, finisce di compattare per bene il terreno e mettendo in moto i suoi cingoli si sposta con fragore, si scopre un'altra figura che chissà da quanto tempo era lì defilata, a osservare.

È una donna, anche se indossa uno scuro e austero abito maschile sotto un trench beige con il bavero alzato. Ha di sicuro più di settant'anni, capello corto, bianco, quasi argenteo. Fisico atletico. Occhi chiari bistrati con gusto, delicati colpi di fard sulle guance e un rossetto color pesca sulle labbra, naturalmente carnose. Avete presente Judi Dench nel ruolo di M, nei film di James Bond? Ecco, uguale! Mi guarda. Poi volge uno sguardo severo alla sua sinistra, quindi a destra. Io faccio altrettanto, cercando goffamente di replicare la sua durezza. Vedo solo cipressi, faggi, tigli... ma nessun umano.

I fratelli Zivago si sono volatilizzati.

Torno a guardare Judi con gratitudine.

Scomparsa, anche lei.

Otto

Quando sono nato avevo circa quattordici anni. Ero alto uno e settanta, pesavo ottanta chili. Un ragazzone, insomma. Ribelle.
L'ostetrica si avvicinò per tagliarmi il cordone ombelicale... me l'ero già tranciato coi denti.
Era il 20 luglio 1969. La città è deserta. Tutti sono incollati davanti al televisore. L'uomo è appena sbarcato sulla Luna. E io sono appena sbarcato sulla terra, pensavo, quando improvvisamente vedo un uomo cadere dall'alto. Cribbio, chi è? ARMSTRONG? *Suonava così male la tromba che l'hanno buttato giù dalla Luna? Buffo.*
Anche perché non era la prima volta che nascevo. La prima era stata... prima del Big Bang. Non c'erano né spazio né tempo. Tutto era ancora in un punto. Allora amavo Katia. E forse anche lei amava me. Ma come si faceva a saperlo? Tutti lì, pigiati, in quel cazzo di punto. Quindi, per non creare altri casini, per un po' di tempo sono stato Neutrino, poi atomo di Elio, Stronzio, quello parecchio, e poi Giraffa.
Il simbolo vivente dell'evoluzione. Quando tutti gli altri esseri viventi si aggrovigliavano, si calpestavano, strisciavano a mangiare le poche foglie rimaste, io, frutto di un provvidenziale errore genetico della natura, mi ergevo: alto, elegante, indisturbato. A mangiare.
Cosa?, che non c'erano neanche gli alberi. Sono nato Giraffa nel Paleozoico. C'era il sottobosco, quello c'è sempre stato. Ma di

bosco nemmeno l'ombra. Anche quella è venuta dopo (se non c'erano gli alberi, chi la faceva l'ombra?).
Poi fui tapiro. In Norvegia.
Voi direte: "Ma non ci sono tapiri in Norvegia!". Bravi. Difatti ero l'unico. Finii in un circo a fare il tapir-urlant: "UUUuuuhhh!".

"UUUuuuhhh!"

"Jessica, calmati, sto leggendo un testo del *grande* Moschini."

Jessica ti guarda, tira fuori la lingua, enorme e umida, prende la rincorsa sgommando e ti salta addosso.

Vi rotolate per terra. Fingete di fare la lotta. Poi la fate per davvero, come sempre. Alla fine, riesci a immobilizzarlo e cominci a sbaciucchiarlo. Lui si calma, ti strofina la testa sulle gambe e ti fa le fusa. Be', un Labrador maschio con gli occhi a mandorla, che per giunta fa le fusa, deve avere le idee ben poco chiare.

Avete ancora il fiatone, quando ti vibra la tasca. Tu speri sia Angela che, appena uscita dal lavoro, ti chiede cosa vuoi per cena. Angela in questi giorni si è trasferita a casa tua, che difatti non è mai stata così in ordine. Ma sul display appare un altro nome: *Nando*.

"Mirko, due grandi novità! La prima: ti stanno cercando per un'altra pubblicità. La *mucca verde* ha funzionato! Me l'ha detto Bonelli, che ha parlato con quelli dell'agenzia. Quella è gente seria. Quelli fanno i *focus group*... parliamo di roba scientifica. E ti vorrebbero per un'altra serie di film. Loro li chiamano film, ma sono degli spot, di quindici, venti secondi. Trenta al massimo. Solo che questa volta ti vorrebbero usare per il tuo talento specifico. Mi hanno chiamato e mi hanno chiesto esattamente cosa sai fare. Io gli ho detto che fai l'attore. Bonelli, che era collegato in remoto, si è tanto stupito, sai? Attore comico, mi sono permesso di precisare. Ho fatto male? Perché a te sul tragico ti ci vedo poco.

Comunque ascolta, appena gli ho detto 'attore comico', si è messa in moto la macchina creativa: l'Art, il Copy, gli Account... una quindicina di persone che hanno partorito una strepitosa idea. Ho partecipato a un pipiemme... lo sai, vero, che cos'è? Non ti preoccupare, l'ho imparato anch'io da poco. Pipiemme sta per *pre-production meeting*, che abbiamo fatto online. Senti l'idea: ci sei tu che ti esibisci in un locale fumoso. Oggi non si può più fumare nei locali, lo so, ho provato a dirglielo. 'Queste sono libertà creative,' mi hanno detto, hanno parlato di licenza poetica. Sulla storia del fumo si è discusso per due ore, ma il diopì... che non è una bestemmia, è una sigla mi hanno detto, DOP, vuol dire direttore della fotografia, anche se a me sembra più 'direttore della potografia'... comunque, il diopì è stato irremovibile. 'Nel locale fumeranno tutti, perché il fumo dà densità, volume alla luce.' Così ha detto: *volume alla luce*. Ma tu non ci pensare. Vediti la scena: locale fumoso, occhio di bue su di te.

Ah, qui ho detto una cosa che ha fatto molto ridere, anche se non pensavo facesse *così* ridere. Io l'avevo detta per proteggerti. Ho interrotto il diopì urlando: 'Eh no, su Mirko non gettate proprio nessun occhio di bue! Che poi si ustiona! E se proprio non potete farne a meno, usiamo una controfigura, chiaro?'. Ma loro parlavano di una luce tipo seguipersona, non di uova al tegamino. Però questa mia uscita è servita ad allentare le tensioni che inevitabilmente in quelle riunioni ci sono. Dopo erano tutti più allegri, rilassati.

Va be', torniamo al film. Luce su di te, ma ti si vede di schiena, in controluce. Sei solo una silhouette, mentre scopriamo il pubblico seduto ai tavolini, i camerieri che portano le consumazioni. Poi si sente una tua battuta: la chiusa di un monologo o, meglio ancora, una tua battuta secca. Questo puoi sceglierlo tu: *punchline* o *one-liner*, così hanno detto. La gente ride, applaude. Controcampo, e ti si vede finalmente in faccia, compiaciuto del risultato della tua performance. Tutto qui. Che ne pensi? Figo, no?"

"Be', sì, abbastanza. Però non mi hai detto cosa devo reclamizzare."

"Ah, certo. È il settore underwear. Biancheria intima. Un prodotto nuovo, di nicchia: Drybriefs."

"Drybriefs? E sarebbe?"

"Mutande asciutte! Una genialata. Pensa, il regista in quei trenta secondi vorrebbe anche far percepire un passaggio di tempo, come se il tuo monologo durasse un paio d'ore. Tu che gesticoli, la gente che ride, tu che bevi qualcosa, un cameriere che cambia un bicchiere, tu che butti là un'altra battuta, una signora piegata in due dalle risate. E per finire... la tua *punchline*! E scatta l'applauso, sul quale appare un *pay-off* (sarebbe una scritta) con un *voice-over* (una voce fuori campo. Oh, lì parlano tutti così) che dice qualcosa tipo: 'Tu sia bello tu sia brutto, bevi tanto bevi tutto, con Drybriefs tu resti asciutto!'."

"..."

"Poi ci hanno provato. Volevano usare lo slogan del tuo teaser (che tra l'altro è piaciuto a tutti!), farti mettere una mano dentro i pantaloni e dire: 'Questa non è una pippa... è Drybriefs!', tirando su l'elastico della mutanda con il logo. Ma io mi sono opposto. QUESTA NON È UNA PIPPA, È MIRKOMAX! non si tocca... Anche perché, non dovrei dirtelo, ma sono in contatto con un produttore di bambole, uno in gamba, uno che si è fatto da solo. Uno, per farti capire quanto è sveglio e intraprendente, che delocalizza la produzione in Cina per abbassare i costi. E io gli ho chiesto un preventivo per un pupazzetto di nome Mirkomax.

Eh? Dimmi che sono un ganzo! Magari per Natale lo lanciamo sul mercato insieme a una campagna a favore dei bambini affetti da malattie rare. Pensavo a una limited edition. Ho già in mente lo slogan, qualcosa tipo: 'Caro bimbo, la tua malattia sarà rara, ma mai come il nostro superesclusivo Mirkomax!'... Ma di questo parleremo più avanti."

"Fammi capire, vuoi farmi fare la pubblicità a delle mutande per incontinenti?"

"Tu sei pazzo. Questo prodotto non è rivolto agli incontinenti, che sono dei malati e quasi sempre vecchi. È il contrario. Si rivolge ai giovani che vogliono sentirsi liberi. Pensaci bene. Qui in Italia, nelle grandi città, ma anche nelle piccole, vedi tanti vespasiani? No, direi proprio di no, non siamo mica in Giappone, che ne è pieno... L'hai visto l'ultimo film di Wenders? Non ti preoccupare, neanch'io, ma ne parlavano tanto i creativi dell'agenzia... Dev'essere una palla: la storia di un uomo che di lavoro pulisce i cessi pubblici a Tokyo, daje a ride. Ma in effetti, come ci spiegava il direttore marketing, qui da noi non ce ne sono quasi più, di cessi pubblici. E se ti scappa la pipì mentre sei in giro? Prova a entrare in un bar e chiedere se puoi usare il bagno. Ti guardano malissimo; ti dicono che è rotto o, bene che ti vada, prima di darti le chiavi di un lurido buco nel cortile, ti obbligano a consumare almeno un caffè. Con tutte le conseguenze nefaste del caffè: disturbi del ritmo cardiaco, palpitazioni, tremori, insonnia, ipereccitabilità. La giovane account, una tipa tosta, capello corto, piena di piercing... sicuramente lesbica, ha fatto vedere un sacco di slide con tabelle e grafici che dimostrano come il caffè faccia molto male alla salute. E con le nuove Drybriefs, invece, hai risolto per sempre! Ti scappa? Non devi più fermarti nei bar a elemosinare fetide turche intossicandoti di caffeina..."

"...Ti pisci addosso per strada."

"Esatto!"

Jessica pare aver capito il tuo disagio e comincia a ululare.

"Vabbè, poi vediamo. Ma tu hai parlato di due grandi novità. L'altra quale sarebbe?"

"Ah, sì. Mi ha chiamato Restelli, hanno visto il materiale della *Vedova consolabile*. Dice che sei fantastico. A parte che si scusa, non si era reso conto che tu fossi così conosciuto. Se n'è accorta per prima la montatrice, anzi il suo assistente, un junior con contratto da stagista che quando ha visto la tua faccia emergere dalla bara con quell'espressione così stralunata ('Così espressiva,' ha detto poi Restelli) ha cominciato a gridare: 'Ma questa non è una pippa, è Mirkomax!'.

Lei, la montatrice, lo voleva cacciare, anche perché stavano visionando degli scarti, dei ciak interrotti, alcuni addirittura fuori fuoco. Be', hanno montato tutto. Per non parlare della scazzottata che c'è stata dopo, quando hai tolto il velo alla vedova. Dice Restelli che quando urli vedendo la sdentata non si può non ridere. Vero è che sulla carta il film non era una commedia, ma un soft porno d'autore, per questo il ministero della Cultura lo aveva finanziato, ma chi se ne accorgerà? E poi, chi l'ha detto che in un film d'autore non si può ridere? Parole di Restelli. Quindi, c'era da girare una scena nel parcheggio di un supermercato, un flashback, era un monologo drammatico che però non convinceva nessuno, quindi lo stanno riscrivendo pensando a te, a quelle facce che solo tu sai fare. E non sarà più un flashback, ma sei proprio tu che da quella bara ti sei alzato, hai menato un po' tutti e ora vaghi per la città seminando terrore tra gli uomini ed entusiasmo tra le donne. Diciamo che da morto vivente, ma con il tuo bel rigor mortis... ci siamo capiti?..." Nando sghignazza di gusto, "ti aggiri per i cimiteri e ti fai tutte le vedove che incontri. Hanno chiamato un nuovo sceneggiatore esperto di zombie. Restelli però mi ha detto che se ci tieni firmi anche tu la sceneggiatura, perché in fin dei conti l'idea di sollevarti da quel catafalco con il foulard stretto intorno alla faccia è stata tua. Anzi, mi ha detto che, se vuoi, in tutta la comunicazione scrivono: *Da un'idea di Mirkomax*.

E poi, ma questa è solo un'indiscrezione, quindi tientela per te, stanno sviluppando uno spin-off con il marito, cioè il tuo personaggio, come protagonista. C'è un titolo molto provvisorio, un po' alla Wertmüller: *Il marito della vedova travolto da un insolito destino in un azzurro mare d'inverno*, che ha già dei finanziamenti da un resort di Malta che vorrebbe promuovere la stagione fredda.

Vabbè, ora ti devo lasciare, che ho un appuntamento con Galliani. Per la prossima stagione mi vuole prendere Totti... Cristian, il figlio. Ha già Maldini... Daniel. Vorrebbe mettere su una squadra tutta di parenti e io gli sto dando una mano.

Oh, chiama quando vuoi! Appena vedo il tuo nome sul display del cellulare, interrompo qualsiasi cosa io stia facendo e rispondo! Tra l'altro, per proteggere la tua privacy, sai come ti ho segnato nella rubrica del telefono? Questa-non-è-una-pippa!"

E, con una gran risata accompagnata da colpi di tosse, butta giù.

Jessica ti guarda. Tu la guardi. Vi guardate.

Riprendi a leggere il testo di Moschini, al quale pare tu

abbia appena portato via il ruolo di marito inconsolabile della vedova consolabile.

Ma, dato che quella prima parte non ti aveva troppo convinto (lasciami dire perché probabilmente non l'avevi capita: c'erano degli evidenti riferimenti a Calvino che tu di certo non avrai neppure colto), salti un bel po' di pagine e vai dritto al capitolo che ti incuriosisce di più:

Fare lo stand up, e che ci vuole?

Dicono che sono "vecchio", che la mia comicità è "datata". Oggi vanno molto gli stand up. Allora mi sono informato (perché io se c'è bisogno mi informo, studio, leggo... solo se c'è bisogno, sia chiaro). E ho scoperto che non è così difficile fare lo stand up comedian.
Intanto, partiamo dall'etimologia. Stand up vuole dire "in piedi". Quindi stand up comedian vuol dire: comico in piedi. Perché, avete mai visto un comico seduto? Sì, qualche volta, ma non ha fatto tanta strada. A meno che la sua sedia non avesse le rotelle. [Risate]
Poi scopro che, oltre allo stare in piedi, ci sono tante altre regole dello stand up, molto rigide, che se non vengono rispettate non si può dire che tu sia veramente uno stand up.
Va bene, dico io, vediamole 'ste regole.

REGOLE DELLO STAND UP

1. Microfono rigorosamente a filo
Ma santodio, tanta fatica a inventarsi le onde radio che ti permettono di farne a meno... Invece no. Filo. Se hai un radiomicrofono sei un pirla. Se poi hai un microfono ad archetto che ti permette di avere le mani libere, sei proprio uno sfigato.

2. Sgabellino (meglio se non si usa)
Ma è bello averlo, lì a fianco, come una coperta di Linus. Tutt'al più, ci puoi posare un bicchiere d'acqua.

3. Bicchiere d'acqua (meglio se di whisky)
Va bene anche acqua colorata. Basta che sembri whisky. O, se non trovi l'acqua colorata o il tè che somigli all'whisky, può bastare un bicchiere d'acqua normale. Però quando ne bevi un sorso devi fare una faccia così. [Faccia schifata. Risate] *Come se fosse vodka ad altissima gradazione che ti sta bruciando le budella.*

4. Parlare di sé
Partire dal proprio vissuto. Però se hai un vissuto veramente di merda, e per vissuto di merda intendo una vita normale, media, con genitori che mediamente ti volevano bene, tu che andavi mediamente bene a scuola, soprattutto alle medie [risatine], *qualche amico che però non ti ha mai bullizzato... inventa! Inventati una biografia maledetta. Preferibilmente con violenze subite da giovane, da preti anziani, che ti hanno lasciato il segno, tanto che oggi non puoi vedere un chierichetto senza avere un'erezione.* [Risate, ma anche qualche "ooohhh" di disappunto ci starebbe bene] *E racconta della tua identità sessuale. Meglio se bella fluida.*

5. Essere politicamente scorretti.
E per farlo dire tante parolacce: froci, negri, troie... Meglio se in inglese. Roba tipo: squirting, gang bang, golden shower. [Sorrisi]
Come vedete, dico con tanta naturalezza parole così, senza vergognarmi, perché non so mica esattamente cosa vogliano dire. Io a scuola ho studiato francese. [Risate] *Mio papà, quando avevo tredici anni e dovevo scegliere la lingua straniera, mi ha preso in disparte, mi ha guardato negli occhi e mi ha detto: "Dadone," sì, mi chiamava Dadone, "la lingua del futuro è il francese!".* [Baciarsi l'indice della mano destra e dirigerlo verso l'alto insieme allo sguardo, come a salutare il babbo morto.]
Uno che vedeva lungo. [Risate]
Così ho dovuto arrangiarmi da solo e imparare l'inglese da autodidatta. Sono andato su YouTube e mi sono iscritto a un corso intensivo. Durato un giorno. Più intensivo di così... [Sor-

risi] *Adesso conosco un sacco di parole inglesi: "dick", "pussy", "fist fucking"... Ora che ci penso, più che YouTube doveva essere YouPorn.* [Risate]
A proposito: cancella cronologia! Cancella cronologia! Cancella cronologia! [Risatone. Potrebbe anche scattare l'applauso. Nel caso, goderselo!]

E poi un vero stand up deve avere delle "references". "Reference" è una parola inglese. L'ho imparata nel mio corso intensivo. Me la ricordo bene perché veniva subito dopo "petting". [Risate]

"Mirko, cosa stai facendo?"

"Ah, sei rientrata? Non ti avevo sentito."

"Con chi stavi parlando?"

"No, stavo leggendo ad alta voce..."

"Cosa?"

"Ma niente, sono appunti che sto prendendo," dici facendo scattare il pulsante della tua penna a sfera. "Te l'ho detto, la settimana prossima devo andare a Milano a fare un *open mic.*"

"Come 'a fare'? Vuoi dire 'a partecipare'."

"Certo. E io che ho detto?"

Angela ti si siede accanto: "Dai, fammi sentire qualcosa".

"Sono solo appunti..."

Quando Angela fa quegli occhioni e con l'indice e il medio della sua mano ti *cammina* dall'avambraccio alla clavicola, non le si può negare nulla. E allora ci caschi. E provi a (re) citare a memoria quello che hai appena letto. Le parli di una giraffa che faceva squirting nel Paleozoico urlando come un tapiro che beve acqua che sembra vodka. E fai la faccia schifata come se ti si bruciassero le budella.

Poi guardi la faccia di Angela. Che non ha espressioni.

"Oh, son tutte cose da sistemare."

"Immagino."

Ci riprovi. Riattacchi a leggere cercando di dare il meglio. Ti aspetti una risata che non arriva. Strano, pensi. Il materiale sembrava buono. Ma Angela è fatta così. Non ti regala niente. E questa è la prova che ti vuole davvero bene. Ti ha tenuto Jessica per settimane pur avendo terrore dei cani, ora che sei tornato a casa si è praticamente trasferita da te. E ti aiuta, senza fartelo troppo pesare. Oggi, per esempio, tornando dal lavoro è andata a fare la spesa, poi cucinerà un bel branzino con carciofi e patate, e adesso dovrebbe pure ridere a battute che non sai dire, che non capisci, che non ti appartengono? Ti squilla il telefono. Numero sconosciuto.

"Angela, rispondi tu?"

Ti hanno fatto sempre paura gli sconosciuti, anche se in questo caso è soltanto un numero.

"Pronto? Sì, sono io. No, certo che non sono Mirko, sono la sua segretaria... Ma chi le ha dato questo numero? Fernando chi? Ah, Nando, certo, il nostro agente..."

Tu la guardi come a chiederle: *Ma che cazzo dici?*

Lei ti fa un segno con la mano come a risponderti: *Lascia fare a me!*

"Ma certo, non c'è problema, anzi. Cominciamo col dire che è un palazzo d'epoca. Come di che epoca... d'epoca! Diciamo a cavallo tra il Seicento e il Novecento. Sì, esatto. Lei scriva 'a cavallo', la gente capirà.

Un ampio androne, un vasto pianerottolo che si affaccia su una comoda entrata, con una porta blindata che però Mirko lascia sempre aperta, perché qui al Sud ci si fida dei vicini. E anche degli stranieri. Poi, entrando abbiamo uno spazioso portaombrelli, perché chi dice che al Sud non piove mai o non ci è mai stato o mente, una vetrata in stile art déco da cui si accede al salone. In stile rococò. Sono mobili degli antenati di Mirko, che erano nobili... No, non sono decaduti! ...Ah, deceduti. Certo. Però lei scriva 'passati a miglior vita'.

Poi c'è una cucina a vista con elettrodomestici a norma. Lo scriva, 'a norma'. Norma Cee, se vogliamo essere precisi. Provvista di un comodo passavivande... Come, scusi? In che senso, 'a cosa serve un passavivande se la cucina è a vista'... Serve, un passavivande serve sempre, e poi questo fa anche da microonde. Con la chiusura a ghigliottina, che ci puoi pure affettare le verdure."

Tu la guardi esterrefatto.

Lei continua: "Poi abbiamo un lungo corridoio pieno di disimpegni... Come dice, scusi? Libri? Certo, questa casa è piena di libri. Secondo lei perché c'è questo lungo corridoio? Per contenere tutti i libri di Mirko. Ma anche i disimpegni sono delle nicchie con scaffalature contenenti libri. Divisi per argomenti. Ah, tutti letti, eh. Lo scriva: 'Mazzotta i libri li legge, magari non li compra, li ruba, ma li legge!'.

E si arriva finalmente alla camera da letto, un letto rotondo king size, cabina armadio che introduce alla sala da bagno, il locale più grande della casa. C'è una vasca idromassaggio a sfioro, con vista su Gallipoli. No, Nardò non è sul mare. Gallipoli è disegnata. Un affresco su tutta la parete, tipo trompe-l'oeil.

Poi, solite cose: sauna, bagno turco, doccia emozionale... Sì, la casa è tutta qui. In fondo è la casa di un single, per quanto conosciuto è un ragazzo che vive da solo...".

Jessica guaisce.

"Ah, ho dimenticato una cosa importante. Non vive da solo, ho detto una bugia. Vive con Jessica... Se si vogliono bene? Di più! Passano le giornate a leccarsi. Sì. Lo scriva pure. No, non è qui. È fuori con Jessica. Le fa fare la passeggiatina serale. No, per carità, Jessica non esce mai da sola. Quando lui lavora la chiude in casa... No, non si lamenta mai. Certo, quando deve fare i suoi bisogni un pochino ringhia, ma poi lui torna, si leccano un po' e fanno pace... Ma si figuri, è stato un piacere."

"Chi era?"

"Un giornalista di 'Esquire'. Hanno una rubrica sulle case dei vip."

"E perché hai detto tutte quelle stupidate?"

"Volevi che gli dicessi la verità? Che vivi in un monolocale fetido, senza riscaldamento, con boiler non a norma e sfratto esecutivo?"

"No, questo no, ma..."

Prrrot. Angela aveva involontariamente riattivato la suoneria del tuo telefono. Ancora un numero sconosciuto.

"Angela, rispondi tu? Sarà il giornalista che ha dimenticato di chiederti qualcosa..."

"Pronto? Sì, è il suo telefono. No, non è qui. Sono... la sua segretaria. In che senso deve venire subito a Roma? No, non mi risulta. Come dice? Ha un'offerta che non può rifiutare? Ma chi parla, scusi?... Juri chi?"

Juri.

E al suono di quella parola, cadi.

Come corpo morto cade.

9.

Da quella volta al cimitero di Lambrate, quando aveva visto i fratelli Zivago spuntare da dietro gli alberi, e poi quella misteriosa signora, Marco non riusciva a dormire sereno.

Il suo agente era scomparso. E come succede nei rapporti amorosi, da quando Nando non lo tempestava più con le sue telefonate a qualsiasi ora, era Marco che lo cercava, invano. Il cellulare era staccato e in ufficio rispondeva sempre Samantha, la sua segretaria, che non sapeva mai dove fosse. La segretaria più inutile che avesse conosciuto.

Dopo la morte della mamma, Marco non aveva più alcun legame con Milano, nessuna necessità di incombenze quotidiane, nessun dovere morale. E questo, anziché regalargli serenità, gli creava ansia. Ora non aveva più scuse. Poteva fare quello che voleva. Aiuto! Perché sottintendeva che lui sapesse cosa voleva. E così non era.

Gli tornò in mente *Il fu Mattia Pascal*, il caso fortuito che permise a quel Mattia di scomparire dal suo vecchio mondo, di vivere un'altra vita. Ecco, vivere un'altra vita. Questo gli sarebbe piaciuto. Già, ma quale? Da ragazzino, ai tempi dei Festival di Re Nudo, si immaginava un futuro da hippie, amore libero a gogò, qualche canna senza stordirsi troppo e una vita da girovago. Vedere il mondo, vivere il mondo, senza barriere, senza muri se non quelli linguistici. Sì, perché il suo inglese lasciava decisamente a desiderare. Aveva provato a studiare l'esperanto, contando sul fatto che un giorno avrebbe preso piede, cosa che non era avvenuta. Per fortuna, tra l'altro, visto che neanche quello era riuscito a imparare. Ma era un maestro del linguaggio non verbale. Insomma, non era un problema di comunicazione. Era un problema di cosa fare della sua vita. E poi la vita da vagabondo, suo malgrado, l'aveva già provata, da bambino, e i racconti di sua madre non erano certo rassicuranti. Ad esempio, il motivo per cui non gli avevano mai preso un animale, che lui avrebbe fortissimamente voluto, era proprio il loro cambiare spesso città, Paese. Chissà se la scelta di non avere figli c'entrava con quel suo passato nomade, con i racconti di sua madre. A volte pensava addirittura di non essere mai stato desiderato, ma capitato per caso e tenuto per inerzia, per indolenza, per pigrizia.

E questo fatto di non avere figli, se da un lato era un sollievo, dall'altro gli toglieva significato. Cosa avrebbe lasciato? Che senso avrebbe avuto la sua presenza nel mondo?

Marco si era sempre definito ateo. Un po' lo faceva per provocare i bigotti che lo circondavano (veri o falsi che fossero), un po' per, diciamo, scaramanzia. Anzi, per esorcizzare la paura del nulla che un vero ateo deve saper gestire. Non credeva in un Dio creatore dell'universo, onnisciente eccetera eccetera, ma credeva negli Angeli. Era convinto di avere un Angelo custode che non lo abbandonava mai, lo aiutava a non inciampare, a prendere decisioni. Gli parlava e... lo ascoltava. Li aveva anche studiati, gli Angeli, da assoluto autodidatta. Quindi, conosceva le loro gerarchie: dai Serafini ai Cherubini giù giù fino agli Arcangeli e ai più umili Angeli. Che erano quelli che amava e rispettava di più. Soprattutto il suo.

Non approfondiamo troppo questo argomento perché lui non ne sarebbe contento, di queste cose non parlava con nessuno. Aveva amici, certo. Aveva avuto storie d'amore, anche importanti. C'erano stati sua madre e suo padre. Ora c'era Luciana. Forse Lara, con cui poteva confidarsi. Ma riguardo agli Angeli, al suo particolare senso del trascendente, al suo *amico invisibile*, non amava condividere opinioni con nessuno. Si vergognava? Forse. O, più probabilmente, era una sfera tutta sua, che amava proteggere. Tuttavia, non c'era giorno che lui non iniziasse con la sua giaculatoria: “Angelo di Dio che sei il mio custode, illumina, custodisci, reggi, governa me...”.

Padre Gianfranco ne sarebbe stato felice, se solo lo avesse saputo. Era lui che gli aveva insegnato tutte le preghiere canoniche, e anche qualche salmo. Che Marco aveva cantato in chiesa. Di quel suo passato da chierichetto non abbiamo ancora parlato, vero? Aveva non solo servito messa, ma anche suonato la chitarra elettrica (distorta!) durante le messe beat che negli anni della sua adolescenza andavano di moda. A ripensarci, è stato proprio il prototipo del cattocomunista. Come dimenticare, ad esempio, il suo viaggio/pellegrinaggio a Taizé per conoscere personalmente Frère Roger, con Sergio e Lorenzo, suoi amici di Cristiani per il Socialismo. Taizé, in Borgogna, dove tra l’altro perse la verginità, in tenda, con una veronese di cui non ricorda il nome. Ma le tette sì. E tutti i sensi di colpa che ne seguirono, perché nella mente gli rimbombavano le parole di padre Gianfranco: “L’uomo, a causa del peccato originale, tende al male! È portato a compiere cattive azioni. E solo con la volontà, l’arbitrio e tanta preghiera si riesce, a fatica, a essere buoni”.

Per suffragare la sua tesi, padre Gianfranco disegnava sulla lavagna una retta, che lui chiamava ascissa. Nel mezzo metteva uno zero e poi a destra più uno, più due eccetera e a sinistra meno uno, meno due eccetera. Dallo zero faceva partire una linea verticale che lui chiamava ordinata, dove in realtà c’era un omino stilizzato. Quell’omino però lo disegnava storto, anzi obliquo. Una diagonale che partendo dallo zero andava verso sinistra, cioè verso il segno meno, che secondo lui era il male. Ecco, quella era la condizione dell’uomo alla nascita (sempre a causa del peccato originale. Maledetta mela, maledetta superbia, maledetta Eva e la sua curiosità): l’uomo, da sempre, da subito, era portato a peccare. E solo con graaandi sforzi (diceva proprio così padre Gianfranco, “graaandi sforzi”, con tante *a*) l’uomo riusciva a raddrizzarsi e, non diciamo a fare il bene (a quello ci pensavano i santi, i martiri, i *giusti* diremmo oggi), ma almeno a non commettere troppi peccati.

Maledetti sensi di colpa. Marco ricorda ancora con terrore quando sotto Natale tutti quelli che andavano a catechismo, cioè tutti, erano *invitati* a fare dei fioretti. Per ogni fioretto si aveva il diritto di prendere un batuffolo di cotone e infilarlo in un grande catino di metallo. Il giorno di Natale, poi, dopo averla imbevuta con un po' di alcol, si dava fuoco a quella montagna di cotone. Ma, attenzione: il perfido padre Gianfranco diceva che i residui della combustione, quei pezzetti di cotone annerito e non bruciato, erano i fioretti falsi. In pratica sosteneva che alcuni di loro avevano messo dei batuffoli nella bacinella senza averne il diritto, perché non avevano fatto alcuna buona azione o perlomeno non l'avevano portata a termine.

Ovviamente, ognuno di loro si sentiva colpevole.

Che tipo, padre Gianfranco. Era sempre lui quello che, davanti a tutti, raccontava i peccati che aveva ascoltato durante le confessioni. E per rispettare il precetto che la confessione è segreta e si può parlare del peccato ma non del peccatore, usava questa formula: "C'è uno o una che mi ha confessato che...".

Solo che scendeva così nei particolari che tutti capivano di chi stesse parlando. Tipo: "C'è uno o una che mi ha confessato che si è fatto una pippa...". Diceva "pippa", e così intanto escludeva tutta una metà del cielo. "Si è fatto una pippa guardando su 'Topolino' la pubblicità della Polistil con Paola Pitagora." E immancabilmente tutti guardavano Marco, perché sapevano che era lui che aveva l'abbonamento a "Topolino", che faceva la collezione delle automobiline della Policar... e che amava Paola Pitagora. Amava tutto di lei: il taglio dei capelli a caschetto, la piccola fessura tra gli incisivi, le minigonne bianche... e quelle piste a quattro corsie con paraboliche, ponti, chicane, che le scorrevano accanto, sotto. E lei inginocchiata...

Ancora oggi Marco, quando ci ripensa, si eccita.

Adesso sta tornando a casa dopo la sua seduta con l'analista, un po' deluso. Deluso perché ha fatto un viaggio a vuoto. L'esimio professore, il freudiano che lo tratta sempre male

(Per il mio bene?, si chiede Marco cercando una giustificazione), è sparito. Non si è fatto trovare. Non era proprio in casa. Ha provato a chiedere ai vicini, che hanno confermato di non vederlo da giorni. Scomparso? Anche lui? Senza lasciare traccia. Non si fa così. Si avvisa, si trova un pretesto plausibile oppure semplicemente ci si scusa, e che diamine!

Ma, alzando lo sguardo verso il balcone di casa sua, qualcosa non torna. La porta finestra è spalancata. Strano. Lui è sicuro di averla chiusa. Fa parte delle sue piccole paranoie quotidiane: chiudere bene le finestre, controllare che il gas sia spento, mettere l'antifurto, che in realtà non ha. Si tratta di una finta spia rossa installata sulla porta dal suo amico elettricista.

Con qualche apprensione entra nell'androne e lo accoglie Luciana, visibilmente preoccupata.

"Marco, ma il tuo cellulare è sempre spento?"

"Più o meno."

"Vabbè. Sono venuti dei tuoi amici a cercarti. Erano tre, con dei nomi strani. E delle barbe lunghe."

"Cazzo, i fratelli Zivago..."

"Hanno detto di essere i fratelli di Lara, la tua... ragazza."

E mentre pronuncia quell'ultima parola, le si incrina la voce.

"Gli ho detto che non c'eri, che non ti conoscevo, che ero io la tua fidanzata... mi sono un po' incasinata, lo ammetto. Poi, ho sentito un fracasso come di vetri rotti al piano di sopra. Allora sono salita per controllare e ho capito che quei rumori provenivano da casa tua, ho aperto e ho visto..."

Luciana scoppia a piangere. Un pianto nervoso, spaventato. Marco la abbraccia. Le accarezza la nuca, che sa piacerle molto. Lei lo lascia fare. E ovviamente si apre il portone e compare lo Scaccabarozzi, che sale le scale in silenzio. Ma è un silenzio che pesa più di molte parole. I due capiscono che è meglio entrare in casa.

Luciana si placa e continua, non senza qualche singhiozzo: "Ho visto una signora, una signora anziana che prendeva a colpi di karate un altro omone con la barba, che però è riuscito a scappare giù dalle scale e non l'ho più visto, né lui né i fratelli di... *Lara*".

E a quel nome ancora le si rompe la voce.

"Quindi siamo rimaste lì, io e lei, la signora. Ci siamo guardate a lungo. Non sapevo cosa dirle, cosa chiederle, se ringraziarla o averne paura. Non ci siamo dette una parola. Lei ha girato per casa tua, guardava tutti i mobili, la libreria, la cassettiera, il tuo letto. Io l'ho seguita per controllare che non rubasse niente. Poi lei, lievemente infastidita, mi ha piantato gli occhi negli occhi. I suoi sono diventati una fessura. Occhi da gatto. Belli ma un po' diabolici. Ha quasi accennato un sorriso e se n'è andata. Io ero immobilizzata. Terrorizzata." Luciana fa una lunga pausa, quindi prende fiato, coraggio e chiede: "Ma chi è Lara?".

"Una che lavora nel cinema. È molto arrabbiata perché ho abbandonato il set. Ma tu lo sai, la mamma stava male, dovevo tornare a casa."

"Perché quel signore brutto ha detto che è la tua ragazza?"

"Perché è un idiota. Come tutti i suoi fratelli. Idioti e pericolosi."

"Senti, tu puoi dirmi anche la verità, mica siamo sposati, mica sono gelosa. Guarda, facciamo così: ci diciamo una cosa ciascuno, una cosa che non ci siamo mai detti?"

"..."

"Comincio io. Anzi, te ne dico due, di cose che non sai."

"Tipo?"

"Ti ricordi di Maurizio?"

"Maurizio?"

"Sì, quello che faceva l'attrezzista, anzi lo fa ancora. Che era stato arrestato mentre lavorava a un tuo film."

"Certo che me lo ricordo."

"Be', allora io e te non ci conoscevamo ancora. O meglio, io ti conoscevo, ma tu no. Ecco, io a quei tempi ero... la sua ragazza. Siamo stati insieme un paio d'anni. Anzi, considerando il periodo in cui è stato in carcere, quasi quattro. Una storia importante."

Marco ascolta, attonito.

“Ero innamorata. Per lui ho rischiato persino l’arresto.”
“...”
“Tu sai che è stato in isolamento per diciotto mesi. Nessuno poteva vederlo, nemmeno io. Però dai suoi avvocati avevo saputo dove lo avevano rinchiuso. E il primo Capodanno che ha passato in carcere ho voluto fargli una sorpresa.
Era a Catanzaro, e io sono andata lì il trentun dicembre, mi sono appostata fuori dalle mura e a mezzanotte ho sparato dei fuochi artificiali verso la finestra della sua cella. Gli avvocati lo avevano avvisato di guardare il cielo a quell’ora. Mi ero anche portata una bottiglia di spumante che mi sono bevuta da sola. Abbiamo salutato così il nuovo anno.
E il mio gesto un po’ folle è stato premiato. Le guardie carcerarie stavano festeggiando pure loro e non si sono accorte di nulla. Poi ho saputo che sparare dei mortaretti, se pur innocui, nelle vicinanze di un carcere di massima sicurezza è un reato penale, ma io ero innamorata di Maurizio e anche se lo avessi saputo lo avrei fatto lo stesso.”
Marco ora guarda Luciana non più, o non solo, come la sua vicina del piano di sotto con la quale condividere avventure erotiche ad alta dose di pericolosità culinaria. La guarda anche con un filo di gelosia.
“Mi hai detto che mi avresti detto due cose che non so... Quale sarebbe l’altra?”
“Ah, sì!” Luciana ora non sa davvero come dirlo senza risultare una stupida. “...Non sono venuta ad abitare qui per caso. Ci sono venuta perché sapevo che ci abitavi tu.”
Marco è frastornato. Il pensiero va dallo scampato pericolo causato dai fratelli Zivago (perché, poi, sarebbero venuti a cercarlo di nuovo?) alla misteriosa signora (che dalla descrizione di Luciana è convinto sia la stessa vista al funerale della mamma). Ma soprattutto, le sue sinapsi sono occupate dall’immagine di Luciana e Maurizio che fanno l’amore... e vorrebbe tanto sapere quando si sono lasciati e perché. Lei avrà seguito il suo processo? E dovrebbe raccontarle della sua codardia in quell’occasione, del suo atteggiamento pilatesco, che forse lei conosce benissimo.

Ma tutti questi pensieri vengono schiacciati e scacciati dall'ultima frase di Luciana: "Ci sono venuta perché sapevo che ci abitavi tu".

Cerca di riavvolgere il nastro del loro rapporto, dall'incontro casuale sul pianerottolo, che a questo punto si fa fatica a definire ancora casuale, alla mostarda di Digione, al ficus e alle begonie da annaffiare...

Luciana lo guarda, teme di aver fatto una cazzata, di avergli detto troppa verità in una volta sola. E lui non sa come reagire. Se arrabbiarsi, dirle che è una bugiarda, che lo ha raggirato, che non si fa così. Oppure esserne lusingato. Tutto sommato è una bella ragazza, decisamente più giovane di lui che... che... quasi non osa dirlo neppure a sé stesso... che si è innamorata di lui. A sua insaputa. Senza che ci fosse una conoscenza reale, ma solo per la sua immagine pubblica, per i suoi film, forse per qualche intervista... Ne ricorda ad esempio una in particolare, scritta da un suo amico giornalista che, cosa rara, è rimasto più amico che giornalista, nella quale si era davvero lasciato andare, aveva raccontato cose di sé con un'impudicizia di cui lui stesso si era stupito. Prima o poi glielo chiederà, se galeotta era stata quell'intervista. No, l'aggettivo "galeotto" era meglio non usarlo, vista la storia con Maurizio.

E mentre nella mente di Marco scorrono tutti questi pensieri, Luciana è lì che aspetta: una reazione, un commento. In realtà non si aspetta niente di buono. Il silenzio di Marco le pesa ogni istante di più.

Poi lui le infila le mani nel caschetto di capelli, il caschetto che gli ricorda quello di Paola Pitagora nella pubblicità della Polistil, riprende ad accarezzarle la nuca e la bacia appassionatamente stringendola a sé.

E se è vero che la donna quando non capisce si innamora, è altrettanto vero che l'uomo si innamora quando capisce. O perlomeno quando pensa di aver capito.

Nove

Il giorno fatidico si avvicina. Il GhePensiMI è lì che ti aspetta. E tu non hai ancora deciso cosa dire. In fin dei conti si tratta di trovare appena cinque minuti divertenti, possibilmente con una bella chiusa. Una *punchline*, come direbbe Nando. Ti rituffi nella lettura del testo rubato al grande Marco Moschini.

Domanda: si può essere politicamente scorretti raccontando una barzelletta di Pierino? Proviamoci:
Pierino torna a casa da scuola. Fa il tempo pieno, quindi è pomeriggio inoltrato. È insolitamente allegro, quasi eccitato. La madre se ne accorge. Ne è contenta ma, come tutte le mamme, vuole saperne di più. Lo tempesta di domande, e alla fine scopre il motivo di tanta euforia. Pierino le confessa che proprio quel pomeriggio ha avuto la sua prima esperienza sessuale. Insomma, ha fatto l'amore per la prima volta. La mamma trasecola. "Ma Pierino, hai quindici anni!" Vorrebbe sgridarlo, ma non le vengono le parole giuste. Decide così di chiuderlo nella sua cameretta per punizione, urlandogli: "Stasera sentirai tuo padre quante te ne dice!".
E la sera, appena rientra il padre, lei lo investe con un uragano di parole, gli racconta quello che le ha detto Pierino, quello che ha fatto. E ora tocca a lui, al padre, da uomo a uomo, fargli un bel discorsetto.

Il padre quindi entra nella camera del figlio ed è davvero frastornato. Non sa bene cosa dirgli. Pierino è seduto sul suo lettino, immobile, con lo sguardo perso nel vuoto, ma per niente triste. Il padre indugia, poi si decide e, sedendosi sul letto accanto a lui, gli dice: "Pierino, vedi, la mamma mi ha detto cosa ti è capitato oggi. È preoccupata perché sei ancora giovane, e la capisco. Ma capisco anche te. Diciamo che forse è un po' presto, ma quello che ti è accaduto è molto, molto bello... Anzi, sai che un pochino ti invidio?".
Il padre è davvero combattuto. Da un lato sa che, come vorrebbe sua moglie, dovrebbe sgridarlo, ma l'orgoglio maschio è più forte, allora gli si avvicina, gli dà un lieve pugnetto complice sulla guancia e gli sussurra: "Be', questa è stata la tua prima volta. E la seconda, quando pensi possa accadere?".
"Presto, papà. Ma non subito. Sai, mi fa ancora un po' male il sederino!"

Si apre la porta ed è Angela che rientra, dopo una giornata di duro lavoro con i suoi extracomunitari alle prese con la lingua italiana.

Tu nascondi prontamente i fogli sotto il cuscino del divano. Jessica non le va neppure incontro. Sa che Angela non ama i cani e persino le sue effusioni la spaventano. Per cui, da cane intelligente, evita. Angela percepisce il tuo disagio, ma non ne comprende le ragioni.

Ti ha visto però nascondere qualcosa sotto il cuscino, per cui ti si butta addosso, ti abbraccia, ti bacia, ti accarezza con la mano destra, mentre con la sinistra tira fuori quello che stavi leggendo.

Sfoglia il fascicolo.

"L'hai scritto tu?"

"Sì. No. Abbastanza," balbetti.

"Come abbastanza?"

"È di un mio amico. Sono delle idee che abbiamo sviluppato insieme, poi lui le ha messe giù e io stavo controllando che non avesse scritto stupidate. Cosa che secondo me ha fatto," dici con una foltissima coda di paglia.

Angela apre a caso e prova a leggere:

Umorismo provvisorio di un povero aspirante stand up

A chi ti dice in bocca al lupo, cosa bisogna rispondere?
Una volta era chiaro. Forse un po' banale, ma la risposta era una sola: "Crepi il lupo".
Da qualche tempo, però, si sente sempre più spesso dire con convinzione: "Viva il lupo!".
Qual è la risposta giusta? Ma poi ce n'è una giusta? Immagino siano gli animalisti a volere che il lupo viva.
Ma anche con te in bocca?

I tappi delle bottiglie di plastica legati alla bottiglia. Perché? Come se il problema fosse la dispersione nell'ambiente del tappo e non della bottiglia stessa...

Perché negli hotel anche di lusso ci sono le grucce appendiabiti senza il gancio? Hanno paura che le rubino? È questa la fiducia che hanno nei confronti della loro clientela? Sanno di avere a che fare con dei ladri? E uno come me, che ladro non è, dovrebbe utilizzare un albergo frequentato da ladri? Sapete cosa faccio io per far capire agli albergatori che non è vero che noi ospiti rubiamo le grucce con i ganci? Rubo anche quelle senza ganci!

Angela ti guarda. È evidente che vuole vedere la tua reazione, ma la sua faccia è impassibile. Non si capisce proprio se quelle battute le piacciono o no. E tu non sai che fare. Abbozzi un sorriso. Che subito si spegne quando vedi che non reagisce in alcun modo. Riprende a leggere:

Perché i tennisti che sono al servizio e hanno diritto ad avere due palle se ne fanno dare sempre tre? O quattro. O cinque. Poi le osservano bene, le soppesano e una alla volta le gettano via, spesso lontano e in malo modo (con i raccattapalle che devono faticare a recuperarle). Gliene rimangono solo due. Quasi sempre le stesse due che avevano all'inizio. Ma ammesso che le scelgano davvero, qual è il criterio? Quali scartano? Quelle più sgonfie? Quelle più sporche? Quelle un po' meno rotonde?

A questo punto sei tu che guardi Angela. Per la prima volta la vedi accarezzare Jessica. Che fa le fusa.

"Che ne pensi?" osi chiederle.

"Mah, non saprei. Sono osservazioni buffe, alcune sensate. Perché i tennisti fanno tutte quelle manfrine per scegliere le palline è una cosa che mi chiedo anch'io, tutte le volte che li vedo. Mi sono anche risposta che forse lo fanno per concentrarsi, per riprendere fiato dopo uno scambio faticoso, per pensare se fare un servizio *kick* o *slice*. Però, non so. Non mi sembra che quei temi ti appartengano."

"No, difatti."

"Scusa, prova a pensare a qualcosa che *a te* ha dato fastidio, oppure ti ha incuriosito o ti è sembrata interessante. Qualcosa che ti riguardi, non gli alberghi di lusso, che probabilmente non hai mai frequentato."

Tu ci pensi, lo sguardo perso nel vuoto. Poi, come un'illuminazione, dici: "Mia nonna".

"Tua nonna?"

"Sì, la mamma di mia madre, che viveva nel Monferrato, faceva una cosa che mi è sempre parsa piuttosto buffa."

"..."

"Era molto parsimoniosa, ma soprattutto odiava sprecare il cibo. Per esempio, era una campionessa del riciclo. Faceva delle stupende torte salate con tutti gli avanzi di verdura che rischiavano di andare a male. O dei polpettoni con tutti i rimasugli di carne, affettati, uova. Ma con il pane l'ho sempre vista fare una cosa strana. Premessa: lei tutte le mattine andava a fare la spesa, cioè a fare due passi e a *ciacolare* con le amiche. Più che la spesa, però, mia nonna, da sempre, andava a comprare il pane. Il nonno la prendeva in giro e diceva che era innamorata del fornaio. E forse era vero, ma quando il fornaio è morto lei ha continuato ad andare tutti i santi giorni a comprare il pane. Una bella biova da mezzo chilo, che tra lei e il nonno si mangiavano a fette ed era una pezzatura perfetta per il pranzo, la cena e una piccola merenda che si sono fatti per tutta la vita, a metà pomeriggio. Ma, non chiedermi il perché, lei aveva, da sempre, una biova del giorno prima che non doveva essere buttata. Prima di poter addentare il pane fresco, appena comprato, occorreva terminare quello del giorno prima. Ho provato a suggerirle di interrompere quel circolo vizioso. Buttare via la biova del giorno prima era impossibile, uno spreco impensabile. Le ho chiesto se la regalava a me; manco morta, diventava all'improvviso avara ed egoista. Insomma, io per una vita ho visto mia nonna comprare il pane fresco tutti i giorni e mangiare immancabilmente quello secco del giorno prima."

Guardi Angela.

"Be', al di là del fatto che ora capisco molte cose di te e mi fai tanta tenerezza, questo mi sembra un racconto sincero, che fa parte della tua vita. Porta questo a quel provino."

"Ma non è un provino, è proprio un'esibizione in un locale, con del pubblico vero, che temo sia abbastanza esigente."

"Vabbè, insomma, quello che è. Tu non sei quel Marco che si arrabbia con gli alberghi perché hanno le grucce appendiabiti senza il gancio. Tu sei Mirko. Mirko Mazzotta."

"No, veramente io sarei il famoso Mirkomax."

"Che però ha una nonna che per una vita ha mangiato il pane raffermo."

"Già."

Poi, riuscendo ancora una volta a stupirti, Angela fa un fischio: "Jessica, andiamo!".

E il Labrador si alza di scatto, comincia a scodinzolare e a saltarle intorno entusiasta.

"Vedo che hai superato la paura dei cani."

"Ho dovuto. Ti sei reso conto di quanto tempo mi hai lasciata sola con lui? O gli esplodeva la vescica o superavo le mie paure."

Apre la porta, Jessica si precipita fuori e Angela lo segue con il guinzaglio in mano.

*

Ora sei a Milano. Ancora acciaccato dal viaggio. Tre ore di autobus fino a Bari e poi nove ore di treno... Ma prima di spendere tutti quei soldi per il ponte sullo Stretto di Messina, pensi, non potrebbero incrementare la rete ferroviaria del continente? E anche quella stradale? I milanesi, i torinesi, i veronesi, insomma i nordici che vengono al Sud per le vacanze, superato l'Abruzzo si sentono arrivati in Puglia. Ma sanno, tanto per fare un esempio, da Serracapriola a Leuca quanti chilometri ci sono?

Quattrocentoquindici. E con strade *non proprio* a quattro corsie.

Con questi pensieri *non proprio* positivi, ti dirigi verso il locale. Sei stanco, hai dormito poco ma, come diceva quel poeta: dormiremo da vecchi.

La giornalista, da te rinominata Allorapossiamodireche, ti ha lasciato un paio di messaggi in cui ti ricordava il tuo appuntamento alle ventitré del mercoledì successivo, cioè oggi.

Durante il viaggio hai ripassato a mente quei tuoi cinque minuti che dovrebbero suggellare, grazie all'articolo su "Vanity Fair", il tuo definitivo passaggio nell'universo di coloro che "ce l'hanno fatta". Per ora la tua fama è data solo da quegli enormi manifesti con la scritta QUESTA NON È UNA PIPPA, È MIRKOMAX e dalla pubblicità di una bibita. Persino la tua presenza sui social è nulla. Decisione di Nando che, avendo visto i tuoi *seguaci* (leggi: follower) non abbastanza numerosi, ha preferito cancellare i tuoi profili. Almeno per il momento. E la cosa non ti è dispiaciuta, perché altrimenti sarebbe bastato qualche clic per far capire alla giornalista di "Vanity Fair", e a chiunque altro, che non ti sei mai esibito in vita tua, che non sei un attore, che non sei un comico, che non sei uno stand up, che non sei niente.

Ora però ci stai provando. È il tuo debutto. La vera occasione per dimostrare al mondo, ma soprattutto a te stesso, che sai fare qualcosa.

Ma ogni volta che ti ripeti la storia della nonna che mangiava il pane raffermo, sei sempre più convinto che stai per fare un frontale con un tir. L'hai raccontata, quella storia, a una ragazza sull'autobus che attraversava la Puglia. E lei, che l'ha presa come una storia drammatica, ha ricambiato con il racconto della cugina che, in transizione per diventare maschio, tra cure di ormoni e sedute dallo psicologo, ha appena tentato il suicidio.

Stai seriamente pensando di raccontare la storiella di Pierino e della sua prima esperienza sessuale. Almeno quella, ti dici, dovrebbe far ridere. Ma chissà poi Allorapossiamodireche cosa scriverebbe.

Oppure, un misto delle due storie: Pierino che racconta alla nonna che ha fatto l'amore per la prima volta mangiando pane raffermo. Come non detto.

E tra un dubbio e un pensiero negativo arrivi dalle parti di piazza Morbegno, dove c'è il locale. Tanta gente fuori che beve birra (oggi è pure scontata), mangia enormi panini, ride serena, ignara della tua presenza. E tu, con il tuo berrettino da rapper per paura di essere riconosciuto (cosa che non accade), ti aggiri tra quella giovane fauna per capire cosa potrebbe conquistarli. O perlomeno non deluderli troppo.

Alla terza birra e al secondo drink misterioso ti trovi seduto dentro il locale, quando l'MC (il Master of Ceremonies... il presentatore della serata, in poche e autoctone parole) annuncia: "E ora guys, bros and sisters... Rkomi!". Boato. Urla, fischi! Alcuni pensano stia per arrivare il rapper di Calvairate. Si sente intonare *Hollywood*... Ma nessuno si presenta. Allora l'MC fa ironia su chi si è iscritto a quell'*open mic* come Rkomi, per poi non presentarsi. "Si sarà cagato sotto!" Giù risate da parte di tutti e via al prossimo stand up... "Ladies and Gentleman... Biofa!" E si presenta sul palchetto un ragazzo brufoloso che si introduce così: "Ciao a tutti, sono Fabio...".

E lì ti viene qualche sospetto. Ma certo: Rkomi eri tu. Perché la caratteristica di quel MC è di usare il *riocontra*, cioè parlare invertendo le sillabe. Per cui quel Rkomi che non si è presentato sul palco eri proprio tu, Mirko. Scoppi a ridere.

Unico in sala, perché questo Biofa è davvero scarso. Cavoli, forse avresti potuto sfondare con la storia della nonna, o ancora meglio con quella di Pierino. O forse con la crasi tra le due. Ma ormai è troppo tardi. Di sicuro la giornalista, la tua amata Allorapossiamodireche che non hai riconosciuto in mezzo a quella piccola folla, avrà capito che sei un bluff.

In fin dei conti lo sapevi che la tua storia era una bolla, e come tale prima o poi sarebbe scoppiata. Nel prossimo numero di "Vanity Fair" usciranno giustamente le quattro pagine su Favino che tu avevi indegnamente usurpato. Le cose si rimetteranno a posto. Chi ha talento è giusto che prosegua, gli altri no. E tu sei il simbolo, l'emblema degli *altri*.

Esci nella notte milanese ancora lievemente ubriaco e quasi sollevato dal non dover più dimostrare di saper fare qualcosa. E con tuo grande stupore, a pochi passi dal GhePensiMI, trovi il cinema Beltrade. Un cinema d'essai di cui tra l'altro ti aveva parlato Lara la sera in cui siete stati al Quattro Fontane. È una sala adiacente a una chiesa, anzi è proprio dentro la chiesa. Entri nel cortile, guardi la programmazione. È una serata speciale, una non stop. Prendi il biglietto, ti accomodi nella tua poltrona e vedi sullo schermo un signore con un asciugamano intorno al collo che esce da una casupola, guarda il cielo e sorride. Sta per iniziare la sua giornata. Poi prende il suo furgoncino blu e, ascoltando Lou Reed, va nel centro di quella grande città e inizia a pulirne i cessi.

È il film di cui ti aveva accennato Nando. In lingua originale.

Così ti addormenti e, a causa delle tante birre bevute, te la fai addosso, immaginando di indossare le tue Mutande Asciutte. E sogni. Sogni una realtà parallela in cui quelle mutande-pannolino si sono da tempo diffuse in Giappone, di conseguenza hanno chiuso tutti i vespasiani e Wenders non ha potuto girare quel suo film così poetico. O noioso, come sostiene Nando.

10.

Marco ha trascorso la notte con Luciana. L'ha tranquillizzata, tenendola fra le braccia. Hanno fatto l'amore. Lentamente, teneramente. Senza farsi del male. Cosa davvero rara. È la loro vera trasgressione, farlo con dolcezza, a lungo. Non parliamo proprio di sesso tantrico, alla Sting, ma di qualcosa che ci si avvicina.

Marco ha un segreto tutto suo per ritardare l'orgasmo: pensare allo Scaccabarozzi. E così anche questa volta è riuscito a far venire prima lei. Quindi si sono addormentati. A Marco è sempre piaciuto fare l'amore. Una volta pensava che non ci può essere niente di più bello. Invece con gli anni ha scoperto che c'è qualcosa di più bello che fare l'amore: addormentarsi subito dopo.

Ma ora è sveglio e ripensa con terrore al racconto di Luciana. Ai fratelli di Lara che lo cercano, a quella misteriosa signora, al suo appartamento profanato. Corre su, in casa sua, per verificare che non gli abbiano rubato nulla.

C'è molto disordine, un vetro rotto, il suo Pegaso in plexiglas è a terra con un'ala spezzata, segno della colluttazione che gli ha raccontato Luciana, ma ci sono anche cassetti aperti, cuscini sventrati, segni della ricerca di qualcosa. Marco controlla. Sembra non manchi niente. Poi guarda meglio e nota che sulla scrivania non c'è la stampa del suo *Volevo fare lo stand up*. Sorride. Quel testo non lo aveva mai soddisfatto. L'aveva scritto in polemica con le nuove leve di comici che gli stavano rubando la scena, ma lo trovava troppo astioso. E soprattutto poco divertente. Volendo, potrebbe benissimo ristamparlo. Invece fa una cosa diversa, inaspettata. Accende il computer, cerca il file, lo trascina nel cestino e, dopo aver indugiato, solo un attimo, preme l'icona: "Svuota il cestino". Decide quindi di riconnettersi con il mondo togliendo la modalità aereo dal cellulare. Tre chiamate di sua sorella e cinque di Lara.

Comincia con Marzia.

"Ciao Marzia, ho visto che mi hai cercato."

"Sì, mi ha chiamato il notaio, dice che ha in mano il testamento della mamma, che poi sarebbe un corollario di quello di papà. Andrebbe aperto alla presenza di entrambi. Ce la faresti oggi pomeriggio?"

"Io continuo a temere che ci abbiano lasciato dei buffi, comunque sì, oggi sono libero."

"Ottimo. Allora gli do la conferma e ti mando l'indirizzo via whatsapp. Facciamo alle due?"

"Va bene. Saluta Marcellino e digli che quando vuole vedere un film insieme a me..."

Tu tu tu tu...

Marco guarda il suo cellulare, incredulo davanti alla completa mancanza di ironia di sua sorella.

Ora vorrebbe sentire Maurizio, dopo tanti anni. Chiedergli scusa per non averlo sostenuto durante il processo. Ma anche sapere di Luciana. Se è semplicemente un caso che la donna con cui ha appena dormito sia stata con lui anni prima, oppure... Oppure cosa? Un complotto? Ordito da chi? E perché? Pensa anche a lei, che ha comprato l'appartamento sotto il suo per poi incontrarlo *casualmente* sulle scale. E lui ci è cascato. Si sente molto preda. E la cosa avrebbe anche un che di affascinante. Nell'era del Me Too, del predominio del maschio, essere braccato da una donna: bella, intelligente, audace. Non è una brutta sensazione. Marco, d'altronde, si è sempre innamorato di donne che lo desideravano.

Sarà per questo che ha beccato pochi due di picche nella sua vita? È sempre andato a colpo sicuro. E le rare volte in cui si era preso una sbandata per ragazze che palesemente non erano attratte da lui si era disamorato abbastanza in fretta. Un sistema di autodifesa efficace, non c'è che dire.

Gli vibra il telefono. È Lara. Ecco: Lara, ci riflette, a che categoria appartiene? Non osa pronunciare neanche tra sé la parola "trombamica". Gli fa orrore. Però è vero che quando è a Roma passa da lei, in quel suo strano appartamento mansardato che, causa cannone del Gianicolo, tutte le volte gli fa venire un coccolone, o, più spesso, lei trascorre la notte da lui, nel suo albergo/abitazione con vista sul Quirinale. E stanno bene. È davvero pentito di averla trattata male l'ultima volta che si sono visti. Ma lui lo sa, era colpa di quello stupido film che non avrebbe dovuto accettare. Colpa di Nando che... Tra l'altro, che fine avrà fatto? Immerso in queste elucubrazioni, solo ora si ricorda che il cellulare sta vibrando.

"Pronto, Lara?"

E lei è un fiume in piena: "Mi sa che i miei fratelli ti stanno cercando. Devo aver fatto una cazzata".

"Che intendi?"

"Gli ho detto che mi hai messa incinta."

"Gli hai detto che ti ho messa incinta?"

"Non è vero!"

"Ah, meno male. Per un attimo ti avevo creduto..."

"Ma è vero, gliel'ho detto!"

"Non ho capito. È vero o non è vero?"

"È vero che gliel'ho detto. Ma non è vero che mi hai messa incinta."

"Quindi?"

"Quindi, ti conviene non farti trovare."

"Gli dirò che c'è stato un fraintendimento..."

"No, direi di no. Li conosci i miei fratelli, non hanno molta capacità dialettica. Quelli prima sparano, poi fanno domande."

"Lo dici per rasserenarmi, immagino."

"..."

"Pronto?"

Ha messo giù. Ma perché diavolo gli sbattono tutti il telefono in faccia? Non si usano più quelle belle frasi, magari un po' desuete, formali, banali, eppure efficaci, tipo: "Arrivederci", "a presto", "ci si sente"?

Attraversare Milano a piedi, in un'estate in cui non piove da mesi, è un po' da pazzi. Forse ha fatto bene Enzo, a chiudersi in casa con i suoi doppi vetri e purificatori d'aria.

Il portone del notaio è proprio di fronte al Teatro Lirico, che dopo un paio di decenni ha finalmente riaperto, intitolato a Giorgio Gaber. Quanti ricordi per Marco. Tanti eccitanti da giovane spettatore e qualcuno meno entusiasmante da giovane attore. Ricorda per esempio quelle tremende sfuriate da parte di Giorgio Strehler durante le prove della *Tempesta* di Shakespeare, quando il giovane Moschini doveva, insieme a un'altra trentina di mimi, muovere un telo azzurro a simulare appunto la tempesta. E Strehler beccava sempre l'ultimo a destra, lui, che muoveva il telo in modo maldestro e fuori tempo. Dopo due o tre cazziatoni da parte del maestro, il giovane Marco, convinto che ce l'avesse con lui a priori, chiese a un compagno di cambiarsi di posto. Il giorno seguente Strehler sembrava riconciliato con sé e con il mare in tempesta, anzi fece inusitati complimenti a chi muoveva il telo in fondo a destra, per poi prendersela con "quel pirla che sta facendo casino qui, il primo a sinistra, chi cazzo è?". Era sempre lui, Marco.

E l'anno dopo accadde una cosa analoga durante la prima di *El nost Milan*. L'inizio dello spettacolo, a cui il maestro teneva moltissimo, prevedeva il palcoscenico invaso dalla nebbia (macchina del fumo a palla, che faceva tossire attori e comparse, chissà quanto cancerogena!) e attraversato da alcuni figuranti: un caldarrostaio, alcune prostitute, un arrotino e un paio di giovani venditori ambulanti di giornali. Era una scena poetica, senza dialoghi. Poi la nebbia si diradava, i figuranti lentamente sparivano in quinta, rimanevano gli attori principali e iniziava il dramma del Bertolazzi.

Marco, da allievo della Scuola del Piccolo Teatro, era tra i figuranti (un avanzamento rispetto al mimo dell'anno prima), ma nessuno sapeva (e nessuno doveva sapere mai!) che, dopo quel primo atto al Teatro Lirico, lui fuggiva al Derby dove si cimentava come cabarettista. E la mattina si presentava regolarmente a scuola per le lezioni di dizione, recitazione, storia del teatro eccetera. Una vita difficile, insomma. Ma soprattutto faticosa. Questa premessa giustifica solo parzialmente quello che avvenne la sera della prima.

Marco interpretava un arrotino; entrava in scena inforcando una bicicletta che appoggiava a un cavalletto e si metteva a far girare una grande mola facendo finta di affilare coltelli. Ma un po' a causa della mancanza di sonno, un po' a causa della solennità della scena, un po' a causa della musica di Fiorenzo Carpi, bella ma non propriamente vivace... il giovane Marco, quella sera, la sera della prima, si addormentò sul manubrio della bici. Di conseguenza, rimase in scena per tutto il primo atto con gli attori (Tino Carraro, Mariangela Melato, tanto per non fare nomi) costretti a recitare girando intorno alla bicicletta con il giovane attore che non solo dormiva... russava! Il pubblico rise molto e pensò a un'invenzione registica.

Non la pensò allo stesso modo il regista, che si segnò quel nome e non volle più vederlo fino alla fine dei suoi giorni.

Bando ai ricordi. Marzia è già nella sala riunioni del notaio. Arriva il De Andrade, con una lentezza e ieraticità che sembra l'inizio di *El nost Milan*. Mancano solo le musiche di Fiorenzo Carpi. Apre il testamento della madre, che contiene quello del padre.

Sulla liquidità aveva ragione Marco. Lei, che viveva con la pensione da professoressa, aveva lasciato davvero poco. E lui, che amava spendere tutto quello che guadagnava, ancora meno.

Ma, ecco la sorpresa. La presenza di immobili e indicazioni precise sulla loro divisione. La casa di Porta Romana, dove vive Marzia con il piccolo Marcello, sarebbe andata a lei. Giusto, ci abitava da sempre, aveva tirato su suo figlio a fatica, da separata e con lavori sempre più precari. A Marco andava invece un terreno edificabile con annesso rudere a Giannutri.

"Giannutri?" chiede Marco. "Manco so dov'è."

Con compostezza meridionale (il notaio nasce a Napoli da una famiglia immigrata dal Brasile... Ma non erano gli italiani a emigrare nelle Americhe?), il De Andrade spiega, come un libro stampato: "Giannutri è un'isola dell'Arcipelago Toscano, la più meridionale. Ha una curiosa forma a mezzaluna. Si trova a circa quindici chilometri dall'Isola del Giglio, di cui è una frazione. Non vi sto a fare tutta la storia, che partirebbe dall'età del Bronzo. Vi basti sapere che tra il primo e il secondo secolo dopo Cristo, Gneo Domizio, marito di Agrippina, la madre di Nerone, vi costruì una sontuosa villa, chiamata appunto Villa Domizia, con tanto di terme e accesso diretto al mare. Ma nel terzo secolo, a causa di un terremoto o più probabilmente per un'invasione di topi, l'isola fu abbandonata e restò disabitata per secoli. Tanto per darvi un'idea, negli anni sessanta gli abitanti erano tre. Tuttavia, negli anni successivi ha fatto registrare un notevole incremento demografico e all'ultimo censimento gli abitanti sono risultati essere addirittura ventisette".

I fratelli Moschini non capiscono se c'è dell'ironia in quel notaio così compunto. Poi, rivolto a Marco, De Andrade prosegue: "Il terreno che ha appena ereditato si trova in località Spalmatoio; quindici ettari di macchia mediterranea. Ha vari approdi e, cosa interessante da un punto di vista meramente economico, è edificabile... Considerato che l'isola è un'area naturale protetta, mi creda, ha il suo valore".

"Marzia, tu sapevi che papà aveva quel pezzo di terra?"

"No."

"Scusi, dottor Andrade, volevo chiederl..."

"De Andrade."

"De Andrade, certo. Dicevo, giusto per curiosità: lei sa quando mio padre avrebbe acquistato quel terreno?"

"Non l'ha acquistato."

"Ah, no?"

"L'ha ereditato. Dal conte Gualtiero Adami, detto Il Garibaldino. O, più precisamente, dalla sua amata Marietta."

Marco e Marzia si guardano.

"Non sapevate che vostro padre aveva origini nobili?"

E i due, in coro: "No".

"Gualtiero Adami, insieme a suo fratello Osvaldo, dopo le imprese garibaldine decide di trasferirsi a Giannutri. È il 1882, guarda caso proprio l'anno della morte di Garibaldi a Caprera, deluso dalla piega che aveva preso quell'unità d'Italia che lui aveva contribuito a realizzare.

Loro intenzione era intraprendere attività agricole o legate all'estrazione di minerali, ma ben presto Osvaldo abbandonò il fratello a causa dell'inospitalità dell'isola. Gualtiero, nonostante fosse cagionevole di salute, decise di rimanere. E forse proprio il sole e il mare di Giannutri gli regalarono una lunga vita. Restò sull'isola quattro decenni, per morirvi solo a ottantaquattro anni."

"Quarant'anni da solo su quell'isola?"

"No, cara Marzia, poco tempo dopo lo raggiunge la giovanissima Marietta, allora diciottenne, che lui aveva tenuto a battesimo. Tra i due ci sono quasi trent'anni di differenza. Marietta si innamora di lui, e dell'isola, e non li lascerà mai. Quando Gualtiero muore, nel 1922, lei lo seppellisce avvolto nel tricolore che gli aveva regalato Garibaldi in persona.

Quella che vi ho raccontato fin qui è la Storia, con la *esse* maiuscola. Sono nozioni che potete trovare ovunque, compresa la leggenda che narra come Marietta, nei cinque anni di vita senza il suo Gualtiero (lei morirà nel 1927), girasse per Giannutri scalza, indossando un saio da lei cucito e invocando l'amato con grida che si confondevano con i versi dei gabbiani, al punto che ancora oggi, sempre secondo la leggenda, si sentono le grida del fantasma di Marietta."

"Il fantasma di Marietta?" ripete Marzia esterrefatta.

Il notaio De Andrade però non ha la minima intenzione di lasciarsi interrompere: "Sì, ma ora viene la parte che vi riguarda e che nessuno conosce. Marietta e Gualtiero ebbero una figlia, nata agli albori del secolo, nel gennaio del 1900. La chiamarono Giuseppina, in onore non solo di Garibaldi, ma anche di Mazzini, con il quale Gualtiero aveva stretto un legame speciale durante il suo esilio londinese. Nessuno seppe mai di quella bimba, che dopo la morte di Marietta fu affidata al fanalista dell'isola".

"Al fanalista?" domanda Marco.

"L'addetto al faro, che proprio in quegli anni fu costruito dalla Regia Marina. E Giuseppina è vostra nonna, che non avete mai conosciuto perché morì di parto dando alla luce Gualtiero, vostro padre. Ah, per la cronaca: Marietta di cognome faceva Moschini, lo diede alla figlia Giuseppina, che a sua volta lo diede a vostro padre, Gualtiero Moschini. Non chiedetemi come sia stato possibile, un secolo fa, adottare il matronimico anziché l'imperante patronimico.

Se vorrete divertirvi a cercare su internet, troverete altre descrizioni di Marietta Moschini come una donna controcorrente, protofemminista, hippie, naturista... Ho omesso note di colore, oggi diremmo gossip, secondo le quali Gualtiero e Marietta vivevano nudi in grotte ricavate dalle cisterne della Villa Domizia, e da quando arrivarono i primi fanalisti praticavano amore libero, tale per cui voi potreste essere discendenti del conte Adami come dell'addetto al faro. L'unica certezza è questo documento firmato da Gualtiero Moschini, vostro padre, che assegna a Marco quel terreno."

Marco e Marzia, attoniti, si guardano cercando di ricordare nella loro infanzia qualche racconto legato a nonna Giuseppina o ancor meglio alla bisnonna Marietta... ma niente. Già era tanto riuscire a destreggiarsi nei racconti della madre che sussurravano l'attività di agente segreto del marito, coperto dalla altrettanto strana attività di antiquario, che a pensarci bene era un antiquario sui generis. Raccoglieva, e a volte rivendeva, non solo mobili, ma anche materiali e oggetti di scarto, tipo fonografi, vecchie motociclette, carrelli da miniera, carrucole, paranchi, turbine idroelettriche.

I loro pensieri vengono interrotti dalla voce cantilenosa del notaio: "Per completare l'accettazione del testamento, dovreste anche approvare un paio di legati testamentari, una richiesta particolare da parte di vostro padre che vostra madre ha controfirmato. I legati sono il Museo della Scienza e della Tecnica di Milano, a cui vostro padre lascia una pressa, nella fattispecie un Torchio di Gutenberg, e una certa Pamela Kanoska, residente a Mutonia, a cui lascia un automezzo customizzato, entrambi giacenti presso un capannone a Cuasso al Monte, al confine con la Svizzera".

De Andrade adesso punta lo sguardo sui fratelli Moschini, e quindi in modo esplicito e improvvisamente sbrigativo chiede: "Accettate o impugnate?".

È Marzia la più pronta: "No, no, accettiamo, vero Marco?".

"Sì, direi di sì. Ma... chi è Pamela... Pamela Kanoska? E dov'è Mutonia?"

"Mutonia è in provincia di Rimini, mentre su questa signora Kanoska, in tutta onestà, non saprei cosa risponderle. Diciamo che lo scoprirete quando le porterete l'automezzo."

E mentre Marco e Marzia firmano l'accettazione del testamento, il De Andrade, passando a un tono meno freddo e burocratico, sussurra: "Io conoscevo molto bene vostro padre, per quanto si possa conoscere un uomo del genere. Sappiate che era una persona speciale, complessa ma talentuosa. E assolutamente imprevedibile".

"Sì, direi che della sua imprevedibilità ci siamo già resi conto," conferma Marco.

"Forse non del tutto," replica il De Andrade tra sé.

*

I fratelli Moschini hanno impiegato davvero poco tempo per dividersi i compiti. A Marzia è toccato quello apparentemente meno oneroso, e cioè trasferire la pressa al Museo della Scienza e della Tecnica di Milano, mentre Marco si è impegnato a portare quell'automezzo a Mutonia, e ora sta entrando nel capannone di Cuasso al Monte con la grande voglia di scoprire di che automezzo si tratti.

Vista l'imprevedibilità del padre, è pronto a tutto.

E invece no.

Pensava di essere pronto a tutto. Ma quale fantasia poteva prevedere che si trattasse di un vecchio pullman scozzese vivacemente dipinto, con all'interno una vera e propria *casa*: letto, cucina, doccia, tutto a vista, in ferro e cemento? E la carrozzeria customizzata con pezzi di un cingolato russo, frutto di un bottino durante la guerra fredda, come gli aveva raccontato Pedro, il meccanico gestore del capannone, che, anche lui, conosceva bene suo padre.

Marco si ripromette prima o poi di fare due chiacchiere con questo Pedro, e anche con il De Andrade, per cercare di capire meglio chi fosse suo padre. Ma ora vuole portare a termine l'impegno che si è assunto davanti al notaio, e soprattutto sbarazzarsi di quel bestione di ferro.

Un fumo denso e nero esce da un grosso tubo dal lato del guidatore (guida a destra, manco a dirlo), Marco pensa alla sua amata Milano e a come quell'oggetto che fatica a definire "automezzo" mai potrebbe varcare le aree B e C. Giustamente.

Ma si guarda bene dall'entrare in città e, attraverso una serie di svincoli e tangenziali, ora si trova sull'autostrada verso Bologna, guardato con stupore dagli automobilisti che si vedono sorpassare da quel colorato bisonte della strada (perché il pullman scozzese ha pure un motore di tutto rispetto).

E tanto si è sentito a disagio quando al casello di Rimini Nord ha dovuto improvvisare numeri da contorsionista per pagare il biglietto a un casellante che tra le risate gli ha applicato la tariffa dei tir, quanto si è trovato a suo agio appena entrato a Mutonia.

MUTONIA, comune di Santarcangelo di Romagna, è un villaggio creato da artisti britannici che all'inizio degli anni novanta, in fuga dalla Thatcher e dalle sue politiche applicate a suon di manganelli, dopo aver viaggiato per Parigi, Barcellona e Berlino, si sono insediati sulle rive del fiume Marecchia, in una ex cava abbandonata che fa molto *Mad Max*. Usano materiali di riciclo, principalmente metallo e plastica, per creare sculture apocalittiche. Superate varie vicissitudini burocratiche e giudiziarie (in principio avevano occupato abusivamente quel luogo), ora ci vivono stabilmente una ventina di persone. Sono quasi alla terza generazione. In questo spazio borderline, in questa enclave di sopravvissuti underground, accanto a ormai vecchi punk tatuati ci sono i nipoti dei primi che erano arrivati. Sono stati definiti in vari modi: rigattieri hardcore, trappisti del metallo, scultori del riciclo. Questa coraggiosa avanguardia artistica ha anche partecipato alla cerimonia conclusiva delle Paraolimpiadi di Londra nel 2012, per dire.

E ora l'arrivo del pullman di Marco nello sterrato di Mutonia, sovrastato dalla scritta MUTOID WASTE COMPANY, è accompagnato dalle grida di bambini che stanno giocando con armi giocattolo dalle forme strane. Marco chiede timidamente di una certa Pamela, Pamela Kanoska. I ragazzini indicano una roulotte variopinta e un'arzilla settantenne che lavora a maglia del fil di ferro. Ha la pelle rugosa come una tartaruga, un naso importante, zigomi pronunciati e taglio degli occhi che ricordano i nativi americani. Ha i capelli rasati da un lato e una lunga coda fucsia dall'altro. Sul lato senza capelli spicca un orecchino che sostiene un grande cerchio di metallo con dentro una piuma.

Appena vede avvicinarsi l'enorme pullman scoppia a piangere.

Marco parcheggia il bestione sperando di non doversene più occupare e si avvicina alla donna per consegnarle le chiavi, anzi la chiave: una sbarretta di ferro ricurvo, vagamente fallica e mezza arrugginita.

"È morto, vero?" dice con un lieve accento romagnolo.

"..."

"Il mio amato Gualtiero."

"Sì, mio padre, voleva che le portassimo questo..." indica l'autocarro.

"Certo, il nostro Ironhenge! L'abbiamo costruito insieme a Berlino. Hai visto quei blocchi di cemento che sorreggono il tavolo? Sono pezzi del muro di Berlino, i primi a venir giù. Ci siamo conosciuti in quegli anni. Io ero una splendida quarantenne," se lo dice da sola, "immigrata dal Canada, e lui un affascinante italiano che parlava quattro lingue e faceva il triplo gioco, anche con le donne..."

"In che senso?"

"Be', era arruolato dagli inglesi dell'MI6, e siccome conosceva perfettamente il russo andava e veniva oltre cortina di ferro per carpire segreti militari. Ma i russi, o meglio i tedeschi della Ddr, lo sapevano e l'avevano arruolato per dare informazioni a loro. Per fare il doppiogiochista, insomma. Ma lui lavorava per sé, cioè per la pace. E decideva da solo a chi e quando dare informazioni. La stessa cosa che, mi aveva raccontato, aveva fatto durante la Resistenza in Italia. Ecco, quando vedo a chi danno il Nobel per la pace, mi incazzo come una iena. A gente come lui, dovrebbero darlo!"

Marco è affascinato da quella donna, che come tutti i romagnoli, quelli veri, non riesce a pronunciare le *zeta* di "incazzo", e sempre più voglioso di sapere cose, di conoscere dettagli, di ricostruire la biografia di suo padre, le chiede: "Ma... siete stati amanti?".

A Pamela Kanoska si inumidiscono ancora gli occhi, ma non fa in tempo a rispondere che un enorme cane meccanico, manovrato da un robusto uomo barbuto, avanza a saltelli sputando fuoco. Dietro di lui compare una sorta di coccodrillo con la carlinga di un aereo al posto del tronco, tubi e grondaie al posto degli arti inferiori, ventose a depressione al posto degli occhi, spazzole per pulitura del metallo al posto delle zampe e grandi chiodi affilati al posto dei denti. E dentro la carlinga, un altro uomo barbuto.

Marco si scansa, Pamela lo strattona e lo tira dentro la sua roulotte, dal cui finestrino vedono una scena apocalittica, da film distopico.

Dai due lati del campo avanzano altri due mostri che hanno le sembianze di veri Transformers, per la precisione Megatron e Barricade – quelli cattivi, per chi non avesse dimestichezza con la nota saga di fantascienza –, anch'essi azionati da due corpulenti uomini barbuti, che Marco sembra riconoscere. Ma certo, sono Sascia e Pascia! E sulle altre due macchine zoomorfe ci sono senza dubbio Viktor e Juri... I fratelli Zivago al completo!

Una voce amplificata e fortemente distorta proveniente dal coccodrillo urla: "Arrenditi, Moschini! Altrimenti ti schiacciamo come un moschino qualsiasi!".

Hanno anche il senso dell'umorismo, o almeno ci provano. "Vogliamo solo parlarti!" aggiungono i mostruosi fratelli gridando all'unisono.

Sì, certo, si risponde da solo Marco, lo so cosa volete dirmi, che devo sposare vostra sorella perché l'ho messa incinta. Ma non è vero, cribbio! Come ve lo spiego senza sputtanare Lara?

Non fa in tempo a elaborare altro che compare un ennesimo mostro, grosso il doppio, con le fattezze di Optimus Prime, quello buono dei Transformers (per quanto buone possano essere delle macchine), che avanza sputando fuoco e tirando calci a destra e a manca con la precisione e la potenza di un campione di arti marziali. L'energumeno d'acciaio, Marco lo intravede con la coda dell'occhio mentre corre a rifugiarsi, è pilotato dalla misteriosa signora fotocopia di Judi Dench.

Il duello, benché uno contro quattro, è impari per l'armata Zivago, goffa e maldestra rispetto alle movenze dell'incredibile Judi, che come un novello Orazio arretra, si nasconde dietro un gigantesco portale formato da due camion nel quale si mimetizza e affronta uno alla volta il quartetto di fratelli, che soccombono come novelli Curiazi.

E prima che possano rialzarsi lancia un sasso verso la roulotte di Pamela, infrangendo il vetro della finestrella dalla quale Marco, rintanato, stava osservando la battaglia.

"Caspita," dice Pamela ammirata, "che mira, quella là!"

Il sasso è avvolto in un foglio che contiene uno scarabocchio tracciato con un rossetto color pesca: *Ci vediammo a Riminicomix, area Cosplay!*

Ci "vediammo"? Mmm..., pensa Marco, sentendosi per un attimo Sherlock Holmes: distratta, ignorante o straniera?

Nel frattempo Pamela ha avuto un sospetto e si avvicina al mostro vincitore, che sta sorvegliando la ritirata degli avversari, per studiarlo meglio da vicino e infine chiedere, con stupore misto a sfida: “Sei tu?”.

Judi sorride e, come sempre, i suoi occhi diventano due fessure che la rendono ancora più affascinante, ma anche tremendamente diabolica.

Pamela torna di corsa nella roulotte per confessare qualcosa di importante al figlio di Gualtiero. Ma non trova nessuno.

Marco Moschini?

Scomparso.

*

All’area Cosplay di Riminicomix, Marco non sa bene cosa fare.

In giro c’è un gran casino, tutta gente mascherata, allegra e rumorosa. Per fortuna ha con sé un berrettino con visiera e degli occhiali da sole. Ci manca solo che si sparga la voce che c’è Marco Moschini, *quel* Marco Moschini. Non è proprio il momento di mettersi a fare selfie o firmare autografi. Ripensa a Pamela, alla battaglia di mostri meccanici, alla misteriosa donna che lo sta proteggendo dai fratelli Zivago. Perché? Chi è? E soprattutto: cosa ci fa ora lui in questo Parco Federico Fellini che pullula di ragazzine vestite come i Manga, ma anche di anziani Hulk e giovani Spider Man?

Si dirige verso uno dei tanti tendoni bianchi che funge da ospitality. Non sa neppure lui cosa chiedere, ma non ce n’è bisogno.

Un’improbabile Barbie cinquantenne gli si avvicina: “Marco?”.

Ecco, ci siamo, pensa lui, pronto a sorridere falso e svogliato davanti a uno di quei cellulari che ormai scattano foto ad altissima definizione e che riproducono impietosamente ogni ruga, occhiaia o brufolino.

Invece, la bionda con i tacchi gli consegna un sacchetto e gli indica un paravento dietro il quale può indossare con tranquillità il costume di... Paperino, con tanto di maschera dal becco pronunciato.

Marco esegue e torna dalla misteriosa costumista. Barbie però non c'è più, almeno non quella di prima. In compenso, un altrettanto improbabile Ken a torso nudo, con una pancia che non ricorda per niente la tartaruga disegnata dagli addominali di qualsiasi Ken che si rispetti, gli fa l'occhietto e gli sussurra: "Masina".

"Eh?"

"Giulietta Masina."

Marco non capisce.

Quello ci riprova: "Via...".

"?"

"Via Giulietta Masina."

"???"

E Ken ormai spazientito: "Mi hanno detto di dirti che devi andare in via Giulietta Masina, qui dietro. Ma non mi avevano detto che eri così rincoglionito...".

"Sbaraquack!" prova a replicare Marco, che da buon attore si è già immedesimato nell'iconico personaggio che indossa.

Via Masina non è meno affollata di gente in maschera. La maggior parte, è vero, sono Manga, e tuttavia non mancano Batman, con o senza Robin, un buon numero di Joker, qualche Harry Potter e persino un Pennywise che con il suo sguardo da clown sinistro terrorizza vecchiette sotto gli occhi divertiti di bambini mascherati da Super Mario.

Il nostro famoso attore, sentendosi con quel costume a Paperopoli, cerca una Paperina, qualche Qui o Quo o Qua o un Paperoga, una Nonna Papera che possa dirgli qualcosa.

Intravede invece, in mezzo a tutta quella gente, alcuni membri della Banda Bassotti. Sono dei corpulenti omoni con grandi barbe (che i bassotti non hanno...). Dannazione: i fratelli Zivago!

Inizia un inseguimento tra i viali di Parco Fellini, la rotonda Lucio Battisti, via Luci del Varietà... I Bassotti non sono agili, ma neppure Marco lo è, inoltre con tutti quei cosplayer non è facile né fuggire né inseguire. E ora i temibili fratelli stanno per avere la meglio, due di loro gli sono quasi addosso, quando da una tenda sbuca Maga Magò che afferra Marco e se lo trascina dentro, mentre il Ken oversize esce a fare da guardia.

Nel frattempo i quattro Bassotti sono disorientati, hanno perso di vista la loro preda. Riprendono così a setacciare la zona, dividendosi verso i quattro punti cardinali. Maga Magò ha messo una mano sulla bocca di Marco per non farlo fiatare. E quando Ken fa capire a gesti che il pericolo è passato, gliela libera.

Sotto la parrucca viola della rivale di Mago Merlino ovviamente c'è Judi, la salvatrice. Marco sta per ringraziarla, ma lei dismette rapida i panni di angelo salvifico e gli punta una piccola pistola in faccia. Una North American Arms, per essere precisi, di quelle che i politici italiani si portano alle feste di Capodanno.

I suoi occhi adesso sprigionano una luce cattiva.

"Ora mi dici dov'è," gli sillaba senza smettere di fissarlo.

Marco vorrebbe fare lo spiritoso e reagire da vero cosplayer urlando un *Gulp!* Invece, atterrito ma anche esasperato, sussurra un semplice: "Cosa?".

Dieci

Il talento dello scomparso

È proprio così. Mentre tutti fanno a gara per avere più follower, si fanno fotografare, anzi si fotografano da soli e postano quotidianamente immagini di sé probabilmente edulcorate, trattate, filtrate, in un'ondata di onanismo solipsistico, autoreferenziale e sterile, come una macchina celibe di duchampiana memoria, lui scompare, non si fa vedere, non ama farsi vedere. Provate a cercarlo su Instagram, su Facebook, su TikTok... non ci riuscirete. Non lo troverete. Non c'è. Forse c'è stato, un tempo, una volta, quando anche lui, come tutti noi umili mortali, cercava di rappresentare qualcosa, ma ora no. Non più.

Io, dopo un'approfondita ricerca e grazie a qualche astruso algoritmo, sono riuscita a riesumare delle tracce, ma si tratta probabilmente di uno sberleffo, voluto, cercato e soprattutto trovato, perché, come diceva Picasso a chi gli chiedeva se lui con la sua pittura faceva ricerca: "Io non cerco, trovo". E quali sono gli scarni brandelli di vita, o di arte (ma cos'è la vita senza arte, e soprattutto cos'è l'arte senza vita!), che di lui abbiamo trovato? Peti, loffe, puzzette, in una parola: scoregge! Che sono impalpabili come l'aria, perché di aria sono fatte, aria che attraversa il nostro corpo, evidente metafora dell'afflato quotidiano prima che si trasformi in anelito.

E con quelle performance che neanche una Marina Abramović nella sua fase più sfrontata e anti-

conformista ha mai avuto il coraggio di affrontare, il Nostro ha probabilmente voluto rispondere a Shakespeare quando sosteneva che "Siamo fatti della stessa sostanza dei sogni".
Bene, come già detto, tranne quelle sparute e sonore esibizioni, che non esitiamo a definire puro situazionismo, figlio, cugino o nipote della Bauhaus e di un certo costruttivismo anarchico, del Nostro non vi è traccia. Ma la vostra umile scriba ha voluto infrangere il suo incondizionato mutismo come un vecchio satiro avrebbe infranto l'imene di una giovane vergine e ha provato a convincerlo a rinunciare per un giorno, ma che dico giorno, per una sera, ma che dico sera... per cinque minuti!, alla sua promessa di assenza che è l'essenza (scusate il gioco di parole) di ogni vera arte e presentarsi, anche lui umilmente, in un piccolo locale milanese, il GhePensiMI, pensate!, e regalarci, in quei cinque minuti, un saggio, un ballon d'essai potremmo dire, della sua arte comica.
Perché non ve l'avevo ancora rivelato, ma il nostro Mirkomax è un comico. Uno stand up. Di quelli che non hanno bisogno di scenografie, coreografie, costumi o drammaturghi. Lui è. Punto. E secondo voi, uno come lui si sarà presentato quel mercoledì sera in quella buia via di quell'ex malfamato e multietnico quartiere chiamato NoLo?

E tu, caro Mirko, che probabilmente hai capito davvero poco di quello che hai appena sentito, interrompi Nando. Non vuoi che vada avanti a leggere. Sai già cosa dovrai ascoltare. Che non ti sei presentato, che la gente ti ha acclamato invano, pensando si trattasse di quel rapper che usa il tuo nome al contrario, anzi, al *riocontra*, e che insomma hai fatto una bella figura di merda.

(Tra l'altro, la telefonata di Nando era iniziata raccontandoti che un ragazzino dispettoso aveva, di nascosto, girato un video in quel cinema in cui ti si vedeva palesemente ubriaco pisciarti addosso. Lo aveva postato e ora era già diventato, come si suol dire, *virale*. Cioè l'aveva visto un sacco di gente.) E invece no. Nando va avanti a leggere, e con tua grande sorpresa scopri che:

Certo che sì! Puntuale come un orologio svizzero. Perché, care amiche e cari amici, ricordatevi che non è più tempo di genio e sregolatezza come nell'Ottocento, quando i nostri cari Baudelaire, Rimbaud, Toulouse-Lautrec dovevano strafarsi di assenzio per creare una poesia o un quadro che avessero un senso... Oggi no. Oggi il genio vuole regolatezza, precisione, sintesi. E quei cinque minuti del nostro poeta del terzo millennio, sì cari, perché definirlo soltanto comico sarebbe oltremodo riduttivo, quei cinque minuti, dicevo, sono stati una stilettata, un orgasmo in apnea.
Per me d'ora in poi esisterà un prima e un dopo quei cinque minuti. E il fatto che siano stati solo cinque, è vero, ha lasciato in noi spettatori un senso di fame non saziata, voglia di averne ancora. Ma non è proprio questo che deve fare un artista? Stimolare il desiderio. E sono stati cinque minuti talmente densi che se fosse andato avanti avrebbe rischiato di vederci crollare, colpiti da un'improvvisa sindrome di Stendhal. L'unico paragone che viene da fare è con i tagli di Lucio Fontana, perché Mirkomax, come Fontana, ci ha aperto uno squarcio in un'altra dimensione, ci ha lasciato intravedere qualcosa che noi fino a poco prima non sapevamo neppure immaginare.
Non chiedetemi di fare un resoconto di quell'esibizione, una sinossi, una sintesi, un riassunto. Non voglio, non posso, non devo! Non tanto per il pericolo di spoiler, perché non penso proprio che Mirkomax la ripeterà, quanto per il rispetto che gli devo. Lo so, l'ho forzato, lui non voleva venire a Milano a esibirsi, lo ha fatto per me. E anche per voi, per voi lettori. Ma me lo ha detto chiaro e tondo quando gli ho chiesto se e quando avrebbe ripetuto la sua performance. Mi ha detto: "Fai un salto mortale e sei un artista. Fanne due, sei un saltimbanco". Parole che andrebbero ripetute ogni giorno a tutti i nostri sedicenti artisti, intrattenitori, giornalisti che consumano litri di inchiostro, ore di podcast, maratone televisive per dirci le solite cose trite e ritrite. Per non parlare dei nostri politici, alla ricerca spasmodica del terzo mandato.
Quindi, niente resoconto della serata. Posso solo citarvi l'incipit, così da incuriosirvi, eccitarvi, un po' sadicamente. Ecco come ha iniziato il suo mo-

nologo: "Quando sono nato avevo circa quattordici anni...". Capite, amiche lettrici e amici lettori, di cosa stiamo parlando? E poi in una chiacchierata informale mi ha citato Carmelo Bene, Ionesco, Beckett, tutto il suo Pantheon insomma.
Questo è Mirkomax, non una pippa, come gioiosamente e autoironicamente ha scritto lui qualche tempo fa in un manifesto apparso sui muri delle nostre città. E se è vero che, come dicevano gli antichi Romani, nomen omen, e cioè nel nostro nome è indicato il nostro destino, Mirko Max, provate a leggerlo nel suo più immediato anagramma, e cioè: Micro-Max; capirete come era già scritto nel suo nome che il minimo diventasse il massimo!

Selvaggia Lasorella

Poi Nando ti descrive le foto a corredo dell'articolo (otto pagine!), che lui aveva provveduto a dare al giornale, dove ti si vedeva da bambino a scuola, da giovane giocatore di rugby, al mare con Jessica, con Angela e i suoi allievi extracomunitari (un fotomontaggio, venuto benissimo tra l'altro, realizzato con l'Intelligenza Artificiale che Nando sta imparando a usare).

E per ultima ti descrive la foto di copertina, anche quella frutto del lavoro di AI Image Generator, anzi te la manda direttamente via whatsapp, e tu rimani senza parole: una pipa Calabash (quella che usava Sherlock Holmes, per capirci) con la tua faccia al posto del *fornello*, anzi con il fornello che è la tua faccia, il *cannello* che contiene il tuo corpo e i tuoi piedi che fanno da *bocchino*.

E il titolo della rivista è:

QUESTA NON È UNA PIPPA, È MIRKOMAX!

"Lo sapevi che..." dice Nando, "c'è un quadro di un francese, mi sembra, o belga... magari del Lussemburgo, boh, tanto mi sa che non lo conosce nessuno, dove c'è disegnata una pipa e sotto si legge la scritta *Questa non è una pipa*? Mi sembrava una clamorosa coincidenza con il tuo slogan, così ci ho giocato un po'. Oh, ai redattori della rivista è piaciuta molto l'idea!"

A questo punto vuoi sapere del video in cui ti si vede farti la pipì addosso, e Nando ti racconta con enorme soddisfazione che, appena ha saputo che stava girando in rete, ha telefonato al responsabile dell'agenzia di pubblicità e gli ha detto che lo avevi fatto apposta, per lanciare la campagna delle Drybriefs, tanto quel prodotto ti aveva convinto. Una specie di teaser, capisci?

"Ah, certo, un *tiiser*," reagisci tu senza troppa convinzione, ma i soldi per quella pubblicità sono davvero tanti, si parla di un contratto triennale a sette cifre, rinnovabile. Così cambi subito espressione.

"E non ti ho ancora detto della *Vedova consolabile*!" continua Nando, sempre più eccitato. "Hai visto i dati cinetel? Un trionfo! Anche di critica. Hai letto sui tamburini dei giornali?... Non sapendo bene come definirlo, si sono inventati un nuovo genere: softpornocomicsplatter. E pare che i ragazzini facciano a botte per vederlo. In senso letterale, sai. Ci sono state parecchie risse davanti ai multiplex, anche perché a vedere quel film pare ci arrivino già belli ubriachi! Non è stupendo?"

"Che ci arrivino ubriachi?"

"No, che dei ragazzini corrano per vederlo. E ogni volta che compari tu sullo schermo, la gente ride!"

"Anche quando piango nel parcheggio perché mia moglie mi tradisce?"

"Soprattutto quando piangi!"

"Ma quella era una scena drammatica!"

"E chissenefrega! Sai quanti registi, sceneggiatori, produttori impazzirebbero per ascoltare in sala le risate che provochi tu? Difatti, non dovrei dirtelo, ma si stanno interessando a te Brizzi, Veronesi, persino Muccino, che se la tira con storie tese ma per una risata darebbe un rene. Io però sto prendendo tempo, perché non ti ho ancora detto la cosa più importante. Sei pronto?"

"Sentiamo."

"Ho tra le mani un progetto grosso. Ti dico solo che c'è dietro una piattaforma americana, una *grossa* piattaforma americana. Si tratta di una serie ispirata a un famoso fumetto francese degli anni quaranta, un western, pensa un po'. Ne hanno già fatto film, serie tv, cartoni animati, videogiochi. Ma in questo caso non si tratterebbe di un remake, sarebbe proprio una storia originale. All'inizio avevano pensato a un film crepuscolare, con il protagonista anziano e sulla via del tramonto, ma l'attore che doveva interpretarlo, un cretino se mi posso permettere, non se l'è sentita. Quindi hanno virato su una serie tv, con lui ancora giovane. Quando l'ho saputo, ho subito proposto te. L'età c'è, gli somigli anche un pochino. Loro nicchiavano, ma stamattina, dopo l'uscita di 'Vanity Fair', mi hanno richiamato e tutti pensiamo che solo tu puoi fare: *Lucky Luke, il pistola più veloce del West*!"

"*Il* pistola?"

"Sì, te l'ho detto, è un western!"

"Ma allora sarà: *La* pistola più veloce del West!"

"Vabbè, non è un articolo a cambiare la validità del progetto! Per esempio, tu dici *il* clitoride o *la* clitoride?"

"Il..."

"Vedi?"

"Ma cosa c'entra?"

"C'entra, il o la clitoride c'entra sempre!"

E questa volta è Mirko a mettere giù.

*

Quando sei con Jessica, stai sempre bene. Dopo le disavventure milanesi, sei tornato nel tuo amato Salento. Ora sei sulla spiaggia di Punta Prosciutto, gli lanci un legnetto. Jessica ti guarda e scodinzola. È l'unico cane a cui non frega nulla di uno stupido gioco che tutti gli altri cani amano moltissimo: riportare un sasso o qualsiasi cosa il loro padrone lanci lontano. È proprio il tuo cane. Anche tu fai solo cose non dico necessarie, ma quantomeno utili. E soprattutto, se una cosa non ti va di farla, non la fai.

Così ti rassegni ad andare a raccogliere il piccolo legno; Jessica ti segue e, appena l'hai raccolto, con i denti te lo strappa dalle mani e scappa. Il tuo cane si è inventato un nuovo gioco. Ora sei tu che lo devi inseguire per riprenderlo. E così fai, per decine, centinaia di metri, per chilometri. Attraversi la provinciale e ti trovi all'ingresso del Nardò Technical Center: il famoso, anzi famigerato, Anello di Nardò. Fu la causa dell'esproprio dell'uliveto di tuo padre e del licenziamento di tua madre. Jessica depone la sua preda proprio davanti alla sbarra che si alza solo davanti a pochissimi eletti muniti del pass per entrare. Alcuni giornali locali hanno definito quel luogo la Area 51 italiana, essendo uno spazio ultrasegreto, persino poco dettagliato su Google Maps.

Una guardia armata esce dalla sua garitta per chiederti di allontanarti. Tu hai un moto di ribellione, ricordi le lotte di tuo padre, vorresti rivendicarle, dire a quel giovane in divisa che sei il figlio di quello che si incatenò a un ulivo per non farlo espropriare, ma i tuoi propositi bellicosi vengono smontati da Jessica, che abbaiando corre via. Lasci perdere il legnetto, la sbarra, il giovane armato e ti metti a inseguire quel Labrador al quale non hai mai voluto imporre il guinzaglio, e forse hai fatto male.

Il breve inseguimento tra gli ulivi termina quando da dietro un albero vedi spuntare un uomo che ti sembra di riconoscere. Fisico massiccio, folta barba... Viktor! Che si presenta zoppicante e con uno zigomo nero. E dietro di lui i suoi fratelli: Juri, Sascia e Pascia, tutti incerottati e costellati di lividi, escoriazioni e graffi.

A te si gela il sangue. Cerchi con lo sguardo Jessica, che invece scondinzola felice, ignaro di quello che potrebbe accadere.

A parlare è Viktor, e il tono – incredibile! – non è affatto minaccioso: "Caro Mirko, volevamo chiederti una cortesia...".

E tu, da grande infame quale sei, non lo lasci neppure parlare.

"Lo so, lo so cosa volete! Me l'ha detto Lara. Cercate il famoso Marco Moschini perché deve assumersi le sue responsabilità per averla messa incinta. E fate bene! Ma io non so dove sia! Cioè, lo so. Abita a Milano, in via Savona 7! Ma noi non siamo amici, io neppure lo conosco..."

E Viktor, che oltre a essere insolitamente pacato parla anche un ottimo italiano, ti interrompe: "Calma, calma... Noi abbiamo sempre saputo che Lara non era incinta. Conosciamo bene la nostra sorellina e, anche se ci prova di continuo, non riesce proprio a raccontarci balle".

"..."

"Noi cercavamo il Moschini, è vero, ma solo per tentare di costringerlo ad accettare il ruolo di Lucky Luke in quel film, e se non si fosse intromessa una vecchia, scaltra come una volpe, che sa manovrare macchine mostruose e conosce tutte le arti marziali immaginabili, ci saremmo pure riusciti."

"Ma cosa vi frega se il Moschini fa quel film o no?"

Ed ecco che vedi Viktor arrossire e gli altri Zivago guardare per terra, sporgere il labbro a cucchiaino, strusciare il piede avanti e indietro, insomma vergognarsi per quello che Viktor sta per dire.

"Noi... fin da piccoli... volevamo fare gli attori. E pensiamo di essere perfetti per impersonare... i fratelli Dalton."

"I nemici di Lucky Luke?"

"Esatto. E sapevamo che il progetto di quel film stava naufragando a causa del rifiuto di Marco Moschini. Insomma, lo avremmo convinto volentieri ad accettarlo. Avevamo in mente una proposta che non avrebbe potuto rifiutare."

"Immagino..."

"E ora, a parte la vecchia, da amici della Magliana ammanicati con le produzioni americane abbiamo saputo che non faranno più un film con Lucky Luke anziano, ma una serie con un Lucky Luke giovane e scemo."

"Ah, così dicono alla Magliana?"

"Sì, e dicono anche che sono in attesa di una tua risposta affermativa che ancora non è arrivata. Ora, ti ricordi, vero?, quando ti abbiamo aiutato a partecipare come concorrente all'*Eredità*? Vuoi che ti raccontiamo come ci siamo riusciti?"

"No, no, per carità!"

"Ti ricordi però che ci eravamo salutati con: 'A buon rendere'?"

"Certo, ma io avrei comunque accettato di fare quel film, io ho *già* accettato di fare quel film! Io *voglio* girare quel film, io *non vedo l'ora* di essere il pistola più veloce del West!"

"Bene. Ne siamo felici, vero, ragazzi?"

Tutti gli Zivago annuiscono.

E mentre i fratelli si danno pacche sulle spalle facendosi involontariamente molto male a causa delle botte prese da Judi, ti squilla il cellulare. È Lara, che coincidenza. Magari sapeva che i suoi fratelli erano venuti a parlare con te. Forse è stata lei a dirgli come e dove trovarti.

"Ciao Lara, tutto bene?"

"Senti, Mirko, devo dirti una cosa importante."

"Dimmi," fai tu, ormai sereno per aver instaurato un buon rapporto con i suoi fratelli.

"Sono davvero incinta."

"Ah. E... Marco lo sa?"

"Non c'entra Marco."

"..."

"Il figlio è tuo."

"Ma come... non è possibile... noi... abbiamo dormito insieme solo una notte..."

"Sì, solo una, ma quella notte ci abbiamo dato dentro mica poco."

"E poi tu mi avevi detto di avere le tue cose."

Silenzio.

"Tu non hai mai detto una bugia?"

"Non così grave... Ma perché l'hai fatto?"

"Perché mi è sempre piaciuto il rischio. E forse, inconsciamente, un figlio lo volevo davvero."

Tu rimetti lentamente il cellulare in tasca, guardi i suoi fratelli che hanno capito che qualcosa non va e dici semplicemente: "Vi saluta Lara".

Poi, ancora una volta, svieni.

11.

E Judi, finalmente e stranamente rilassata, racconta. Intanto non si chiama Judi Dench, com'era ovvio, ma Jennifer O'Connely.

"Come l'attrice di *C'era una volta in America*?" chiede Marco.

"Tciutci me lo chieddono." [Nota per gli editor, ed eventualmente per la Ioppolo: quando parla Jennifer, non correggete l'ortografia. Non sono errori, è lei che, essendo britannica, parla così. Ogni tanto sbaglia anche qualche doppia.]

"No, quela è Jennifer Connelly. Con due *elle*. Non siamo neanche parentci."

"Peccato."

"Ho conosiuto tciuo papa negli anni setanta. Sono statta sua allieva nei servizzi. Mi ha insegnatto tanto. Era un uomo interesante, sai? E anche affasinante. Siamo statti amanti. Poi è arrivata quela Pamela e ce lo siamo contese un po'."

"Be', ci sarebbe stata anche mia madre."

"Ah sì, la mollie. Ma le mollii non sono rivale. Le mollii nel nostro ambiente esistono, crescono i filii, danno sicurezza, solidità, copertciura."

"Copertura..." ripete Marco tra sé pensando a sua madre.

"Comunque aveva costcruitto una bela squadra, Gegé."

"Gegé? E chi è questo Gegé?"

"Gualtciero, tciuo papa. Si faceva chiamare Gegé. E tciutci lo rispetavvano: io, Pamela, Pedro, De Andrade."

"Anche il notaio?"

"Notciaio..." Jennifer ride di gusto. "Lui è il nostro money launder... Come dite voi? Rippulitore, sì? Vuoi sapere cosa fa un money launder?"

"No, grazie, preferisco restare nella mia ignoranza. Ma, per caso... anche Barbie e Ken fanno parte del vostro, come chiamarlo?, gruppo, nucleo, cellula?"

"Certo, Joshua e Shula. E pure Urszula."

"No! La nostra badante?"

"Suo compito era controlare Silvana. E anche te e tciua sorela. Non ricordi che ve la presentò tciuo papa?"

"Sì, sì, è vero, ma... A proposito, chi era quella donna che mi telefonò per dirmi che mio padre aveva avuto un incidente sul Lago Maggiore?"

"Io."

"No, non è possibile! La ricordo bene, aveva un accento slavo!"

"E che ci vuóle ad aviere un aciénto del Èst?" dice con perfetta inflessione slava. "Io parlo cinque lingue e parecchi dialetti, mio caro, ma soprattutto sono bravissima a imitare gli accenti. Ora, per esempio, parlo perfettamente l'italiano senza la fastidiosa cadenza britannica che avevo fino a poco fa."

"È vero!"

[Altra nota per gli editor ed eventualmente per la Ioppolo: d'ora in avanti, se trovate errori di ortografia correggeteli pure.]

"Ma, cara Jennifer, si può sapere che cosa facevate esattamente?"

"È una storia lunga. La nostra cellula, noi non la chiamavamo così ma diciamo che rende l'idea, nasce all'interno dell'MI6 inglese. Tuo padre era entrato in rapporti con loro durante la Seconda guerra mondiale e quel nome l'ha aiutato molto."

"..."

"Non sai che quell'altro Gualtiero, l'Adami, faceva la spola tra l'Italia e Londra per comunicare con l'esule Mazzini?... Ma non serve farla troppo lunga. Durante la guerra fredda, tutti si fidavano di lui perché erano convinti che Gegé fosse con loro. Poi scoprì che i suoi capi inglesi erano corrotti tanto quanto i russi e i tedeschi dell'Est. Avevamo raccolto le prove. Così, cominciarono a braccarci. Tutti."

"Mi sembra la trama di almeno una decina di film di spionaggio."

"Pensa quello che vuoi. Questo era tuo padre. Ma fece un grosso errore: non distrusse il documento costitutivo della nostra cellula, con i nostri nomi e tutto quello che negli anni avevamo scoperto."

"Tipo?"

"Vuoi davvero saperlo?"

"Be', a questo punto..."

"Direi che non ti conviene. Si va dall'omicidio Mattei (abbiamo ritrovato, ad esempio, le pagine mancanti di *Petrolio* di Pasolini) al Terzo Segreto di Fatima. Siamo stati piuttosto bravi, per cui non c'è mistero italiano che non abbiamo studiato e, con i nostri metodi non propriamente ortodossi, pure risolto. Ma non abbiamo prove canoniche, per cui conviene a tutti che quei segreti restino segreti. Sarebbe troppo destabilizzante se diventassero di dominio pubblico. E noi rischieremmo troppo. Pensa solo agli Stati Uniti. Alcuni decenni fa, Woodward e Bernstein dopo aver svelato lo scandalo Watergate divennero eroi, oggi Assange, per aver scoperchiato scandali anche peggiori attraverso WikiLeaks, rischia centosettantacinque anni di carcere."

"..."

"Finché tuo padre era vivo, ci fidavamo tutti di lui. Ma ora non ci fidiamo di nessuno, neppure tra di noi. *Io* non mi fido di nessuno."

All'improvviso a Jennifer torna lo sguardo cattivo di poco prima. E punta di nuovo la pistola su Marco.

"Motivo per cui devo recuperare quei documenti. A tutti i costi. Gegé mi aveva detto che li aveva nascosti dentro una pressa, uno dei suoi oggetti vintage a cui era molto legato."

"Ho capito!" la interrompe Marco cercando di spostarle la pistola che ancora stava a dieci centimetri dal suo viso. "Dev'essere il Torchio di Gutenberg, che ha deciso di donare al Museo della Scienza di Milano. So dov'è."

Senza dire nulla, Jennifer si rimette la parrucca e Marco la maschera. E a Rimini, su via Paolo e Francesca, appare un'inedita coppia di cosplayer che camminano trafelati mano nella mano: Paperino e Maga Magò.

*

Marco era convinto che quell'oggetto fosse ancora nel capannone di Pedro, a Cuasso al Monte, e lì avrebbe condotto Jennifer. Per fortuna ha chiamato prima Marzia, un po' per salutarla, ma soprattutto per sapere se per caso avesse già provveduto a trasportare il Torchio di Gutenberg a Milano.

"Claro que sí!" è stata la risposta della sorella, ridacchiando allegra.

"Ti sento strana," le dice Marco preoccupato.

"Tutto bene, mai stata meglio." E poi, sottovoce: "Sono qui con Pedro. Abbiamo passato la notte assieme. Non ti dico cosa abbiamo fatto".

"Ecco, non dirmelo!"

"Deja de hacerme cosquillas, cabrón!"

"Stai ripassando lo spagnolo che papà ti ha fatto studiare?"

"Sì, hai visto che aveva ragione? Ricordo ancora quando mi disse: 'Marzia, ricorda, la lingua del futuro è lo spagnolo'!"

"Caspita, uno che vedeva davvero lontano, nostro padre. A te ha fatto studiare spagnolo, a me francese... E oggi, se non sai l'inglese, non sei nessuno."

"Ha fatto bene, invece. Era convinto che l'inglese l'avremmo studiato comunque... Pedro, basta farmi il solletico!"

"Vabbè, pace all'anima sua. Ma la pressa che fine ha fatto?"

"Sono venuti qui a ritirarla quelli del Museo di Milano. Ci hanno ringraziato molto. Dicono che è un pezzo rarissimo e conservato davvero bene."

"E tu sei ancora a Cuasso?"

"Sì, e mi sa che ci resterò ancora un bel po', tanto Marcellino è con Urszula. Te l'ho detto che l'ho assunta?... Pedro, basta farmi chupetones, così mi fai male!"

"..."

"Vuoi sapere cosa sono i chupetones?"

"Preferirei di no. Ma salutami Pedro. E Urszula, quando la vedi."

*

Museo della Scienza e della Tecnica di Milano. Ventottomila metri quadri di superficie espositiva, oltre diecimila reperti tra oggetti originali e modelli. Marco e Jennifer non sanno a chi rivolgersi per sapere dove possano aver stivato la pressa.

Ma un grosso cartello, per ora scritto a mano, rende inutile la loro ricerca:

PRESSO L'EDIFICIO MONUMENTALE, PIANO 2,
NEL PADIGLIONE DEDICATO ALLE COMUNICAZIONI,
VI INVITIAMO A VEDERE LA NOSTRA RECENTE ACQUISIZIONE:
IL TORCHIO TIPOGRAFICO DI GUTENBERG.

Jennifer e Marco, passando attraverso cortili e capannoni che espongono treni, sottomarini, centrali termoelettriche, telescopi e forni ad arco, arrivano finalmente al padiglione dedicato alla Comunicazione.

Marco si aggira tra radiotelegrafi e calcolatori elettronici, e proprio accanto al Pantelegrafo Caselli, antenato ottocentesco del nostro scanner, protetto da una teca in vetro vi è il suo, ormai loro, Torchio di Gutenberg. Un cartello ai suoi piedi ringrazia per la donazione la famiglia Moschini e, con parecchia enfasi e un pochino di orgoglio campanilistico, comunica che nello Utah il Crandall Historical Printing Museum, che vantava il primato di ospitare l'unico modello di macchina da stampa a caratteri mobili funzionante al mondo, dovrà rivedere tutti i suoi dépliant, perché ora anche Milano ha la sua pressa, che sarà inserita nella mostra permanente del museo e, la direzione ne è convinta, avrà migliaia di visitatori.

Jennifer guarda dal vetro l'oggetto per cui combatte da settimane. Tutto sommato, il loro documento ultrasegreto è più al sicuro lì, stretto dalla pressa di Gutenberg, che altrove. Si distacca dal vetro per ringraziare il figlio di Gegé e accomiatarsi, forse per sempre, ma... Marco non c'è.

Scomparso.

*

E questa volta è scomparso davvero. Da settimane. Marzia aveva chiamato Luciana, di cui ormai è diventata amica, e quando l'ha sentita più preoccupata di lei ha deciso di avvisare la polizia. Di conseguenza, Marco è stato iscritto d'ufficio al Portale delle Persone Scomparse della Prefettura e, com'era prevedibile, qualche settimana dopo anche la trasmissione *Chi l'ha visto?* si interessa al suo caso.

"Un famoso attore, che qualche anno fa vinse un Oscar, parliamo di Marco Moschini, proprio *quel* Moschini, è svanito nel nulla. Da settimane," declama la conduttrice. "Siamo riusciti a scovare e intervistare chi lo conosceva bene. A partire dal suo agente, Fernando Regala, che ci ha dichiarato..."

"Effettivamente, negli ultimi tempi era un po' strano. Aveva abbandonato il set di un film al quale teneva molto, cosa che nella sua lunga carriera non era mai successa. Era stanco, ecco. Stanco del suo lavoro, della sua vita... Non vorrei avesse commesso un gesto estremo. Sentiva il peso dell'età, non voleva invecchiare, insomma.

Un giorno, parlando dei ruoli che gli stavano proponendo, mi ha detto, testuali parole: 'Io mi sento ancora un amante, un giovane amante. Passi un padre, padre di adolescenti... ma quando inizieranno a propormi ruoli da nonno, caro Nando, io smetto, giuro che smetto e scompaio'. Immancabilmente, era arrivata la proposta del remake di un film americano: *Nonno scatenato*, con De Niro e Zac Efron. Pensi che lui era convinto che lo cercassero per il ruolo di Zac Efron, il nipote. Quando invece ha capito che lo cercavano per il nonno è entrato in depressione. Ma santiddio, l'ha fatto De Niro, quel ruolo, e non può farlo Marco Moschini? Non le dico poi quando un'altra major lo aveva contattato per proporgli un grande western comico. Poteva essere il suo rilancio, perché, ammettiamolo, di recente la sua fama era un po' appannata. E invece è bastato leggere il titolo, peraltro provvisorio: *Lucky Luke, l'arzillo vecchietto*, per farlo incazzare. Io ho provato in tutti i modi a enfatizzare la parola 'arzillo'. Niente da fare, lui vedeva solo la parola 'vecchietto'. Per fortuna quel progetto non è fallito, anzi. Lo hanno rilanciato, con un altro attore, ovvio, e posso ufficialmente annunciare che stanno per iniziare le riprese di: *Lucky Luke, il pistola più veloce del West*! Una serie tv per la grande piattaforma americana..."

"Va bene, va bene," lo interrompe la conduttrice prima che Nando possa farne il nome. "È di diverso avviso uno dei suoi più stretti amici, il signor Enzo, che avevamo invitato in studio, ma che ha preferito restare a casa sua, quindi lo abbiamo in collegamento... Enzo, secondo lei che lo conosceva bene, il Moschini si è tolto la vita, è stato rapito o è stato fatto fuori? E se sì, da chi? Ci può raccontare qualcosa di lui, delle sue abitudini, magari dei suoi vizi, per provare a rintracciarlo?"

Enzo prende la parola: "Ma lasciarlo in pace, no? Sono anni che pullulano siti e applicazioni di dating, per incontrare altra gente; ma sapete che da qualche tempo c'è un altro fenomeno che è l'esatto opposto e che presto, sono convinto, sarà studiato come fenomeno sociale, e cioè il ghosting? Il rendersi irreperibili. In Italia scompaiono 67 persone al giorno. E sapete quante vengono ritrovate? Meno della metà. Cito dalla relazione annuale del Commissario di governo: 'In Italia le persone scomparse e mai ritrovate sono 63.620. Solo nell'ultimo anno non si ha notizia di 29.315 individui, e di questi meno della metà sono stati ritrovati'.

Ma il dato più interessante è che almeno l'ottanta per cento si è allontanato di sua volontà. Infine, se anziché usare il verbo scomparire usaste qualche sinonimo meno drammatico, forse fareste un po' meno audience, ma la vita di tutti noi sarebbe più leggera e gioiosa. Ad esempio, potreste provare con: defilarsi, dileguarsi, eclissarsi, levare le tende, squagliarsela, svignarsela, volatilizzarsi... Per cui, ribadisco: vogliamo lasciarlo in pace?".

E la conduttrice, muta.

Ma l'inchiesta continua.

Come in un processo sommario, sfilano sul teleschermo le dichiarazioni di Nico: "Scusatemi, sono a Bangkok, sto facendo rifornimento carburante. Vi richiamo appena avrò decollato. Oppure appena atterro a Vientiane".

Quelle di Davide: "Vi prego, non pensate a gesti estremi. Io me lo immagino nella sua caverna, la caverna della sua coscienza, a meditare sul senso della vita e ad arricchirsi di conoscenza. E poi ricordate che anche il sole tutte le sere 'scompare all'orizzonte', ma la mattina dopo ricompare. Potrebbe essere così pure per Marco. E forse non è scomparso, ma semplicemente sparito. Frasi come 'Marco è scomparso' e 'Marco è sparito' hanno significati diversi. La prima può significare che Marco si è perso e non si trova più, oppure che è morto. La seconda significa che Marco non si fa più vedere in giro. C'è una bella differenza, non credete? Ora scusate ma devo andare a seminare l'asparago violetto di Albenga, per dimostrare che anche qui nella Riviera di Levante cresce rigoglioso quel tipico prodotto del Ponente. E mi spiace avere solo un collegamento audio, altrimenti vi farei vedere i pomodori cuore di bue che ho appena raccolto, ma ve li posso descrivere...".

"Peccato, è caduta la linea!" urla la conduttrice, annunciando subito dopo l'intervista più importante della serata, quella con la sua vicina di casa, forse fidanzata, amica? Ce lo dirà lei stessa: "Pronto Luciana, mi sente?".

E Luciana, in collegamento audio: "Ciao Marco, intanto volevo dirti che sto bagnando il tuo ficus ogni giorno. E anche le begonie. So che sei vivo, so che stai bene, forse meglio di tutti noi. So anche che sicuramente non stai vedendo questa trasmissione. Però sappi che mi manchi. Mi manchi tantissimo, mi mancano i tuoi passi sulle scale, i tuoi occhi accesi e curiosi, le tue mani sapienti e voluttuose, e mangiare. Mangiare con te. Mangiarti. Faccio tutto da sola, ma non è la stessa cosa. Appena ci rivedremo, perché so che ci rivedremo, ti prometto un'impepata di cozze da farti svenire. Anzi da farti venire. Voglio dire, tornare... Vieni, ti prego, se vieni tu vengo anch'io, vengo, vengo... aaahhh, aaahhh...".

"Bene, ringraziamo Luciana per questo importante contributo. E invitiamo chiunque avesse visto Marco Moschini, proprio *quel* Moschini, a segnalarcelo. La sua faccia la ricordate di sicuro, comunque adesso vi proponiamo un montaggio con le sue principali interpretazioni. Prima, però: pubblicità! A fra poco."

Undici

La piattaforma americana è davvero una grande piattaforma americana, ma i grossi budget li stanziano solo per i prodotti americani. L'Italia, che per loro è soltanto una provincia dell'impero, non se li merita. Per cui, le dodici puntate da cinquanta minuti dal titolo provvisorio *Lucky Luke, il pistola più veloce del West* devono fare i conti con pochi soldi e pochissima convinzione da parte degli americani. Il regista avrebbe voluto usare come set il deserto di Almeria, dove sono stati girati quasi tutti i western all'italiana, compresi quelli di Sergio Leone. Solo che costava troppo. Si è optato così per le dune di Capocotta, vicino a Ostia. E quando lo scenografo ha fatto notare che quelle dune difficilmente potevano far pensare all'Arizona o al Nuovo Messico, visto che danno proprio sul mare, il producer locale ha rintuzzato serafico: "Il mare? Lo cancelliamo in postproduzione. E poi chi l'ha detto che in Arizona non ci può essere il mare?".

"La geografia?" ha timidamente risposto l'assistente scenografa.

"La geografia? Ma noi facciamo arte! Noi ce la mangiamo la geografia, ci caghiamo sopra alla geografia, ce la inculiamo la geografia!"

Era tutto chiaro, insomma. Per fortuna la produzione aveva affittato un capannone a Cinecittà per gli uffici, e di conseguenza gli interni si sono potuti girare lì.

"Ma forse pure qualche esterno," ha azzardato il producer.

"Ho trattato con la direzione e per poche lire ci fanno usare le scenografie, mai smontate, di *Gangs of New York*!"

"Ma quel film si svolgeva, appunto, a New York, nel diciannovesimo secolo..."

"Eh, stamo a guardà er capello!" replica il calvo produttore locale, con inconsapevole autoironia.

Morale, siamo a Cinecittà.

Finalmente, i nostri fratelli Zivago vestono i panni dei Dalton.

Anzitutto va detto che solo loro sono convinti di somigliare ai quattro protagonisti del famoso fumetto. Non è così. I Dalton sono da sempre disegnati e descritti come magri, anzi proprio segaligni, con la faccia spigolosa e sottili baffetti. Mentre i nostri Zivago sono tozzi, massicci e con grosse barbe che non hanno nessuna intenzione di farsi tagliare. Anche la divisione dei ruoli, pistola alla mano, l'hanno decisa loro.

Juri è Joe, il più piccolo e cattivo; Sascia e Pascia, ovviamente, i gemelli William e Jack; quindi, per esclusione, a Viktor sarebbe toccato il ruolo di Averell, il più alto, il più giovane, nonché il più stupido dei quattro. Ma Viktor non ci sta, lui è convinto di essere l'essenza di Joe, con le sue tre *p*: piccolo, pronto e perfido. Scatta la rissa tra Viktor e Juri. Sascia e Pascia, pur non avendo capito bene il motivo del contendere, ci si buttano, schierandosi uno con Viktor, l'altro con Juri. Ne escono tutti e quattro parecchio malconci. Sembra che le botte prese da Jennifer non gli siano bastate.

Alla fine decidono di scambiarsi i ruoli a ogni scena. All'insaputa del regista. Che in effetti ha altro per la testa: far passare una ricostruzione (ormai in decadenza) del quartiere newyorkese di Five Points per Daisy Town, un'amena cittadina del Far West.

Intanto Mirko è riuscito a far scritturare Jessica nel ruolo di Rantanplan, il cane di Lucky. Al provino ha dovuto soltanto mostrare di essere famelico e indolente. Preso. Alla prima sparatoria fuori dal saloon (un edificio in mattoni rossi che a tutto somiglia fuorché a un saloon) saltano due lampioni e una botte piena d'acqua (pronta per una scena successiva) viene bucata dai proiettili dei Dalton-Zivago.

Avevano usato i loro veri *ferri*, sostenendo poi che le pistole di scena erano troppo finte, troppo leggere... E soprattutto non sparavano!

Hanno provato a spiegare loro che al cinema si fa così. Per finta. "Non vorrete mica finire come Alec Baldwin!" ha urlato il direttore di produzione.

"Magari!" ha risposto Juri.

E così le riprese sono continuate, ricordando più che un western (benché leggero) un film demenziale all'incrocio tra *Una pallottola spuntata* e *Hollywood Party*.

Tu, caro Mirko, sul set eri molto distratto. Cercavi solo di capire se Lara aveva già avvisato i fratelli delle conseguenze della vostra notte di amore selvaggio. E ogni volta che lei ti cercava (l'ha fatto innumerevoli volte) schiacciavi il tasto *rifiuta*. Tanto che alla fine si è rivelato un tuo rifiuto della paternità. Te ne sei reso conto e ti sei spaventato. Soprattutto per le conseguenze che quel rifiuto avrebbe scatenato se i fratelli ne fossero venuti a conoscenza.

Al netto di questa tua paranoia, le riprese della serie sono filate via lisce come l'olio.

I produttori americani che vedevano i giornalieri erano entusiasti. Ogni incidente, ogni tua battuta sbagliata, ogni latrato di Jessica a coprire i dialoghi (in tutta franchezza non indimenticabili) li facevano piegare in due dalle risate.

Così si è arrivati al giorno del lancio: un successo – ancora una volta, inspiegabilmente – incredibile.

E a te, caro Mirko, hanno chiesto persino di partecipare al Festival di Sanremo da ospite, cantando *I'm a poor lonesome cowboy / far away from home...* vestito da Lucky Luke.

La vera consacrazione, però, è stata la tua foto sulla copertina di un numero speciale della "Settimana Enigmistica", con la didascalia: "Il personaggio più famoso dell'anno".

12.

Il sole sta tramontando e lui, il piccolo Boris, non vuole uscire dall'acqua. Lara lo chiama, è pronto da mangiare.

"Aspetto che esca papà."

"Ma ne avrà ancora per mezz'oretta, lo sai."

"E io aspetto mezz'oretta."

Il piccolo Boris, figlio di Lara e Mirko, che tanto piccolo non è più (ormai ha sei anni), ha gli occhi scuri e intensi della mamma, i capelli ricci e arruffati del babbo, ma il carattere è tutto suo. Anzi, lo ha preso da quello che lui chiama papà.

Boris accetta un compromesso con Lara, esce dall'acqua ma aspetta che *papà* e *zio* escano dalla bara.

È così che la chiamano, per scherzo.

In realtà è una camera iperbarica, anzi due, che *papà* e *zio* hanno costruito recentemente e che ora stanno sperimentando, dopo un'immersione particolarmente profonda da Cala Maestra verso il relitto *Nasim*, inabissatosi nel 1976 insieme al suo carico di automobili. Marco e Maurizio (il *papà* e lo *zio* di Boris) si sono ritrovati da tempo. E Marco ha potuto finalmente sperimentare quell'immersione al Nitrox che anni prima gli era stata negata dalla Digos. Si sono raccontati tante cose, a partire dal loro rapporto con Luciana, sono diventati amici, per davvero. E dopo qualche gita occasionale all'isola di Giannutri per vedere esattamente cosa avesse ereditato Marco, hanno deciso di rimettere a posto quel rudere. Con le loro mani. Ci hanno impiegato mesi, ma con la manualità di Maurizio e la voglia di imparare di Marco, ce l'hanno fatta. Muretti a secco, materiali di recupero, alcuni trovati da rigattieri, altri sott'acqua... Le ante dei loro armadi sono le portiere di alcune Fiat naufragate insieme alla *Nasim*. E finalmente tutti quegli attrezzi di Marco che giacevano intonsi nel suo sgabuzzino di Milano hanno preso vita e sono serviti a qualcosa.

Anche la sua collezione di automobiline di Paperino è lì, a Giannutri, passata nelle mani del piccolo Boris, anche se è fonte di continue discussioni perché Marco sostiene che fossero esattamente cinquanta. E tolta quella che ha messo sulla bara della mamma, ora dovrebbero essere quarantanove. Invece sono solo quarantotto. Chi ne ha persa una? Marco nel trasloco o Boris giocandoci?

Insomma, tra bagni, lavori e futili discussioni, ora vivono lì, dove anni prima vissero in libertà Gualtiero Adami e Marietta Moschini.

Quando Marco ha preso possesso del terreno, ha trovato nel faro un libro appartenuto a Marietta: *Demian* di Hermann Hesse, con una frase sottolineata più volte che ha voluto far incidere su una targa accanto alla porta della loro futura casa: "La vita di ogni uomo è una via verso sé stesso, il tentativo di una via. L'accenno di un sentiero. Nessun uomo è mai stato interamente sé stesso. Eppure, ognuno cerca di diventarlo. Chi sordamente, chi luminosamente, ognuno come può".

Boris controlla l'orologio. Il tempo di decompressione è terminato. Bussa alle due bare. Il *papà* e lo *zio* ne escono allegri e affamati.

Il piccolo li guarda ansioso aspettando il regalo che gli portano sempre dopo un'immersione.

Questa volta è Maurizio che gli mostra la cloche di una Peugeot raccolta a quarantacinque metri di profondità (per la cronaca, in quello che loro chiamano "il parcheggio", sono depositate dodici Fiat, trentacinque Peugeot e due Mercedes). Poi, Marco urla: "L'ultimo che arriva, questa sera sparecchia!" e i tre partono di corsa.

Sulla porta di casa c'è una bella donna che li aspetta. Ha capelli resi biondi dal sole e raccolti in una treccia, viso abbronzato e lentigginoso, lunghe gambe affusolate da ballerina, pancia da sesto mese di gravidanza, seno florido e un rigoglioso pelo pubico. È nuda, Luciana. Ma anche Maurizio e Marco lo sono. E anche il piccolo Boris. E pure Lara che, sotto il patio, sta mettendo a tavola l'immancabile Mostarda di Digione, di cui persino il piccolo Boris va pazzo.

Hanno deciso di vivere così, secondo natura.

Luciana prima di rimanere incinta (di chi, poi?) passava ore sul suo colorato *aerial silk*, che si è fatta installare da Maurizio, incantando i suoi amici con le sue evoluzioni sensuali e armoniose. E non vede l'ora di trasmettere questa sua passione al piccolo Gualtiero, che fra poco nascerà.

Lara ha appena saputo che la storia della scienziata con il suo megacervellone ha vinto il premio Solinas.

Maurizio, tra immersioni e lavori manuali da insegnare a Marco, ha trovato la sua dimensione.

E Marco è finalmente in pace con sé stesso. I media hanno smesso di cercarlo. Persino la redazione di *Chi l'ha visto?* se n'è fatta una ragione. Ha riflettuto molto, leggendo e rileggendo la storia di sua bisnonna Marietta. Si è chiesto se non fosse davvero il suo destino, il suo karma. Ma ha deciso di non rispondersi. Forse questa è semplicemente una seconda vita, una seconda possibilità che, pensa, a tutti è data. Basta volerla, basta coglierla. Perlomeno, così è stato per lui.

Noi ci chiediamo se la scelta di Marco sia una fuga dalle responsabilità, un nascondersi o addirittura, come ha detto Nando: "Tutto talento sprecato". Possiamo risponderci. Ma anche no.

Non vogliamo neppure sapere se questa scelta di vita in comune abbia dei lati oscuri, dei momenti negativi, delle liti, delle gelosie. Forse sì, ma quella potrebbe essere un'altra storia.

Né ci interessa conoscere cosa accade di notte. Se dopo tutti quei sorrisi alla luce del sole, dopo le cene allegre bagnate da buon vino, dopo qualche cantata stonata, si continui a fare l'amore tutti insieme, o a tre, o scambiandosi partner... Le combinazioni sono davvero molte.

E tuttavia, neanche questa è la nostra storia.

La nostra storia potrebbe terminare con il pesce sulla brace che tra poco tutti mangeranno con appetito, baciati da quella luce particolare del sole appena tramontato sul mare (ci starebbe bene un raggio verde), e un drone che salendo nel cielo rende i nostri protagonisti piccoli piccoli e ci rivela lo spicchio di Luna appena sorta. Una lenta panoramica ci mostrerà infine l'isola vista dall'alto, anch'essa a forma di Luna.

Come in un film.

Dodici

Nardò, a pochi chilometri da Torre Lapillo, qualche anno dopo.

Per l'esattezza dentro il Nardò Technical Center di cui tu, caro Mirko, con i soldi della serie *Lucky Luke, il pistola più veloce del West*, ma anche delle varie pubblicità girate in questi anni (Green Cow e Drybriefs sono state solo le prime, e neanche le più remunerative), insomma, con tutti i soldi che hai guadagnato e con qualche investimento riuscito (almeno in quello hai dimostrato un vero talento!), hai rilevato dalla Porsche una importante quota del circuito. Di conseguenza, hai avuto diritto a entrare nel loro consiglio di amministrazione. Cosa che hai fatto subito e con grande soddisfazione. Nessuno saprà mai se il tuo vero intento era buttarti in un altro affare o soltanto avere il pass che ti permette di entrare nel circuito e usufruire delle piste quando e come vuoi.

Ora, ad esempio, sei sull'Handling Track, il circuito con sette curve a destra, nove a sinistra e un rettilineo di mille metri, che imita perfettamente quelli di Formula Uno.

Stai percorrendo in sovrasterzo la curva cinque, a bordo della tua Lamborghini Aventador, con a fianco la tua lei, quella che ti ama, ti ha sempre amato, ti amerà sempre... Il tuo cane maschio Jessica.

Mentre Angela, che anche lei ama te, ma non ama la velocità, ti aspetta al centro dell'anello, con tuo padre che sta prendendosi cura dei nuovi ulivi che hai fatto reimpiantare dalla

Porsche, aiutato dal polemico e documentato servizio televisivo di *Report* (che nessuno saprà mai essere stato ideato e voluto proprio da Angela).

Quindi eccoti lì, con la tua Lamborghini, ad affrontare il lungo rettilineo a trecentocinquanta chilometri orari, cantando a squarciagola *I p' me, tu p' te* di Geolier.

E se è vero che il potere logora chi non ce l'ha, è altrettanto vero che il successo non logora chi ce l'ha.

Perché, se vogliamo trovare una morale a questa lunga e abbacinante favola, con un po' di amarezza dobbiamo riconoscere che l'uomo senza qualità vince sempre. E tu sei l'uomo più privo di qualità che io conosca.

Vogliamo un colpo di scena finale?

Anche se sono convinto che i lettori lo avranno capito da un pezzo, e tu di certo no, perché tra i tuoi talenti mancanti c'è anche la perspicacia.

La verità è che l'io narrante di questa storia sono io, Marco.

Marco Moschini, *quel* Marco Moschini a cui tu, Mirko Mazzotta, hai rubato la vita.

Marco e Mirko sono due gemelli. Marco è alto un metro e venti, Mirko, invece, centoventi centimetri. Mirko ha gli occhi celesti, Marco, invece, pure.

GIANNI RODARI

La versione di Nando

Bologna. Un luminoso ufficio con vista sul Parco della Montagnola. Nando è alla sua scrivania piena di oggetti, fogli scarabocchiati, un computer da tavolo non proprio dei più recenti. Ha in mano un manoscritto, o meglio un dattiloscritto, anzi una stampa spiralata, con tanto di copertina trasparente e ultima pagina in cartoncino rigido. La sfoglia come fosse un mazzo di carte e lui un mago di provincia. Seduto all'altro lato della scrivania c'è Marco Moschini. *Quel* Marco Moschini. Si guardano. La tensione è alta. Poi, finalmente, Nando parla:

"Negro?".

"Nero."

"Perché?"

"Perché no?"

"Ad esempio, perché non mi risulta che Mirko sia negro."

"Nero..."

"È *nero*?"

"No."

"Allora?"

"Ma questa è un'opera di finzione. È un romanzo. Narrativa... Fiction, insomma."

"Ah sì? Fiction?" Nando apre la bocca come per ridere, forse ci ha anche pensato, a ridere, cosa che poi non fa.

"Allora perché non l'hai fatto giallo?"

"Be', mi sembrava che raccontarlo come un italiano di seconda generazione fosse molto attuale. Farlo black..."

"*Black*?"

"Sì, insomma, *nero*..."

"Negro."

"Sì, ok... Comunque, pensavo fosse più giusto."

"Ascoltami bene. I *neri*, come dici tu, non leggono. Chi compra i libri è *bianco*. Anzi, *bianca*. Perché qui da noi leggono solo le donne. Non troppo giovani, tra l'altro." E qui Nando accenna un ghigno che vorrebbe essere un sorriso. "Vedi come sono rispettoso?"

"..."

"Non ho detto *vecchie babbione*. E insomma, queste donne *diversamente giovani* non leggono storie di *neri*, soprattutto se scritte da un *bianco*, che guarda caso si chiama Marco Moschini. *Quel* Marco Moschini. Quindi, mi sono permesso di apportare qualche piccola correzione."

Nando ricomincia a sfogliare l'ammasso di fogli, questa volta all'incontrario.

"Ad esempio, Mirko è tornato a essere bianco, magari un po' terrone, ma bianco. Sono convinto che quando leggerai la storia del circuito di Nardò ti appassionerai anche tu."

"Cos'è il circuito di Nardò?"

"Leggi e capirai, caro il mio saputello. Una cosa che invece ho tenuto, solo perché mi faceva troppa fatica cambiarla, è quel tuo uso ostentato della seconda persona. Ma chi ti credi di essere, Georges Perec?"

"In effetti, Perec fa parte del mio personale Pantheon. Insieme a Calvino, Borges, Marías..."

"Peccato che poi scrivi come Fabio Volo!"

"Ma..."

"E, senti un po', caro il mio *Pantheon*, non mi dici niente di O'Farrell? Non è che hai scopiazzato un po' troppo da lui?"

"Veramente... io non so neppure chi sia, O'Farrell..."

"Bravo! Nega, nega sempre. Perché ricorda: 'Il segreto dell'originalità è saper nascondere le proprie fonti!'. E poi, pensaci bene: 'Solo Adamo non poté mai essere accusato di aver plagiato qualcuno'. Anche queste le ho copiate! E non mi ricordo nemmeno da chi."

Nando si fa una bella risata, quindi si china verso un interfono datato e impolverato, pigia un tasto: “Samantha, ora puoi farlo entrare”.

La voce di Samantha è distorta, metallica e lontana: “Non posso”.

“E perché?”

“È stato chiuso in bagno.”

“Da chi?”

“Da me.”

“E perché l’hai chiuso in bagno?”

“Me l’ha detto lei!”

“Io ti ho detto di chiuderlo in bagno?”

“No, lei mi ha detto che stava arrivando il Moschini e preferiva che non si incrociassero. Non subito, almeno.”

“Io ho detto così?”

“No, lei ha detto: ‘Sta arrivando quel rompicazzo del Moschini e non vorrei che’...”

“Va bene, va bene, abbiamo capito,” la interrompe Nando.

“E il modo migliore per non farli incrociare era chiuderlo in bagno. Ho fatto male?”

“No Samantha, hai fatto benissimo. Ma adesso fallo uscire.”

“Non posso.”

E Nando, esasperato: “Ma perché?!”.

“Perché non trovo le chiavi.”

“A chi le hai date?”

“A nessuno, non mi fidavo. Le ho tenute io.”

“E allora com’è che non le trovi?!”

“È che... lei sa che la mia scrivania non ha cassetti, anche se io ne avrei tanto bisogno; per tenere la graffettatrice, la pinzatrice, la perforatrice... il temperamatite, la coccoina, le gomme, l’inchiostro... le cartucce, gli evidenziatori, il nastro adesivo, le buste, i biglietti da visita...”

“Ok, ti mancano i cassetti. Giuro che a fine anno, se facciamo un buon fatturato, come premio di produzione ti regalo una cassettiera da sogno! Ma ’sta chiave del bagno dove l’hai messa?”

“Me la sono nascosta nel reggiseno.”

"..."

"Ma poi mi sono ricordata che stamattina non mi ero messa il reggiseno, ma un body... sa, quello di pizzo che a lei piace tanto..."

Marco guarda il suo agente, che però fa lo gnorri.

"...Così la chiave è scivolata giù, giù... e non la trovo più."

"Come 'non la trovo più'? Vai in bagno e ravana un po'. Vedrai che la trovi!"

"Ma non posso andare in bagno. È occupato dal signor Mazzotta. E comunque non ho le chiavi."

"Cazzo, adesso vengo di là, infilo il braccio dove dico io e vediamo se non la trovo, 'sta chiave!"

Samantha spaventata: "No, no, ravano io. Ravano io!".

Si sentono rumori di bottoni slacciati, fruscii di vestiti, automatici che saltano, risolini come di chi soffre il solletico, ansimi di chi se la gode... poi un sonoro *plop!*

"Trovata!"

Nando chiude schifato l'interfono. I due uomini si guardano. Alla fine, per sciogliere l'evidente imbarazzo che si è creato, dice: "A proposito di chiavi che non si trovano, mi è venuta in mente quella barzelletta di Pierino... La sai?".

"Se non mi dici qual è, come faccio a sapere se la so?"

"C'è la mamma di Pierino che ha perso le chiavi di casa. Allora prende il mazzo di riserva e dice a Pierino di andare dal ferramenta a farne una copia. Pierino esce, ma appena attraversa i giardinetti del suo quartiere incontra due ragazze molto carine che lo guardano e sorridono tra loro. Lui si fa coraggio, si presenta, loro fanno altrettanto. E si dimentica del ferramenta e del motivo per cui era uscito di casa. I tre chiacchierano amabilmente, poi lui le invita a casa a fare merenda, loro accettano. Appena entrano, Pierino presenta le sue nuove amiche alla madre, la quale lo guarda, severa, e gli dice: 'Ma... le chiavi?'. E Pierino: 'Mamma, le ho appena conosciute!'."

Silenzio. Da parte di Marco. Nando invece continua a sghignazzare di gusto: "Ne so tantissime su Pierino! Una l'ho anche aggiunta al tuo *capolavoro*".

All'improvviso si apre la porta dell'ufficio. È Samantha, tutta spettinata, che mentre si riabbottona la camicetta lascia entrare Mirko.

"Ah, ho dimenticato di dirle che ha telefonato il dottor Mourinho. È la terza volta questa settimana. Se dovesse richiamare cosa devo dirgli?" domanda, ancora sull'uscio.

"Samantha, io ti pago, poco e in nero, d'accordo, per togliermi di torno i rompicoglioni. Inventati una scusa. Di' allo *specialone* che qui siamo tutta gente *normalona*... Anzi: digli che ho appena preso in agenzia gli arbitri Chiffi, Maresca e Marcenaro. Vedrai che non chiama più."

Samantha annuisce con una specie di inchino e, infilandosi la camicetta nei pantaloni, esce di scena.

Mirko e Marco si guardano. L'aria è tesa. Non si capisce chi sia più in imbarazzo. A rompere gli indugi è Nando, che apre un cassetto e tira fuori un centinaio di fogli A4. Forse duecento. Disordinati, scritti un po' a macchina, un po' a biro, con tante correzioni, frecce e rimandi. Nando cerca di far prendere forma a quell'ammasso di fogli sbattendoli ripetutamente sul ripiano della scrivania. Quindi, guarda Mirko dritto dentro gli occhi indicando la mezza risma: "E questo cosa sarebbe?".

"Te l'ho scritto. Appunti per una sceneggiatura. Diciamo un trattamento. Però, se pensi sia meglio pubblicarlo prima come racconto, per me va bene lo stesso."

"Ah, va bene lo stesso."

"Sì, certo."

"Diciamo che consideri la pubblicazione di questo ammasso di appunti strampalati senza capo né coda un piano B."

"Sì, ecco. Un piano B."

Pausa.

"Voi due siete pazzi. E presuntuosi. Guardate cosa faccio delle vostre *opere*..."

Nando prende il dattiloscritto di Marco, quello spiralato, e con lentezza quasi rituale ne strappa una decina di fogli. Ne afferra poi un'altra decina dall'ammasso che gli ha consegnato Mirko e li unisce ai precedenti. E così via; un po' fogli di

Marco e un po' fogli di Mirko... fino ad avere tra le mani un unico grande plico.

I due osservano la scena inorriditi.

"Be', che c'è? Non avete mai visto un club sandwich? Sapete quanti libri si pubblicano in Italia ogni giorno? Più di duecento. Vuol dire millequattrocento libri ogni settimana, cinquemilaseicento ogni mese, sessantasettemiladuecento ogni anno. E l'anno scorso più della metà, cioè trentacinquemila titoli, hanno venduto meno di dieci copie. Secondo voi, in questo folle mercato c'è spazio per due libri che raccontano storie simili? Non scervellatevi troppo, vi aiuto io. La risposta è: no. Forse, ma forse, c'è spazio per uno. Eccolo qua." L'agente gli mostra il nuovo malloppo. "La storia di Marco Moschini raccontata da Mirko e la storia di Mirko Mazzotta raccontata da Marco. Ci sarà qualche incongruenza a livello cronologico, un andare avanti e indietro, una disomogeneità di stile, ma è il male minore. E mi sono permesso qualche piccola modifica, ne parlavo prima con il Moschini. Per esempio, come vi siete permessi di mettere nomi veri? Qui si rischia la denuncia, o quantomeno la querela. Sergio, Italo, Carlo, Andrea, Massimo P. Li ho cambiati tutti. E poi, tutti quei riferimenti al Covid: via! Datavano troppo la storia. Inutilmente. La gente non ne può più di sentir parlare di lockdown, mascherine, vaccini."

"Ma come?!" sbotta Mirko. "E la gag in treno con la senatrice che non vuole mettersi la mascherina pur tossendo rumorosamente e la giovane moglie del famoso direttore d'orchestra che per polemica si mette sul viso delle mutandine rosse di pizzo?"

"Cancellata."

"Ma era divertentissima!"

"Sì, lo ammetto, faceva abbastanza ridere. Ma a qualcosa bisogna pur rinunciare."

"E Carlo? Scusa, lui si trova a Camogli per caso quando c'è il primo lockdown. E da lì capisce che quella è la sua dimensione ideale! Il riferimento al Covid in quel caso è indispensabile!"

"Davide. Ora si chiama Davide. E ho trovato qualcosa di meglio per farlo andare a Camogli. E poi il Covid trasmette tristezza, fa tanto malattia!"

"Ma il Covid *è* una malattia!"

"Appunto."

"..."

"Via anche il ragazzo down che scambia Marco per un personaggio dei suoi film e lui che, causa Alzheimer, ha perso completamente la memoria e crede davvero di chiamarsi Alberto... Via, via tutto. I down hanno rotto il cazzo, un po' come i negri, i gay, e non parliamo dei malati di Alzheimer... Al massimo teniamo l'incontro sul treno... Anche se quella scena, caro Mirko, tu che ne vorresti fare un film, quando scriverai la sceneggiatura sarà la prima a saltare. E se non salta in sceneggiatura è di quelle scene che sul set tieni per ultime e poi non c'è più tempo, il film è già lungo, i soldi sono finiti... E non la giri più. Oppure, se la giri, è la prima a saltare al montaggio. Niente storia sull'Alzheimer. Ce ne sono già troppe. E non fanno ridere.

E a proposito di un eventuale film, caro Mirko, ti rendi conto di quanto costerebbero le scene con i Transformers? E di quante comparse ci vorrebbero per l'inseguimento a Rimini tra tutta quella gente mascherata? Teniamoci il piano B, un racconto scritto. Costa meno, molto meno. E poi, quel padre agente segreto, che ha fatto la Resistenza, nipote di un garibaldino, amante di donne improbabili... ma quanto è confuso? Be', è talmente confuso che mi è piaciuto. Al contratto per il libro ti ho allegato una prelazione sul suo spin-off. Questa storia di spionaggio potrebbe piacere agli americani.

Ah, e poi via tutte quelle sedute dall'analista, e il loro rapporto che degenera, e Marco che un giorno lo stende con un cazzotto, e quello che cadendo a terra entra in coma..."

Marco: "Ma non è vero! È stato solo un paio di giorni in osservazione...".

Mirko: "In coma!".

Marco: "Sedato".

Mirko: "In coma".

Nando: "Ragazzi, è inutile che vi accaloriate, tanto quella parte l'ho tolta... E poi tutti quei morti. Ma perché? A quello gli muore la madre, e va bene, l'unica che ho tenuto, ma a quell'altro il nonno, e poi la zia... Cos'è, un mortorio?! ...Caspita, scusate, mi è venuto in mente un bel gioco di parole: 'Il mortorio del martirio', questa me la devo segnare. Può essere un ottimo titolo per un documentario di critica laica all'eccesso di docufilm sui santi martiri...".

Mentre Nando parla e prende appunti sulle sue geniali trovate, gracchia di nuovo l'interfono.

"Dimmi, Samantha."

"C'è qui Mister Andrew. Lo faccio attendere?"

"Ma che cazzo dici, vengo subito lì!" Poi, rivolto ai due: "Date pure un'occhiata alle correzioni che ho fatto. E... non litigate!".

Marco e Mirko neanche si guardano. Si tuffano invece nella lettura dei rispettivi lavori stravolti.

E circa mezz'ora dopo riappare Nando, in pompa magna: "Scusate, ma ho appena chiuso un grande contratto. Un musical tratto da *Catch me if you can*, solo che vogliono farlo tutto con attori down, giustamente. Pare che un certo Angelo abbia fatto un provino strepitoso. Be', quella scena del treno la terrei. Potrebbe essere un ottimo teaser per il musical!".

Mirko non lo ascolta nemmeno e, preso dalla rilettura, esplode: "Non c'è più la storia di Gladio!".

"Certo, era di una noia mortale. Basta e avanza il pippozzo di Maurizio..."

"Ma mi sono documentato. Davvero a Giannutri hanno trovato sepolte le armi di Gladio!"

"E chi se ne fotte! Vallo a raccontare a Vespa. O a Mentana. Non in un romanzo erotico-sentimentale!"

Stavolta, i due esplodono all'unisono: "Erotico-sentimentale?!", e riprendono angosciati a sfogliare il malloppo.

"Sì, ho scritto qualche scenetta piccante...

Ah, ho notato infine che entrambi mi avete descritto come un mezzo deficiente. Per dimostrarvi che non sono permaloso e che comunque si tratta di finzione..." Nando fissa entrambi con gli occhi a fessura, ma poi il suo sguardo si appunta soprattutto su quello di Marco, "...l'ho lasciato più o meno così. Ma quello che non posso permettere è che abbiate dato a un cane, maschio per giunta, il nome di mia moglie: Jessica."

Cala il silenzio. Le teste di Marco e Mirko ora si abbassano a contemplare il suolo.

"Potete andare. È tutto."

*

Bologna è bella. Calda, accogliente, chiassosa. Ma a novembre no. A novembre è fredda, di un freddo umido che ti penetra nelle ossa.

Marco e Mirko escono dall'ufficio di Nando. Si guardano, si studiano. Marco chiama l'ascensore. Mirko scende a piedi. Fa due gradini alla volta, a sottolineare che è giovane, ha davanti una vita e un *luminoso avvenire*. Sono solo tre piani. È già arrivato. E trova chi era lì ad aspettarlo. Angela, la sua Angela, con un meraviglioso e biondo Labrador dagli occhi un po' a mandorla che gli salta addosso e comincia a leccarlo. Mirko abbraccia Angela, la stringe forte a sé. Lei lo guarda stupita e, citando Mae West, gli sussurra: "Hai una pistola in tasca o sei solo felice di vedermi?".

Mirko arrossisce, si stacca da lei. In effetti ha un bel rigonfiamento all'altezza dell'inguine. Si mette la mano in tasca, ne tira fuori un oggetto dai colori vivaci: rosso, giallo e blu. L'automobilina di Paperino.

Torna indietro e aspetta che arrivi l'ascensore. Non sa neppure lui cosa vorrebbe dire a Marco, ma sente che non sarebbe giusto finire così, senza neppure un saluto. E con quel piccolo furto, mai confessato. Forse basterà un cenno con il capo, un abbraccio, uno sguardo d'intesa. Una restituzione in silenzio.

E come sempre, per allentare la tensione, afferra il cellulare, picchietta con l'indice sullo schermo e partono quei salvifici suoni: "*Prot*, *prrr*, *pufff*...".

Poi, anticipato da uno stridore di cavi, si intravede l'ascensore.

Mirko, con un veloce tocco del pollice, toglie l'audio.

E l'ascensore, con un suono metallico, atterra.

Si aprono le porte automatiche.

Vuoto.

E Marco?

Scomparso.

Lettera dell'editore

Caro Fernando,

ho appena terminato di leggere i due manoscritti che mi hai inviato, con tutte le tue correzioni.

Concordo sull'idea di farne un solo libro, magari a tiratura limitata e con copertina in brossura. Come sai, il successo di un libro è dato o dalla sua grande qualità o dai suoi bassi costi di produzione. Ecco, in questo caso punterei decisamente sui bassi costi.

Due piccoli appunti.

1. Il titolo *La versione di Nando* mi sembra una gran cagata, d'altronde anche *Mirkomax* che suggeriva il Moschini non si può proprio sentire. *Gli scomparsi* invece non suona male, ma c'è già un libro con quel titolo. Fammici pensare ancora un po' e vedrai che un'idea mi viene.

2. Il Labrador maschio di Mirko, un po' effemminato, che si chiama Jessica è una delle poche cose che mi hanno fatto sorridere. Quindi non si tocca.

Infine, metterei in apertura un disclaimer del genere:

"Persone e fatti raccontati non hanno alcuna attinenza con persone realmente esistite o fatti realmente accaduti. È una volta scoperto che (attenzione, SPOILER!) sono due romanzi: la storia di Mirko raccontata da Marco e quella di Marco raccontata da Mirko, non andate a rileggere per vedere se ci sono incongruenze, incoerenze o contraddizioni. Ve lo diciamo già noi... ci sono”.

Per pararci il culo.

IN FEDE

Titoli di coda

Nomi, personaggi, luoghi ed eventi narrati
sono il frutto della fantasia dell'autore.
Anche se.

È esistita veramente una barca a vela olandese
battente bandiera slovena di nome *Gooduria*
che il 28 maggio 2023 è colata a picco
per una tempesta improvvisa nelle acque del Lago Maggiore.
A bordo, venticinque persone
facenti parte dei servizi segreti italiani e israeliani.
Quattro i morti: una russa, un israeliano e due italiani.

Mutonia non me lo sono inventato:
è un'enclave sulle rive del fiume Marecchia,
sede della Mutoid Waste Company.

Gualtiero Adami era davvero un ex garibaldino
in fuga dalla civiltà che si era stabilito a Giannutri
insieme alla sua amata Marietta Moschini.
Che siano i bisnonni del nostro Marco Moschini...
non è detto.

Purtroppo anche la storia di Maurizio P. è vera,
anche se nella realtà non si chiama Maurizio.

Se cercate il Nardò Technical Center
con qualsiasi sistema di geolocalizzazione, lo troverete.
E se guardate le immagini dal satellite,
troverete tutti i circuiti descritti nel romanzo.
Forse non vedrete Mirko che scorrazza con la sua Lamborghini.
Ma tant'è.

* * *

Il "famoso filosofo" che a pagina 165 dice:
"La donna quando non capisce si innamora"
è Maurizio Milani.

La frase:
"Mettere al mondo un figlio
è come mettergli la morte alle calcagna",
a pagina 168, è di Daniel Pennac

"Dormiremo da vecchi", a p. 206,
è il titolo di un libro di Pino Corrias.

* * *

Un enorme grazie a Michele Rossi e alla sua caparbietà,
che lo ha portato a insistere, fin dal lontano 2009,
affinché io scrivessi il mio primo romanzo.
Diciamo che, con i miei tempi, l'ho ascoltato.

Grazie a Federica Gangemi, mia prima e severa lettrice.

Grazie a Federico Baccomo che, con il suo permesso,
troverà nel libro alcune sue frasi. E sono tra le più divertenti.

Grazie a Sonia Bettucci che durante un'infinita tournée,
mentre scrivevo gli ultimi capitoli,
oltre a cucinarmi ottimi minestroni
mi ha fatto conoscere gli amici di Mutonia.

Grazie a Adriano Masci che,
quando mi ero incagliato in una secca narrativa,
è riuscito a farmi disincagliare
e volare verso un pirotecnico finale.

Grazie a Giovanna Salvia
che ritrovo con piacere dopo sedici anni a parlare di eserghi,
epigrafi, tondi e corsivi, celebrando la comune passione
per la virgola dopo il punto esclamativo,
anche a sproposito!,

* * *

Infine, grazie a Sandra Bonzi,
per tutto il tempo che mi ha dedicato,
mi dedica e, spero, mi dedicherà.

* * *

Alcuni amici che hanno letto il romanzo
hanno trovato che Marco mi somigli.
Io invece, dovendo scegliere, mi sento più Mirko.
Così, volevo dirlo.

Indice

11 Gli scomparsi

23 MirkoMax

257 La versione di Nando

267 *Lettera dell'editore*

271 *Titoli di coda*